Verliebt, verlobt, vergiftet

Originalausgabe 2002

Dieses Buch wird im Eigenverlag vertrieben.
Bestellungen über die Autorin:
Alexa Nietfeld
Lange Straße 38
27432 Bremervörde-Bevern
www.verliebt-verlobt-vergiftet.de

Layout und Buchumschlag: Bernd Sündermann
Lektor: Jörn Bullwinkel
Druckerei: C.-D. Wagenlöhner, Ebersdorf

Danke!

Dieses Buch widme ich meinem ehemaligen Arzt
Dr. med. Karl-Heinz Braun-von Gladiß.
Ich danke ihm für alles, was er für mich getan hat.
Vor allem dafür, dass er mich auf den
Weg brachte, auf dem ich heute bin.
Ich freue mich, einen so außergewöhnlichen
Arzt wie ihn kennengelernt zu haben.

Vorwort

Ich möchte Sie einladen, an einem kleinen Abschnitt meines Lebens teilzuhaben. Ein Wendepunkt, wie sich später herausstellte. Lesen Sie, wie ich es geschafft habe mit meiner Erkrankung umzugehen. Noch 1994 bat ich meinen Mann, mir doch die Beine abzusägen, damit ich keine Schmerzen mehr habe. Gedanken wie: „Ich lasse mir die Beine von einem Zug abfahren“, beherrschten damals mein ganzes Denken. Heute bin ich froh, krank geworden zu sein, denn dadurch haben sich mir ganz neue und andere Möglichkeiten eröffnet. Ich bin dem Schicksal dankbar für jede Lektion.

Auf den folgenden Seiten werden Sie lesen können, wie ich mich innerhalb weniger Jahre von Grund auf verändert habe. Es werden Ihnen viele Gedanken und Gefühle begegnen, die Ihnen, wenn Sie gesund sind, eher befremdet vorkommen mögen. Lassen Sie sich auf meine Denkweise ein und fühlen Sie mit mir, was in mir vorging. Lassen Sie sich durch meine Ausdrucksweise nicht beirren, diese wird sich im Laufe dieses Buches je nach damaligen Gefühlen verändern. Ein ständiges Auf und Ab, je nach Gesundheitszustand.

Durch dieses Buch zieht sich auch eine kleine Geschichte über die Liebe. Es geht um Dankbarkeit und lieben ohne Hass, Eifersucht, Egoismus, Lüsternheit und Besitzwut. Es geht um eine reine Liebe, die durch große Dankbarkeit entstand. Aber lesen Sie selbst.

Alexa Nietfeld

Inhaltsverzeichnis

Vorgeschichte

Kennen Sie das? Man ist jung und hat eine Menge Träume und Wünsche, ich wusste ganz genau, wie mein Leben einmal aussehen sollte. Einer meiner Wünsche war, endlich aus dem Elternhaus auszubrechen und mein eigenes Leben zu führen. Auf den nächsten Seiten werde ich versuchen Ihnen mein Leben vor den Ereignissen, die mein Leben verändern sollten, so ausführlich wie es mir möglich ist zu schildern. Es fällt mir nicht leicht, denn dieser Abschnitt meines Lebens ist nicht unbedingt der, an den ich mich gerne erinnere. Warum, das werden Sie später noch erfahren.

Ich arbeitete in einer Druckerei in unserer Kleinstadt und träumte bei der Arbeit jeden Tag davon, ein „Offizier und Gentleman“ kommt gleich durch die Tür und holt mich hier aus der Halle, um mich auf seinen Händen hinauszutragen. Unter Arbeitskolleginnen haben wir öfter solche Geschichten zusammengesponnen. Lange Zeit träumte ich von der großen Liebe, die niemals aufhört. Über Monate merkte ich gar nicht, dass es in unserer Firma einen Mann gab, der schon länger nach mir geschaut hatte. So wie der Zufall es wollte, kam ich eines Tages zu ihm an die Maschine und wir mussten über mehrere Wochen zusammenarbeiten. Langsam entwickelte sich daraus mehr als nur eine Freundschaft unter Arbeitskollegen. Er steckte noch in einer Beziehung, die nach seinen Aussagen nicht allzu glücklich war. Ich bat ihn darum, sich zu entscheiden, was er denn nun wolle, eine heimliche Beziehung kam für mich nicht infrage. So kam es dann, dass Michael – so hieß dieser besagte Kollege – eines Tages mit seinem Auto vor der Haustür meiner Eltern stand, den Kofferraum voller Klamotten. Er zog also bei uns ein. Einige Zeit lebten wir mit meinen Eltern unter einem Dach. Während dieser Zeit hatte mein Vater gerade ein Haus in der Bauphase. Als das Haus fertig war, zogen wir dort in unsere erste gemeinsame Wohnung. Es war ein Zwei-Familien-Haus – ganz schick, mit Garten und allem drum und dran. Michael und ich zogen durch die Möbelhäuser, um unser Nest so schön wie möglich einzurichten. Dann musste natürlich auch ein neues Auto her. Wir träumten von Verlobung, Hochzeit und Kindern.

Wünschten wir uns wirklich eigene Kinder oder lebten wir nur ein Leben, welches uns die Gesellschaft vorgegeben hatte? Ist es wirklich so wichtig, dass die Wohnung immer sauber und ordentlich ist, wenn Besuch kommt? Muss man wirklich ein großes Auto vor der Tür haben, um glücklich zu sein? Diese Fragen stellte ich mir erst später.

Ein Haustier fehlte jetzt noch, dann ist die Wohnung komplett eingerichtet. Und deshalb ging ich in unser nahegelegenes Tierheim, suchte mir einen süßen, getigerten Kater aus und nahm ihn mit nach Haus. Es war Liebe auf den ersten Blick. Der kleine Kerl fehlte uns noch zu unserem Glück. Er schlief sogar in meinem Bett, lief beim Essen auf dem Tisch herum, schaute mir beim Abwasch zu und durfte die Essensreste von meinem Teller lecken. Dieses Glück wurde dann eines Tages durch ein Erlebnis getrübt.

Es war Sommer und der Kater lief auf unserer Terrasse herum. Irgendwie hatte er sich bei seinen Ausgängen Flöhe aufgesackt, die ich zuerst gar nicht bemerkte. Bei meinen Eltern hatten wir auch eine Katze, doch die hatte nie Flöhe. Ich ging mit meinem Tier also zum Tierarzt und der erzählte mir dann, dass mein Haustier Flöhe hat und wir wohl jetzt die ganze Wohnung verseucht hätten. Dagegen könnte man aber etwas tun. Und so gab er mir ein Spray mit, das die Flöhe töten sollte und auch die Fortpflanzung dieser Ungeziefer hemmt. Der Arzt erklärte mir, dass die Flöhe sich unheimlich schnell vermehren und sehr schwer zu bekämpfen sind. Wenn man nur ein paar Larven übersieht, würde das ganze Drama von vorn beginnen. Das war wirklich ein großer Schock für mich.

So fuhr ich also mit dem Insektengift nach Hause, setzte mich erstmal hin und fing an zu weinen, weil ich so verzweifelt war. Ich war ganz auf mich alleingestellt. Michael war zur Arbeit, denn er befand sich damals im Schichtdienst und hatte gerade Spätschicht. Also war ich mit meinem Kummer ganz allein. Wie sehr wünschte ich in diesem Moment, er könnte jetzt bei mir sein und mich trösten – mir Mut zureden. Meine Gedanken überschlugen sich. Wo sollte ich jetzt anfangen zu sprühen? Der Kater war doch überall in der Wohnung. In meinem

Bett, im Schrank – überall. Der Arzt sagte, ich dürfte keine Larve übersehen. Was mache ich nur? Die ganze Wäsche muss aus dem Schrank. Alles muss gewaschen werden, die Möbel müssen gesaugt werden, der Staubsaugerbeutel muss danach schnell raus aus dem Haus. Was ist das für eine Menge Arbeit. Wo ist der Anfang und wo das Ende? Ich wusste es nicht. Eine Panik überfiel mich, die sich während des Putzens mit einem Gefühl der Machtlosigkeit mischte. Einen ganzen Tag lang habe ich gewaschen, geputzt und die ganze Wohnung komplett mit dem Insektenmittel eingesprüht. Jeden Winkel habe ich mit den Dosen bearbeitet. Als ich das Gefühl bekam, die Übermengen an Wäsche, die ich zu waschen hatte, würden mich erschlagen, fasste ich einen Entschluss. Warum sprühst du die Wäsche nicht einfach mit dem Zeug ein? Kann doch nicht so schlimm sein. Die Matratzen hatte ich auch schon bearbeitet und der Tierarzt sagte ja, das Zeug ist nicht gefährlich. Gedacht – getan.

Natürlich reichte das Mittel nicht aus, weil ich so intensiv damit sprühte, und so ging ich in ein Zoogeschäft und holte Nachschub. Ich weiß heute gar nicht mehr, wieviel ich damals verbraucht hatte. Mir liegt nur noch schwach in Erinnerung, dass ich in einem Raum schon eine ganze Dose verbraucht hatte, die laut Etikett für ca. 80 qm vorgesehen war – also viel zu viel. Ansonsten hatte ich mich ganz genau an die Anweisungen des Arztes gehalten. Ich schloss alle Fenster und drehte die Heizung bis zum Anschlag auf, denn das Gift sollte so noch viel besser wirken. Hinterher einfach nur eine halbe Stunde lüften und schon ist alles wieder vorbei. Dazu muss ich sagen, dass ich die Wohnung zwischendurch selbst öfter verlassen musste, weil der Geruch dieses Sprays mir wahnsinnige Kopfschmerzen bereitete und mich teilweise auch sehr schwer atmen ließ. Das war auch der Grund dafür, warum ich mir ein neues Mittel besorgte, welches zwar die gleichen Wirkstoffe enthielt, aber nicht so stark roch wie die anderen Mittel. Meinen Kater hatte ich natürlich während dieser Sprühaktion evakuiert, damit er sich nicht vergiftet. Man muss fast sagen, damit ich ihn nicht noch einmal vergifte, denn einmal hatte er schon Vergiftungserscheinungen. Das war, als ich ihm gegen seine Flöhe ein Mittel in den Nacken schmieren musste. Die Tierchen sollten dann vom Blut meines

Katers trinken und sich damit vergiften. Der Tierarzt gab mir für ihn eine sehr hohe Dosis vor, die eigentlich für einen kleinen Hund vorgesehen war. Kurze Zeit später fing mein Kleiner an zu sabbern und bekam ganz große Pupillen. Der arme Kerl war ganz verstört und starrte nur noch vor sich hin. Als ich den Arzt daraufhin anrief, um ihn zu fragen, was ich nun machen sollte, meinte er nur, dass er eine leichte Vergiftung durch das Mittel hat, aber das wäre nicht weiter schlimm. Nun gut - der Arzt hat immer recht. Schließlich hat er ja studiert und weiß wovon er redet. Wenn ich heute darüber nachdenke, wie blauäugig ich damals war. Jemand im weißen Kittel konnte mir alles erzählen und ich habe es geglaubt. Was ein Arzt sagte, war für mich Gesetz. Na ja, ich war dann jedenfalls diese lästigen Mitbewohner los und damit war dieses Kapitel für mich vorerst abgeschlossen. Der Hausfrieden war wieder eingekehrt und alles lief wie vorher.
Michael und ich begannen unsere Verlobungsfeier zu planen. Nein – eigentlich muss man sagen, meine Mutter und ich planten sie und überfielen ihn dann mit unseren Plänen. Die Verlobung gehört einfach dazu, wenn man schon zusammen wohnt und vorhat, später mal zu heiraten. Denn das wollten wir ja – heiraten und Kinder kriegen. Michi war auch gleich damit einverstanden und die Verlobung fand dann im August 1993 statt.

Es war ein sehr schöner Tag und wir hatten alle Nachbarn und Freunde eingeladen. Wir feierten und tanzten die ganze Nacht hindurch. Die Stimmung war einfach super. Was mich schon seit einiger Zeit ärgerte, war die Tatsache, dass ich beim Tanzen Probleme mit den Beinen hatte. Irgendwie war es ein komisches schwaches Gefühl in den Beinen, wenn ich mich beim Tanzen anstrengte. Ich konnte sonst ganze Nächte durchtanzen, denn so schnell kam ich nicht aus der Puste. Vor allem hatte ich kurz vor der Verlobung mit dem Rauchen aufgehört, weil ich in der letzten Zeit öfter am Abend keine Luft mehr bekam und deshalb hätte ich mich eigentlich richtig fit fühlen müssen. Die Laune war an diesem Abend aber so gut, dass ich meine Beschwerden einfach so beiseite schob. Was von alleine kommt, geht auch von alleine wieder.

Michael und ich waren so glücklich an diesem Abend. Das ganze Leben lag noch vor uns und wir hatten noch so viel vor. Die letzten 3 Jahre waren wir unzertrennlich. Wir arbeiteten in derselben Firma, lebten zusammen in unserer Wohnung und hatten gemeinsame Hobbys. Es war alles so perfekt. Ich weiß gar nicht mehr genau, wie es dazu kam, doch plötzlich war da der Gedanke, ein eigenes Haus zu besitzen. Wir wussten sogar schon, wo wir ein Grundstück bekommen konnten. Der Verkäufer des Baulandes war mir persönlich bekannt, denn er kam aus meinem Dorf. Ich rief ihn sofort an und fragte, ob es noch zu haben ist. Der nächste Anruf war bei der Bank und schon lief alles. Mein Vater, von Beruf Maurer, versprach mir, uns beim Bau des Hauses zu helfen. Bis dahin klappte alles wie am Schnürchen.

Dann, eines Tages, wir hatten das Grundstück noch nicht rechtmäßig erworben, geschah etwas, das später für mich noch eine besondere Bedeutung bekommen sollte. In unserem schönen Dorf, ganz in der Nähe unseres Grundstücks, wurde bei Nacht und Nebel ein Postturm errichtet. Alle Dorfbewohner regten sich ganz fürchterlich darüber auf, weil er in erster Linie sehr hässlich war. Ich denke, keiner hatte sich damals so viel Gedanken über seine schädigenden Auswirkungen gemacht. Einige der umliegenden Anwohner hatten sich am Tage des Turmbaus vor diesem Monstrum versammelt, um gegen ihn zu protestieren. Davon hatte ich damals gar nicht viel mitbekommen, weil wir zu der Zeit noch in der benachbarten Kleinstadt lebten. Als ich von dem Turmbau hörte, telefonierte ich den ganzen Tag in der Gegend herum, um etwas über die schädigenden Auswirkungen dieses Turms zu erfahren. Man kann sich gar nicht vorstellen, wie lange es dauert, jemanden zu finden, der sich mit dieser Materie auskennt. Angefangen habe ich bei der Telekom direkt, bin dann über verschiedenste Dienststellen, die mir alle keine Auskunft geben wollten, über verschiedenste Techniker zu einem Anwalt gekommen, der hauptsächlich Bürgerinitiativen in diesen „Turmangelegenheiten" vertritt, bis zu einem Arzt, der sich angeblich am besten mit diesen Dingern auskennt. (Dieser Arzt, den ich ganz zufällig gefunden hatte, wird in meiner weiteren Lebensgeschichte noch eine sehr große Rolle spielen, als ich ihn ein Jahr später zum zweiten Mal über Umwege fand.) Jeder, den ich anrief, gab mir eine neue Telefonnummer, unter der ich dann angeblich jemanden erreichen könnte, der sich dann wirklich damit auskennt. Es wurde schon Abend, als ich dann zum Schluss diesen besagten Arzt am Apparat hatte, der der absolute Crack in diesen Dingen sein sollte. Ich hörte mir an, was er zu sagen hatte, konnte aber nicht so recht etwas mit seinen Informationen anfangen. Ich denke mal, es war für mich auch nicht einfach, mir über Sachen Gedanken zu machen, von denen ich absolut keine Ahnung hatte. Wie soll ich jetzt beurteilen, ob dieser Turm nun gesundheitsschädlich ist oder nicht. Jeder erzählt mir etwas anderes.

Dann kam dieser Informationsabend. Wer nun genau dazu einlud, weiß ich nicht mehr. Ich erinnere mich noch daran, dass die umliegenden Nachbarn und unser Bürgermeister da waren. Michael hatte Spätschicht, und so musste ich alleine in unsere Dorfkneipe zu diesem Abend fahren. Als ich in dieser mehr oder weniger geselligen Runde saß, merkte ich schon bald, dass ich die einzige Anwesende war, die noch keine eigene Meinung über unser Diskussionsobjekt hatte. Unter uns war auch ein Radio- und Fernsehtechniker, der allen Anwesenden erklärte, dass diese Türme absolut nicht gefährlich sind. Den genauen Ablauf dieses Abends möchte ich hier jetzt nicht mehr genauer schildern. Man kann sich schon selbst vorstellen, wie so etwas abläuft. Nach der Veranstaltung ging ich genauso schlau wie vorher nach Hause. Einen Tag später soll es einen Artikel in unserem örtlichen Kreisblatt gegeben haben, in dem die Telekom zusicherte, den „Telespargel“ noch nicht anzuschalten, da momentan noch kein Bedarf bestehen würde. Im Ort wurde noch einige Wochen über dieses Ereignis diskutiert und wie es immer so ist, wurde es nach einiger Zeit sehr still um dieses Thema. Nun stand er also da und keiner bemerkte ihn mehr richtig. Na ja, so gefährlich kann er ja nicht sein, sonst hätten die ihn ja nicht mitten in ein Wohngebiet gestellt. Michael und ich kümmerten uns eigentlich auch nicht mehr darum und unterzeichneten kurze Zeit später den Kaufvertrag für unser gemeinsames Baugrundstück.

Es gab damit noch ein paar Probleme, weil darauf noch ein Altenteil eingetragen war. Die Zeit wurde für uns langsam knapp, denn mitten im Sommer wollten wir auch nicht erst anfangen zu bauen. Plötzlich ging dann alles ganz schnell, so schnell, dass ich selbst nicht wusste wie mir geschah. Eh ich mich versah, standen wir einige Wochen später auf unserem Grundstück. Das war für mich irgendwie ein komisches Gefühl. Ich sah meinem Verlobten an, wie glücklich er sein musste. Jede freie Minute verbrachte er auf dem Gelände und arbeitete irgendwas. Anfangs war ich noch oft mit dabei und half ihm. Warum konnte ich mich plötzlich nicht mehr über unser eigenes Haus freuen? War ich es doch, die so gedrängt hatte endlich ein eigenes Haus zu haben. Wie schnell hatte ich alle Formalitäten erledigt, damit es endlich losgehen konnte. Und jetzt? Warum freue ich mich nicht. Warum war plötzlich alle Freude in mir abgestorben? Wo kamen diese Gedanken her? Worüber denke ich jetzt hier eigentlich nach? Ich schaute meinen Mann an, sah, wie er mich glücklich anlächelte und ich dachte darüber nach, ob das alles so richtig ist, was wir hier machten. Vielleicht kommt die Freude ja wieder. Das hat bestimmt nur mit dem Stress der letzten Wochen zu tun. Wir hatten ja auch einigen Ärger mit dem Grundstück, wegen diesem blöden Altenteil, was noch eingetragen war.

Meine Beine machten mir in der letzten Zeit wieder mehr Probleme. Immer diese Krämpfe am Morgen, die mich zwangen, täglich neu laufen zu lernen. Die Wadenmuskulatur schmerzte immer noch so lange Zeit später, sodass ich bei der Arbeit in der Firma immer erst einige Zeit brauchte, bevor ich voll einsatzfähig war. Immer in Gang bleiben, dann geht es bestimmt bald wieder besser. Jeden Tag machte ich mir mehr Gedanken über meine Gesundheit, denn es waren ja nicht nur die Beine, die mich aufhorchen ließen, sondern auch dieses Nicht-atmen-können, wenn ich zu Hause bin. Jeden Abend kam ich aus der Firma nach Haus und musste sofort das Fenster aufreißen, weil ich einfach das Gefühl hatte, mich behindert etwas beim Atmen. Morgens, gleich nach dem Aufstehen, war es manchmal noch schlimmer als abends. Dann noch diese ständigen Albträume. Jeden Morgen wachte ich schweißgebadet auf, weil mich wieder jemand im Traum verfolgte oder umbringen wollte. Ich erinnerte mich an eine Zeit, als ich mal eine Sorte Tabletten vom Arzt bekam, die solche Träume bei mir hervorriefen. Doch diesmal hatte ich keine Tabletten genommen. Diese ständige Müdigkeit, die ich jetzt immer hatte, machte mich ganz fertig. Bei der Arbeit bin ich manchmal in einen Sekundenschlaf gefallen. Wenn ich Feierabend hatte, bin ich sofort daheim ins Bett gegangen, um mich richtig auszuschlafen. Durch das viele Schlafen wurde ich auch immer träger und müder. Und dann diese Unruhe, die ich in meinem Körper verspürte. Es war unerträglich. Diese Angst, die mich überfiel, sobald ich ins Bett ging. Michael ging auch immer öfter schlafen, denn seine Müdigkeit erwies sich später als ebenso schlimm wie meine eigene. Ich war so müde, lag neben Michael. Er schlief, doch ich war zu müde, um zu schlafen. Die Unruhe wurde immer schlimmer. Die ganzen Nerven vibrierten und ich bekam Panik. So muss es sein, wenn man langsam abdreht. Kriege ich jetzt den Wahnsinn? Ich werde verrückt. Ja, das muss es sein, ich werde verrückt. Wie oft hatte ich schon im Fernsehen davon gehört. Da gab es Menschen mit Depressionen und starken Ängsten, die sich nicht einmal mehr aus dem Haus trauten. Jetzt fragte ich mich natürlich, ob ich auch zu diesen Leuten gehöre, die kein normales Leben mehr führen können, weil die Krankheit sie mehr oder weniger ans Haus fesselt. Meine Beschwerden bestimmten immer mehr meinen Alltag. Immer öfter mussten wir uns der Müdigkeit ergeben. Es war einfach nichts mehr zu schaffen, weil wir unsere ganze Freizeit mit Schlafen verbrachten.

Wie alles begann

Langsam machte ich mir um meine Gesundheit ernsthaft Sorgen. Bei der Arbeit bekam ich meistens morgens so merkwürdige Ausfallserscheinungen. Damals arbeitete ich in einer großen Halle, ohne Fenster. Nur künstliches Licht. Plötzlich war mir so, als legte jemand einen Schalter um und knipste mir das Licht aus. Ich fiel zwar nicht um, aber dennoch bemerkte ich, dass ich den Bruchteil einer Sekunde nicht mehr Herr meiner Sinne war. Es wurde dunkel um mich, so als hätten wir in der Halle einen Stromausfall. Als ich dieses Erlebnis zum ersten Mal hatte, fragte ich eine Arbeitskollegin sofort, ob wir gerade einen Stromausfall hatten. Es hätte ja sein können, denn das kam in

unserer Firma öfter vor, da unsere Leitungen ziemlich überlastet waren. Sie sicherte mir zu, dass alles normal sei – kein Stromausfall. Das machte mich dann doch stutzig. Ist das vielleicht ein Vorbote eines Schlaganfalls? Ist es nicht so, dass man plötzlich ganz kurz zusammenklappt? Vielleicht sollte ich doch mal zum Arzt gehen.
Mein Arztbesuch brachte mir nicht viel. Er verschrieb mir ein paar Brausetabletten, weil er befürchtete, die Durchblutung in meinen Beinen würde zu wünschen übrig lassen. Dann fragte er mich, wie lange mein letzter großer Check her wäre und ob ich zur nächsten großen „Inspektion" mal meinen Impfausweis mitbringen könnte. Wo habe ich den nur schon wieder gelassen? Vielleicht liegt er noch bei meinen Eltern. Muss ich gleich mal vorbeischauen und nachsehen. Ich machte also einen Termin zur „Jahreshauptuntersuchung" aus, um mir meine alljährliche „TÜV-Plakette" abzuholen. Die Brausetabletten nahm ich vorschriftsmäßig ein und hoffte auf eine Verbesserung meiner Beschwerden in den Beinen. Diese blieben aber leider aus. Die Muskulatur in den Beinen war noch genauso schwach wie jeden Tag. Auch von den Krämpfen wurde ich nicht verschont. Mittlerweile hatte ich sie schon jeden Morgen und das auch noch in beiden Beinen gleichzeitig. Mir ging es eigentlich zusehends schlechter. Meine Hoffnung war nun, dass mein Hausarzt bei der großen Untersuchung etwas findet. Er machte auch einen Lungenfunktionstest, denn davon versprach ich mir sehr viel. Meine Atembeschwerden waren nämlich nach wie vor vorhanden und bereiteten mir mittlerweile sehr große Sorgen. Über meine ständigen Ängste hatte ich meinem Doc noch gar nichts erzählt, weil ich Angst hatte, er würde mich mit ein paar Beruhigungstabletten wieder nach Hause schicken.

Der Funktionstest fiel ganz normal aus. Ich hatte ja lange Zeit geraucht und dachte, es hätte meine Lungen schon geschädigt. Das war eigentlich bis dahin meine größte Angst, weil ich damals als kleines Kind zugesehen habe, wie mein Großvater qualvoll an Lungenkrebs gestorben ist. Nein, alles in Ordnung, sagte der Arzt. Meine Lunge schien sich nach einem halben Jahr ohne Zigaretten wieder voll normalisiert zu haben. Ich hörte damals mit dem Rauchen auf, weil ich diese Atembeschwerden bekam, doch warum hatte ich sie immer

noch, wenn meine Lunge sich regeneriert hatte? Der Doktor wird mir schon helfen. Mein Vertrauen in ihn war bis dato unbegrenzt. Wieder bekam ich ein paar schöne Mittelchen, die mir helfen sollten und es am Ende nicht taten. Außerdem verpasste er mir noch eine Impfung gegen Poliomyelitis. Es war eine Schluckimpfung gegen Kinderlähmung, die heute in dieser Form nicht mehr verabreicht wird.
Meine Beschwerden wurden von Tag zu Tag schlimmer. Irgendwann konnte ich mein Wasser nicht mehr richtig halten, die Albträume wurden unerträglich und auch der Nachtschweiß nahm Ausmaße an, die man hier gar nicht erklären kann. Ständig musste ich auf die Toilette und dann war die Blase randvoll. Manchmal lief ich sogar alle paar Minuten. Wo das ganze Wasser herkam, konnte ich mir nicht erklären. Dann immer wieder diese unerklärliche Angst, für die es scheinbar keinen Grund gab. Angst, immer wieder diese Angst, die Angst, die aus der Unwissenheit wächst. Was geschieht mit mir, irgendetwas passiert und ich kann es nicht beeinflussen, Angst.
Diese Beschwerden machten es mir wirklich schwer, meinem Verlobten noch weiter auf der Baustelle zu helfen und dennoch schleppte ich mich wieder dort hin. Der Bau des Hauses ging gut voran, nur konnte ich mich noch immer nicht darüber freuen. Ich ging weiterhin jeden Tag in die Druckerei, um meine Stunden abzureißen, abends bzw. nachmittags ging es wieder auf die Baustelle. Am Wochenende fuhr ich immer mit meiner Mutter zum Einkaufen, weil mein Vater dafür ja nun keine Zeit mehr hatte, da er jedes Wochenende mit dem Bau unseres Hauses beschäftigt war. Meine Mutter und ich versorgten zwischen unseren Einkäufen noch schnell die Männer mit Frühstück, Mittag und Kaffee, und dann ging es wieder auf Tour. Jede Woche verlief immer gleich.
Es kam ein Wochenende im Mai, da sollte es etwas anders werden als sonst. Meine Frau Mama und ich waren mal wieder auf den Straßen unserer Kleinstadt unterwegs, um die Läden leer zu kaufen. Da geschah das Unfassbare. Wir waren mit dem Auto auf einer Vorfahrtstraße unterwegs, da kam aus einer untergeordneten Straße ein, wie ich kurze Zeit später erfuhr, über 80-jähriger Mann, der sich nicht darum kümmerte, ob auf der Strecke Verkehr floss oder nicht. Er fuhr einfach heraus und genau vor mein Auto. Ich wusste, mir bleibt nicht

mehr viel Zeit zum Reagieren. Die Zeit bis zum Aufprall kam mir unendlich lang vor. Man kann sich gar nicht vorstellen, was man alles für Überlegungen anstellt, bevor man auf ein Fahrzeug aufprallt. Der Mann fuhr heraus und ich dachte nur: „Oh nein, das passt nicht". Ich wollte noch ausweichen, weil ich wusste, bei der nassen Fahrbahn hätte ich mit bremsen keine Chance gehabt. Bei meinem Ausweichmanöver bin ich mit einem kurzen Knall den Gehweg hochgefahren, sah dann aber im letzten Augenblick zwei Fußgänger dort laufen, riss den Wagen wieder herum, um auf die Straße zurückzufahren - direkt auf das Fahrzeug des 80-jährigen zu. Die Strecke bis zum Aufprall war so lang und trotzdem konnte ich die Lage nicht mehr beherrschen. Sie war auch nicht wirklich so lang, sondern sie kam mir nur so vor. Ich dachte an die Dinge, die wir schon eingekauft hatten und im Kofferraum lagen. Ich dachte an das Auto und welche Werkstatt wir denn nehmen sollten. Werkstatt? Ist hier irgendwo eine Telefonzelle? Und wenn wir nicht rechtzeitig nach Hause kommen, wer füttert dann die Katze? Vielleicht muss ich ja auch ins Krankenhaus und womöglich auch noch da bleiben. „Mist, ich bin ja gar nicht angeschnallt!", schrie ich meiner Mutter zu. Ich angelte noch nach dem Gurt, schaute auf den Tacho, welcher mir fast 60 km/h (in der geschlossenen Ortschaft) anzeigte. Die Zeit reicht nicht mehr zum Anschnallen, ich muss jetzt mit den Armen alles abfangen und mit aller Kraft dagegen halten, sonst fliege ich vielleicht noch aus dem Fenster. Und wer soll sich dann um meine Katze kümmern? Ein dumpfer Knall und ich stand mit der linken, vorderen Seite meines Honda Aerodeck genau in der Beifahrertür des älteren Mannes. Dieser stieg sofort aus, um mich wütend anzuschreien. Wie ich denn dazu käme, einfach in seinen Wagen reinzufahren. Dabei war er es doch, der die Vorfahrt missachtete und ohne zu schauen auf die Straße fuhr. Ich brauchte noch eine Weile für das Aussteigen, weil ich mich erstmal vergewissern wollte, wieviel Leute mich denn ohne Gurt hatten fahren sehen. Die Leute auf dem Gehweg, die ich fast übergefahren hätte, standen auch noch da. Sie hatten gesehen, wie ich mit dem Kopf ganz verdreht gegen die Scheibe gedonnert bin, erzählten sie mir später. „Aber wir sagen nichts, denn Schuld hatten sie ja nicht", meinten die Zeugen zu mir. Da war ich aber beruhigt. Ich stieg aus dem Fahrzeug aus und die Colaflaschen aus dem Kofferraum flogen auf die Straße. Da hatten wir echt Glück gehabt, denn wir hatten die Rücksitzbank umgeklappt, um im Wagen mehr Platz für unsere Einkäufe zu haben, hatten aber nie darüber nachgedacht, dass vielleicht einige dieser Dinge einmal zu einem gefährlichen Geschoss für uns werden konnten. Eine Selterflasche war explodiert, aber sonst schien alles in Ordnung zu sein. Der Unfallgegner stand immer noch auf der Straße und schimpfte. „Wie können Sie es wagen, einfach so in mein Auto zu fahren?“, schimpfte er wieder. „Ich durfte rausfahren, schließlich hatte ich dort schon zehn Minuten gestanden“. Unfassbar, dieser Mann dachte ernsthaft, er könne einfach fahren, wenn er nur schon lange genug dort gestanden hatte. Es ist einfach lächerlich. Der sollte seinen Führerschein abgeben. Jetzt folgte natürlich das Übliche. Die Polizei kam und nahm den ganzen Fall auf. Jetzt begriff auch mein Unfallgegner, dass er sich nicht im Recht befand. Als ich so im Polizeiwagen saß, erzählte ich meiner Mutter ganz nebenbei, dass ich einen wahnsinnigen Druck im Gesicht bekomme. Es fühlte sich an, als würde mir jemand eine Faust ins Gesicht drücken. Die Polizisten hörten dies und meinten dann, dass ich wohl ein Schleudertrauma hätte und sie uns beide ins nahegelegene Krankenhaus bringen würden. Dort wurden wir dann getrennt untersucht. Meine Mutter war ein Zimmer weiter und ich hörte, wie der Arzt nach dem Röntgen zu meiner Mutter sagte, dass es bei ihr ganz gut aussehe. „Nur ein leichtes Schleudertrauma, sonst nichts gebrochen. Aber bei Ihrer Tochter sieht es nicht ganz so gut aus. Ein schweres Schleudertrauma, mit einer starken Wirbelsäulenstauchung.“ Na toll, eine Halskrause. Und das mitten im Sommer. Eine gute Freundin von mir holte uns vom Krankenhaus ab und fuhr uns nach Hause. Die ganze Nacht hatte ich fürchterliche Schmerzen im Genick. Und was mich sehr beunruhigte war, dass ich plötzlich einen riesigen Buckel auf dem Rücken bekam. Als wenn die Muskulatur sich komplett nach außen wölbt.

In der kommenden Woche musste ich jeden Tag zum Arzt, um mich einer Kurzwellenbestrahlung zu unterziehen. Nach ein paar Tagen gingen die Schmerzen zurück und ich bekam die Halskrause wieder abgenommen. Danach musste ich noch einige Male zu einem Masseur, der mir den Nacken massieren sollte. Was mich dann ganz fürchterlich aufregte, war die Tatsache, dass er mich nicht nur massierte, sondern an meinem Hals herumdrehte, bis ich wieder Schmerzen bekam. Ich musste vor ihm auf der Liege sitzen und dann umfasste er meinen Kopf mit beiden Händen und zog mich daran so hoch, dass ich mit dem Gesäß schon die Liege verließ. Es war grauenhaft. Dann drehte er den Kopf in alle möglichen Himmelsrichtungen, sodass ich dachte, er würde mir gleich das Genick brechen. Seit dieser Zeit habe ich eine unendliche Angst, wenn mir jemand am Kopf herumdreht. Gut getan hat es mir meiner Meinung nach überhaupt nicht, weder physisch noch psychisch. Nach einigen Tagen konnte ich wieder zur Arbeit gehen.

Der Zusammenbruch

Unsere Hochzeitsvorbereitungen waren in vollem Gange, und das eigene Haus fing langsam an Formen anzunehmen. Alles lief bis dahin wie geplant, bis auf die Tatsache, dass mein Kater ein paar Wochen vor unserer Trauung wieder Flöhe bekam. Diesmal hatte ich aber schon Routine in diesen Belangen, ging sofort zum Tierarzt und besorgte mir wieder dieses „tolle“ Gift, was beim letzten Mal schon so gut wirkte. Die Tierarzthelferinnen berichteten mir von einem ganz neuen Mittel, was zwar dieselben Inhaltsstoffe hatte, aber die Handhabung wesentlich einfacher sei, weil man die Sprühdose z. B. in einem Zimmer auf den Stuhl stellen könne, den Knopf der Dose herunterdrücken und dann den Raum verlassen könne. Das fand ich eine ganz tolle Sache und kaufte mir sofort ein paar Dosen davon. Viel hilft viel. So dachte ich damals jedenfalls und sprühte die ganze Wohnung wieder schön sorgfältig aus.

Das wär was, wenn wir hier Hochzeit feiern und ein paar unserer Gäste dann unsere Wohnung betreten und sofort von irgendwelchen Tierchen angesprungen werden. Dieser Gedanke beherrschte mich damals. Über mögliche Konsequenzen dachte ich nicht nach. Wenn ich mich daran erinnerte, wie die Flöhe meine ganzen Beine zerbissen hatten. Und dann dieser Horror, wenn ich auf unseren weißen Bade-

zimmerfliesen nur einen kleinen schwarzen Punkt sah. Es war wie ein Wahn. Jemand, der so etwas noch nie erlebt hat, kann da gar nicht mitreden. Ich weiß gar nicht, warum ich niemals auf die Idee kam, einen Kammerjäger zu beauftragen. Vielleicht hätte er die ganze Angelegenheit besser bewältigt als ich. Ob dieser Einsatz ungiftiger gewesen wäre, vermag ich nicht zu sagen. Aber wahrscheinlich nicht.
Einige Tage nach meinem Sprüheinsatz bekam ich noch mehr Beschwerden als zuvor. Natürlich lag aber so viel Zeit dazwischen, dass ich nicht nachvollziehen konnte, was dahinter steckte. Ich ging weiter zur Arbeit in die Druckerei, die Arbeit machte mir aber jetzt richtig Probleme. Ich erinnere mich an einen Dienstag im Juli 1994. Ich hatte mit einer Kollegin Spätschicht, die ich gar nicht leiden konnte. Sie hatte in manchen Angelegenheiten ganz merkwürdige Ansichten, die eines Tages dazu führten, dass wir uns so gut es ging aus dem Weg gingen. Meine Arbeit war wie immer an der Trägerbandmaschine, wo ich Schnelltrennsätze (Endlospapier für EDV-Drucker) auf ein Trägerband aufkleben musste. An diesem Tag war es wirklich schrecklich bei der Arbeit. Es hatte mich fürchterlich geärgert, dass mir der Abteilungsleiter diese Frau für eine Woche an die Maschine stellte, um mir zu helfen. Dazu muss ich sagen, dass ich Maschinenführerin war und die Maschine laufen ließ und auch einrichtete. Auch was eingepackt werden durfte und was nicht, lag in meiner Hand. Also alles in allem hatte ich das Sagen dort und das passte meiner Kollegin wiederum gar nicht. So standen wir also schon den zweiten Tag dort zusammen und kochten den ganzen Tag vor Wut.

Das Arbeiten war sehr unangenehm, können Sie sich vorstellen. Eigentlich könnte ich mal wieder krank werden, dann bin ich wenigstens für ein paar Tage aus der Firma raus. Dann können die hier alle zusehen, wie sie fertig werden. Diesen Gedanken hatte ich in den letzten Wochen öfter. Und nicht nur, weil mir die Arbeit hier an der Maschine langsam anfing zu stinken, sondern weil auch die Arbeitsverhältnisse lange nicht mehr so waren wie früher als ich dort anfing. Außerdem wurde dieses merkwürdige Gefühl in den Beinen immer schlimmer. Meine Gedanken kreisten oft um dieses schwache Gefühl in den Beinen. Michael, mein zukünftiger Mann, erleichterte mir das

Arbeiten sehr, denn er arbeitete in dieser Woche auch in meiner Schicht, sodass wir wenigstens jede Stunde zusammen in den Aufenthaltsraum gehen konnten, um einen Kaffee zu trinken. Ich konnte ihn immer von meiner Maschine aus sehen. Und wenn es ihm langweilig war, weil seine Maschine so gut lief und er eine gute Maschinenhilfe hatte, besuchte er mich immer zwischendurch. Das fand ich ganz toll und machte mir das Zusammensein mit der Kollegin einigermaßen erträglich. Sie können sich vorstellen, dass ich mit ihr nur das Nötigste geredet hatte.

Auch an diesem Tag hatte ich die Spätschicht mehr oder weniger erfolgreich hinter mich gebracht und ich fuhr mit Michael nach Hause. Unsere damalige Wohnung war nicht weit von der Druckerei entfernt und so waren wir mit dem Auto in nicht mal fünf Minuten zu Hause. Wir kamen in die Wohnung, gingen die Treppe herauf und sofort ins Wohnzimmer. Der Fernseher wurde sofort angeschaltet, damit wir beide abschalten konnten. Für mich war es damals die einzige Möglichkeit alles um mich herum zu vergessen. Es gab Zeiten, da waren bestimmte Serien im Fernsehen für mich wichtiger als alles andere. Das kann ich mir heute gar nicht mehr vorstellen.

Ich zog langsam meine Schuhe aus, um meine Beine hochzulegen, denn die fühlten sich gar nicht so gut an. Den ganzen Tag hatte ich schon Beschwerden wie nie zuvor. Ich legte die Beine hoch und plötzlich ging es los. Ein unbeschreibliches Gefühl und das nicht nur in den Beinen. Es fing in den Beinen an, doch innerhalb kürzester Zeit war mein ganzer Körper von einem fürchterlich unruhigen Gefühl betroffen. Ich lag da und meine Beine summten unaufhörlich. So als ob jemand eine riesige Stimmgabel auf die Knochen gelegt hatte, die nun langsam vor sich hin summte. Die Muskeln wurden so steif, es gelang mir kaum aufzustehen. Mir fiel ein, dass ich noch irgendwo eine Salbe haben müsste, die ich draufschmieren könnte. Ich glaube, es war „Phlogont“ (Rheumasalbe). Ich rieb meine Beine damit ein, in der Hoffnung, die Beschwerden würden sich bessern. Taten sie aber nicht, ganz im Gegenteil, sie wurden dadurch nur noch schlimmer. Jedenfalls kam es mir so vor. Die Beine brannten plötzlich wie Feuer und eine innere Wärme entstand, wie ich sie noch nie zuvor bei dieser Salbe erlebt hatte. Aus Angst, etwas falsches angewendet zu haben, stieg ich in die Dusche und spülte die Beine eiskalt ab, um dieses Zeug wieder herunterzubekommen. Auch dieser Versuch schlug fehl und ich legte mich wieder zu Michael in die Stube auf das Sofa. Eine widerliche Angst ergriff mich. Angst, wieder diese Angst, was geschieht hier, wer hilft mir, ich habe Angst. Mein Zukünftiger beobachtete dieses ganze Szenario mit Schrecken. Er wusste nicht, wie er sich verhalten sollte. Hatte er doch von solchen Dingen gar keine Ahnung. Er kannte sich vielleicht noch mit dem Diabetes mellitus aus, weil er selbst diese Krankheit hat, aber das war es auch schon. Ich denke, er fühlte sich sehr machtlos in diesem Moment. Ich erinnere mich noch ziemlich genau an das, was ich damals gefühlt hatte. Dieses kribbelige Gefühl in den Beinen breitete sich über den ganzen Körper aus. Plötzlich konnte ich meine Arme auch nicht mehr richtig bewegen. Es war ein Gefühl, als wenn man nachts auf dem Arm gelegen hat, er dann eingeschlafen ist und dann dieses Gefühl, wenn er wieder aufwacht. Genau so war es, wie das Aufwachen eingeschlafener Gliedmaßen. Und jetzt stellen Sie sich das im ganzen Körper vor. Unvorstellbar, nicht wahr?

Eine unendliche Angst erfasste mich, die mich in den nächsten Stunden nicht wieder losließ. Diese Angst kam irgendwie schubweise und ich merkte, wie diese Angst meine Beschwerden noch verschlimmerte, doch ich konnte nichts dagegen tun. Mein Herz spielte auch verrückt. Mir war, als würde es nur noch unregelmäßig schlagen oder sogar teilweise aussetzen. Michael heulte ich die ganze Zeit die Ohren voll, doch er konnte mir ja nicht helfen. Ich weinte noch ein wenig vor mich hin, bevor ich meine Mutter anrief und ihr die Symptomatik schilderte. Sie holte dann unser Kreisblatt heraus und schaute nach, wer denn diese Nacht Notdienst hatte. Es war eine Ärztin, von der ich nur wusste, dass ihr Mann Internist im Kreiskrankenhaus ist. Mir war es in diesem Moment ganz egal, wer zu mir kommt, Hauptsache, es kommt überhaupt ein Arzt. Ich rief diese Ärztin an und damit begann das erste Drama. Mit ihrer Reaktion hatte ich so nicht gerechnet, als ich ihr schilderte, was ich in diesem Moment gerade empfand. Sie meinte nur zu mir, ob es wirklich Not tun würde, dass sie jetzt um diese Zeit – es war schon 23.00 Uhr durch – noch zu mir kommen müsste. Ich sollte mich erst einmal beruhigen und morgen würde die Welt schon wieder anders aussehen. Ich ließ nicht locker und sie meinte ganz frech zu mir, sie würde gleich kommen und wo ich denn wohnen würde. Ich erklärte ihr den Weg und nach einer Viertelstunde war sie dann bei mir. Sie gab mir eine Beruhigungsspritze, weil ich ja wohl „völlig hysterisch" wäre. Dann sollte ich ins Bett gehen, schlafen und den morgigen Tag abwarten. Das wäre alles halb so schlimm. Wenn es mir nicht so schlecht gegangen wäre, hätte ich mich wahrscheinlich ganz fürchterlich über diese Frau aufgeregt, doch ich war in diesem Moment gar nicht fähig dazu. Dieses Mittel hat mich wirklich besser schlafen lassen, doch am nächsten Morgen war nichts vergessen, wie ich mir gedacht hatte. Alles war so wie am Tag zuvor. Damit fing dann meine lange Reise an.

Die Hochzeit

Ich möchte jetzt gar nicht damit anfangen, bei meiner Reise von Arzt zu Arzt über alle möglichen Einzelheiten zu sprechen. Es wäre für Sie auch äußerst langweilig, vor allem die medizinischen Fachbegriffe möchte ich Ihnen ersparen. Sie können sich sicher vorstellen, dass es nicht angenehm ist, wenn man die eigene Hochzeit, so wie ich, im Rollstuhl verbringen muss. Denn so passierte es mir im Sommer 1994. Die Feier konnte leider nicht mehr abgesagt werden, weil mein damaliger Hausarzt noch bis zuletzt behauptete, dass es sich bei mir nur um eine Lumboischialgie handelte, die wir noch vor der Hochzeit in den Griff bekommen würden. Das war leider nicht so. Noch einen Tag vor der standesamtlichen Trauung musste ich in die „Röhre", also zur Computertomographie, und ließ mich nochmals durchsehen. Wie vermutet wurde nichts gefunden. Immer, wenn wieder eine neue Untersuchung anstand, dachte ich immer ganz still bei mir: „Lass sie doch endlich etwas finden, damit ich weiß was ich habe". Einmal wünschte ich mir, einen Bandscheibenvorfall zu haben, denn den könne man ja operieren, das wusste ich. Es gibt nichts Schlimmeres, als ständig untersucht zu werden und niemand kann etwas finden. Das Kranksein ist dann eher ein zweitrangiges Problem, möchte ich meinen. Irgendwann denkt man dann auch schon selbst, man hat einen an der Klatsche. Dann diese unfreundlichen Ärzte in dieser Klinik. Als erstes wurde ich zurechtgestaucht, warum es mir nicht früher einfallen würde, diese Untersuchungen machen zu lassen, und dann schimpfte noch ein Arzt über mich, weil ich in dieser engen Röhre des CTs Platzangst bekam. Sie mussten mir dann eine Brille aufsetzen, mit der man über die Füße nach draußen sehen kann. Danach ging es mir besser. Bei den letzten Untersuchungen wurde ich immer nur häppchenweise durchleuchtet. Am Tag vor der standesamtlichen Trauung war dann nur noch meine Brustwirbelsäule dran. Der eine Arzt, ich erinnere mich noch ganz genau daran, fragte mich, ob mein Hausarzt zu dumm wäre, denn wenn man Probleme in den Beinen hätte, würde man nicht die Brustwirbelsäule untersuchen. Das hatte ich dann natürlich später brühwarm meinem Hausarzt mitgeteilt, der dann schon Sekunden später in dieser Klinik anrief und diesen Mann nach Strich und Faden zur „Sau“ machte. Ja, früher war ich halt so drauf. Ich hatte meinen Spaß daran, wenn andere Leute sich in die Haare bekamen und ich fein raus war. Das sollte sich später dann auch noch ändern, aber jetzt wieder zum Thema.

Die letzte Untersuchung in der Röhre war vorbei und ich sollte dann noch einen Augenblick auf dem Flur warten, bis der Arzt kommt und mir die Untersuchungsergebnisse erklärt. Na ja, warte ich halt. Auf diesen blöden Stühlen konnte ich kaum sitzen. Niemand denkt daran, dass es doch kranke Leute sind, die auf diesen schrecklichen Stühlen sitzen müssen. Wenigstens in den Krankenhäusern könnten die sich doch ein wenig mehr Mühe geben mit der Ausstattung ihrer Warteräume. Als ich das noch so dachte, ging die Tür eines Zimmers auf und jemand rief: „Frau Schnackenberg, kommen Sie bitte“. Das war wohl der Arzt, dachte ich und ging zu ihm, wollte an ihm vorbei in das Zimmer gehen, doch er ließ mich gar nicht durch. Statt dessen stand er mit mir im Türrahmen, hatte meine Bilder in der Hand und zeigte mir, dass er nichts genaues feststellen könne. Zur genaueren Absicherung müssten dann noch weitere Untersuchungen gemacht werden, wenn ich demnächst in eine Klinik bei Bremerhaven eingewiesen werde. Dort würde man das Nervenwasser noch untersuchen müssen. Dann erklärte er mir, dass es sich bei mir wohl um Multiple Sklerose handeln würde, ich jetzt gerade einen Schub hätte und mich mit der neuen Situation abfinden müsste. Danach gab er mir die Hand und die Tür schloss sich hinter dem Doc. Ich war ganz schön platt in diesem Moment. Die Diagnose war für mich aber irgendwie nicht so niederschmetternd wie ich dachte. Irgendwie hatte ich diese Diagnose von der ersten Sekunde an nicht angenommen. Warum auch immer. Jedem der mich danach fragte, was die Ärzte denn gesagt hätten, erzählte ich ganz cool, ich soll MS haben. Und jeder sagte zu mir, ach was, Du hast kein MS. Trotzdem dachte ich viel darüber nach.

Na ja, dann kam der Tag der standesamtlichen Trauung und ich sah wirklich gut aus. So als wäre alles in Ordnung, bis auf dass ich mein linkes Bein ganz schön nachzog. Ich trug einen wunderschönen weißen Leinenanzug, auf den ich damals unwahrscheinlich stolz war, denn es war ein Designerteil und hatte damals ein halbes Vermögen gekostet. Früher legte ich viel Wert auf Markenartikel. Man will ja halt was präsentieren, nicht wahr? Na jedenfalls, die Unterschrift wurde geleistet, ich war plötzlich verheiratet. Nichts hatte sich verändert, bis auf den Namen. Nach der Trauung gingen wir dann mit der ganzen Familie zum Essen in ein nahegelegenes Restaurant, wo wir nicht besonders freundlich empfangen wurden. Komischer Laden war das. Nebenbei bemerkt, ist der Wirt heute auch nicht mehr da drin. Warum wohl?

Das Essen dort war für mich eine Tortour. Nicht nur wegen der Bewirtung - nein, mir ging es immer schlechter mit den Beinen. Das Sitzen auf dem Stuhl dort brachte mich fast um. Vor lauter Angst um diese merkwürdigen Gefühle in den Beinen blieb mir jeder Bissen im Halse stecken. Schluckbeschwerden hatte ich ja ohnehin schon, doch ich denke, die Angst hatte noch so einiges verschlimmert. Als wir dann mit der ganzen Familie wieder zu Hause waren – das heißt also bei meinen Eltern, wo auch der Polterabend stattfand – legte ich mir erst einmal die Beine hoch. Das nutzte aber alles nichts, ich musste an die-

sem Abend noch eine Menge Leute empfangen, die wir eingeladen hatten. Auf dem Hof meiner Eltern stand ein großes Zelt, so richtig mit Fußboden und allem Drum und Dran. Freunde von mir stellten mir einen Gartenstuhl vor die Stereoanlage, damit ich an dem Abend für Musik sorgen konnte. Mehr war auch für mich nicht drin. Mein Zustand verschlechterte sich zusehends und irgendwann vor Mitternacht musste ich ganz schrecklich weinen. Das war dann das Ende des Festes. Die Gäste gingen nach Hause und bedauerten mich beim Rausgehen noch ein wenig. Mir war das alles völlig egal, ich wollte nur noch liegen und schlafen. Nicht weil ich müde war, sondern weil ich diese Beine einfach nicht mehr fühlen wollte. Es tat mir so leid, dass ich dieses schöne Fest so versaut hatte und das machte mich noch trauriger. Ein guter Freund und mein Mann trugen mich aus dem Zelt und setzten mich ins Auto. Wir wohnten damals noch in der Stadt, in einer Mietwohnung meines Vaters, wie schon erwähnt. Das waren vielleicht 15 Minuten mit dem Auto von meinen Eltern entfernt. Mir kam es damals wie eine Ewigkeit vor. Angekommen, musste mich mein Mann auch noch die Treppe rauftragen, mich ausziehen und ins Bett legen. Es war ja alles so entwürdigend.
Einen Tag nach dem Standesamt hat man ja bekanntlich noch „frei“ und dieser Tag war mir eigentlich auch ganz recht. Ich ließ mich nach Bevern fahren, zu meinen Eltern, wo ich dann auch die Nacht verbringen wollte.

Bei meinen Eltern gab es Abendbrot, doch ich hatte so recht gar keinen Hunger. Das lag daran, dass ich die ganze Zeit grübelnd vor dem Fernseher saß, bei meinem Vater im Wohnzimmer. Was in der Flimmerkiste lief, nahm ich gar nicht war, obwohl ich immer in die Richtung starrte. Mein Hals war wie zugeschnürt und ich musste ständig ganz kläglich weinen. Mein Vater sagte nichts zu mir, doch ich wusste, dass es ihn in seinem Innersten ganz tief berührte, dass es mir so schlecht ging. Die Beziehung zu meinem Vater war eigentlich schon immer sehr schwierig gewesen, doch wenn es mir schlecht ging, wusste ich, er würde sich große Sorgen um mich machen. Das war so ein tiefes inneres Gefühl und ich wusste, dass ich damit recht habe. Meine Mutter brachte mir eine Tasse Suppe, weil ich doch wenigstens ein bisschen essen müsste. Jeder Löffel war für mich eine Qual, denn ich bekam durch meine enge Kehle fast nichts durch. Die Nacht verbrachte ich dann ganz allein im elterlichen Schlafzimmer. Meine Eltern zogen für diese Nacht in das Zimmer, welches ich als Kind immer hatte. Ständig schaute meine Mutter nach mir, bis sie dann alle ins Bett gingen. Als ich da so lag, dachte ich darüber nach, was meine Eltern wohl jetzt noch im Bett zu tuscheln hatten. Redeten sie noch über mich? Ich hörte nur ein Murmeln aus dem anderen Zimmer. Ich fühlte mich mies, weil ich wusste, dass ich morgen den schönsten Tag in meinem Leben versauen würde, wenn ich dort im Rollstuhl vor dem Altar sitzen werde. Der Rollstuhl war schon einen Tag vor der kirchlichen Trauung bestellt worden. Das übernahm ein Kumpel von uns aus dem Nachbardorf. In Bevern haben wir ein Geschäft, das Reha-Artikel verkauft, u. a. auch Rollstühle. Dort hatten wir das große Glück, für die Trauung einen Rollstuhl gestellt zu bekommen, weil mein Kumpel den Chef gut kannte. Das war sogar das neueste Modell, wie sich dann am nächsten Tag herausstellte.

Heute, also am Samstag, dem 2. September 1994, sollte die kirchliche Trauung sein. Ganz früh am Morgen fuhren meine Eltern mit meinem Mann und mir in die Stadt, um die Blumen für das Auto und für mich abzuholen. Außerdem musste ich ja noch zum Friseur, um meine – damals noch sehr langen Haare – hochstecken zu lassen. Das war vielleicht eine Prozedur, für jemanden, der sich eigentlich nur miserabel fühlt. Mein Vater stellte seinen neuen Mercedes mitten in die Fußgängerzone der Stadt, direkt vor den Friseurladen, damit ich nicht so weit laufen muss. Die Friseurin hatte mir genau 72 Nadeln in die Haare gesteckt.
Als ich wieder raus kam, stand ein Polizist neben meinem Vater und ich dachte: „Oh nein, jetzt dürfen wir auch noch Strafe zahlen". Aber nichts von alledem. Der Polizist war ein Bekannter meiner Mutter, und er kannte meine dumme Geschichte schon, weil Mutti sie ihm erzählt hatte. So hielt er uns den Rücken frei, damit wir ungestört dort parken konnten. Das fand ich ganz lieb von ihm. Die Polizei – dein Freund und Helfer. Manchmal ist da was dran. Das war an diesem Tag dann für mich auch das einzige erfreuliche Ereignis, das muss ich ehrlich

zugeben. Schon am Morgen dachte ich nur: „Hoffentlich ist die Hochzeit bald vorbei". Als wir dann gegen Mittag wieder zu Hause waren, ging es zu meiner Oma, die nur zwei Häuser von meinen Eltern entfernt wohnt. Wir aßen dort zu Mittag. Ich glaube es war Suppe oder so. Nicht mal daran konnte ich mich noch erinnern. Alles in diesen Tagen ging irgendwie so spurlos an mir vorbei. Das Essen fiel mir wieder sehr schwer, daran erinnere ich mich noch gut.
Als wir gerade mit dem Essen fertig waren und wieder zu meinem Elternhaus gingen, wurde ich wieder von meinem Mann gestützt, denn mittlerweile hatte sich wohl durch die Aufregung vor der bevorstehenden kirchlichen Trauung bei mir nervlich so dermaßen in meinen Beinen bemerkbar gemacht, dass ich froh war, als ich sah, dass unser Kumpel den Rollstuhl schon auf dem Hof stehen hatte. Ich setzte mich sofort hinein und sah dem bevorstehenden anstrengenden Tag bzw. Abend etwas gelassener entgegen, weil ich so etwas mobiler war als auf meinen eigenen Beinen. Der Fotograf war auch schon da zu dieser Zeit und einen Augenblick später kam mein neuer Hausarzt, Dr. K., der mich noch schnell mit ein paar Spritzen versorgte, damit ich etwas weniger Schmerzen habe, bis die Feier vorbei ist. Mein Arzt, meine Mutter und ich gingen zusammen in das Zimmer meines Bruders, denn für die Spritzen musste ich ja mein schweres Brautkleid anheben, was mir alleine unmöglich schien. Indessen raste mein kleiner Bruder mit meinem Rollstuhl durch die Wohnung und fand das äußerst spaßig. Bei dieser Gelegenheit stellten wir mit Bedauern fest, dass die Wohnung meiner Eltern alles andere als behindertengerecht ist. Die Türen und der Flur waren viel zu eng, als dass man mit dem Rollstuhl ohne Hilfe hätte dort durchfahren können. Wenn man gesund ist, macht man sich über solche baulichen Geschichten nicht so viel Gedanken, doch wenn es dann plötzlich so weit ist, werden einem solche Dinge plötzlich bewusst. Ja, der Fotograf und mein Mann warteten schon ungeduldig auf mich im Garten. Die Kinder des Hausarztes meiner Mutter waren jetzt auch angekommen, denn sie sollten bei uns Blumen streuen und natürlich mit auf die Fotos. Ich saß die ganze Zeit im Rollstuhl beim Fotografieren. Der Fotograf hat die Bilder ganz geschickt gemacht, damit man den Stuhl später nicht sieht. Bis auf ein paar Bilder, wo er mich ganz bewusst mit dem Stuhl fotografiert hatte.

Er sagte zu mir: „Dann hast du was zu lachen, wenn du aus dem Ding wieder raus bist und dir die Fotos wieder ansiehst“. Heute bin ich froh darüber, noch Bilder davon zu haben, wie er damals prophezeit hatte. Er erzählte mir davon, als er mal einen Bandscheibenvorfall hatte und dadurch auch solche komischen Beschwerden in den Beinen. Und so lange noch was weh tut, meinte er, wäre auch noch was da. Er hätte damals auch Lähmungen gehabt und der Dr. K. hatte ihm sehr gut geholfen. Da war ich ein wenig beruhigt. Jedenfalls für einen Moment. Doch immer, wenn die Beine wieder so schmerzten und mein ganzer Körper zuckte, weil mich wieder solche schmerzhaften Blitze durchzuckten, bekam ich wieder Zweifel, ob denn wirklich alles wieder gut werden würde. Und dieses Zucken wurde immer schlimmer. Die Hochzeitsfeier war für mich ganz schrecklich, obwohl die Medikamente meines Arztes wohl ziemlich stark waren, vernebelten sie mir doch nur die Sinne, statt die Schmerzen zu lindern. In den letzten Tagen hatte ich schon so viele verschiedene Mittel bekommen, von Kortison in hohen Dosen, bis zu Muskelrelaxantien, die mir auch nicht halfen.

Es wurde jetzt langsam Zeit in unsere Dorfkirche zu fahren. Als wir dort ankamen, standen vor dem Lebensmittelladen gegenüber eine Menge Leute, die ich kannte. Sie waren nicht eingeladen, sondern schauten nur der Neugier halber zu. Als ich aus dem Mercedes meines Vaters „gezogen“ wurde, um mich dann in den Rollstuhl zu verfrachten, schauten die Menschen ganz entsetzt.

Als ich dann den Weg zum Eingang geschoben wurde, standen dort die geladenen Gäste samt Familie und schauten miteinander drein, als würde gerade ein Sarg an ihnen vorbei geschoben. Meine Schwiegermutter schien sogar ein paar Tränen zu vergießen. War es aus Mitgefühl, weil es mir sichtlich so schlecht ging oder machte sie sich einfach nur Sorgen um die Zukunft ihres Sohnes, die ja mit einer behinderten Frau nicht so rosig ausschaut. Ich wusste es nicht. Wir wussten ja alle nicht, was mit mir noch alles geschehen würde. Ich dachte schon seit Tagen nur noch daran, dass ich sofort nach der Trauung am nächsten Tag in die Klinik muss.

Die Kirche war mir bekannt, ebenso der Pastor, der die Trauung vollziehen sollte. Ich stand nun direkt vor der Kirchentür und der Pastor begrüßte uns. Leider hatten mich seine Worte zu Anfang der Zeremonie sehr getroffen, denn er meinte, ob das mit dem Rollstuhl wirklich nötig getan hätte und ob ich mich denn nicht ein wenig anstellen würde. So dem Sinn nach sagte er es. Und diese Worte aus dem Mund eines Pastors... Das hatte mich schon schwer erschüttert, da mein Selbstbewusstsein ohnehin schon auf dem Nullpunkt war. Ich wurde von meinem Mann vor den Altar geschoben und von da an ließ ich alles über mich ergehen, so als ginge es gar nicht um mich. Die ganze Zeit versuchte ich mich nur ganz angestrengt darauf zu konzentrieren, dass ich ja meinen Einsatz nicht verpasse, denn ich musste ja noch etwas sagen – Ja, mit Gottes Hilfe! Hilfe? Gott? Ja wo ist er denn jetzt? Warum lässt er mich hier so jämmerlich herumsitzen? Hat er denn gar kein Mitleid mit mir? An den eigentlichen Sinn meiner Krankheit dachte ich damals noch nicht – geschweige denn, dass sie überhaupt einen Sinn haben könnte und wohin sie mich dann später letztendlich führen sollte. Aber dazu später mehr.

Nachdem wir dann den Segen bekommen hatten, klang eine wunderschöne Stimme aus dem oberen Teil der Kirche zu uns herunter. Meine Eltern hatten uns eine Sängerin geschenkt, die für uns singen sollte. Sie sang „AVE VERUM“. Zuerst dachte ich, es hätte jemand eine Platte aufgelegt. Über dieses Geschenk konnte ich mich gar nicht so richtig freuen - schade. Schon im Inneren der Kirche hörten wir, dass es draußen plötzlich ganz stark anfing zu regnen und ich dachte noch so bei mir: „Das Wetter passt zu meiner Stimmung und der ganzen Situation hier“. An diesem Tag ging alles Schlag auf Schlag und war für mich eine irrsinnige Quälerei. Sofort nach der Kirche fuhren wir zu einem etwas entfernteren Gasthof, um zu feiern. Was sollten wir bloß feiern? Gab es denn etwas zu feiern? Das war doch alles bloß für die anderen Leute. Hauptsache die haben ihren Spaß. Ich hatte jedenfalls keinen. Die Feier war dann doch noch ganz lustig. Wenigstens war ich in der glücklichen Lage, der ganzen Feier mal intensiv beizuwohnen. Sonst müssen Bräute immer den ganzen Abend mit irgendwelchen Leuten Pflichttänze absolvieren und das blieb mir ja Gott sei

Dank erspart. Der Gang zur Toilette war für mich äußerst unangenehm, weil ich ohne Hilfe weder in die enge Kabine kam noch mein Brautkleid hochnehmen konnte. Gegessen hatte ich an dem Abend nicht besonders viel, wie immer. Alkohol trinken durfte ich auch nicht, weil ich so viele Medikamente intus hatte. Dabei hätte ich mir so gerne einen gebrannt, um mit der Situation besser fertig zu werden. Auch wenn es nachher wirklich noch lustig war und sich alle so rührend um mich kümmerten, war ich dann doch froh so gegen halb vier morgens nach Hause zu kommen. Mein Mann pulte mir die über 70 Nadeln aus den Haaren und wir konnten endlich schlafen. Am nächsten Morgen mussten wir ja wieder früh aufstehen, weil ich dann in die Klinik nach Bremerhaven sollte. Obwohl ich Angst davor hatte, freute ich mich doch irgendwie, weil ich in diesem Klinikaufenthalt etwas sah, was mir Hoffnung gab.

In der Klinik

Meine Eltern fuhren mich einen Tag nach den Feierlichkeiten in die Klinik nach Bremerhaven/Reinkenheide, wo ich auf Station 11, der Neurologie, einquartiert wurde. Eine Schwester kam mit einem Rollstuhl und brachte mich nach oben. Es war ein schreckliches Krankenhaus. Schon von außen machte es auf mich einen bedrohlichen Eindruck. In unserer Gegend steht der Name „Reinkenheide" für: fast tot oder so zerfetzt, dass man wieder zusammengeflickt werden muss. Das kommt daher, dass alle Menschen, die einen schweren Unfall mit dem Auto hatten und richtig kaputt sind, in dieses Krankenhaus geflogen werden, weil man ihnen sonst nirgends mehr helfen kann. Mit diesen Gedanken im Hinterkopf bezog ich also dann mein Zimmer.

Wir waren mit drei Frauen. Meine Mutter regelte noch ein paar Dinge am Telefon. Mein Vater hielt sich so gut wie gar nicht im Zimmer auf, weil er die Krankenhausluft angeblich nicht vertrug. Ich glaubte ihm zwar nicht, aber was soll's. Zu der Zeit sah ich schon ganz schrecklich aus im Gesicht. Wo hatte ich nur diese schrecklichen Pickel plötzlich her? In meinem Gesicht war ja kein bisschen gesunde Haut mehr.

Auch meine Brust und mein Rücken waren von diesen hässlichen Eiterpusteln übersät. Damals dachte ich, es kommt vom Stress und beachtete dieses Phänomen auch nicht weiter. Im Krankenhaus sehen ja alle Leute nicht besonders hübsch aus, wenn sie krank sind. Meine Beine in der Sockenregion waren ja schon länger kaputt, weil mich die Flöhe meines Katers dort gebissen hatten. Rundherum alles voller Löcher. Diese Viecher hinterlassen richtig tiefe Löcher und wenn diese Pickel aufgekratzt werden, jucken sie um so doller. Nicht so wie Mückenstiche, nein. Das störte mich aber alles nicht so sehr und ich wurde nur daran erinnert, wenn mich bei der Visite mal ein Arzt darauf ansprach. Einer meinte sogar, die Katzenflöhe gehen nicht auf Menschen. Mann, hat der Typ eine Ahnung. Und sowas will Arzt sein. Das weiß doch jedes Kind, wie aggressiv gerade Katzenflöhe sind.

Apropos Visite. Dazu muss ich sagen, dass ich in den ganzen 14 Tagen kaum einen Arzt zu Gesicht bekam. Jeden Morgen musste ich ins Bewegungsbad, zur Physiotherapie, zum Röntgen, zum CT oder zum Ultraschall. Sämtliche Untersuchungen, die schon in der Stader Klinik durchgeführt wurden, wurden nochmals gemacht. Na ja, bis auf die Messung der Nervenleitgeschwindigkeit. Das war die einzige Untersuchung, die ich noch nicht kannte. Fast alles verlief ergebnislos. Es wurde nur eine Fußheberlähmung am linken Bein festgestellt. Na toll, das hatte ich schon selbst bemerkt. Mein Nervenwasser sollte noch untersucht werden, eine sogenannte Lumbalpunktion, die ich damals aber ablehnte, weil ich schon so viel schlechtes darüber gehört hatte. Meine Mutter hatte es mal machen lassen und sie sagte, dass es ein Risiko ist und man außerdem hinterher über 14 Tage lang ganz starke Kopfschmerzen davon bekäme. Die Ärzte in der Klinik waren von meinem Entschluss, diese Diagnosemöglichkeit auszulassen, nicht sehr erbaut. Ein Arzt sagte zu mir: „Wenn Sie Ihren Wagen zur Inspektion bringen, verbieten Sie dem Mechaniker ja auch nicht Werkzeug zu benutzen“. Das ist ein Vergleich, was? Wenn bei meinem Auto was schiefläuft, kann ich es aber einfach so in den Gulli schieben. Doch was ist, wenn ich plötzlich gar nicht mehr krabbeln kann, wenn einer vorbeisticht? Gegen die Halbgötter in Weiß kommt man doch gerichtlich gar nicht an.

Seit dem Tag, an dem ich diese blöde Lumbalpunktion ablehnte, waren alle nur noch unfreundlich zu mir. Besonders der eine Arzt hatte es auf mich abgesehen und schikanierte mich wo er nur konnte. Bei einer Visite hatte ich ihn aber *„richtig schön vor seinen Kollegen bloßgestellt"*. Dieser Blödmann hatte mir ja eine Ganzkörpermassage verordnet, was auch auf meinem Bericht stand. Da ich wusste, dass man bei so massiven Beschwerden, wie ich sie hatte, keine Massage verordnen sollte, sondern nur Fango sinnvoll wäre, fragte ich dann den Chefarzt vor allen anderen Ärzten, ob ich mit meiner Annahme recht hätte. Der Chefarzt stimmte mir zu, nahm meine Liste, schaute sich den Namen des verordnenden Arztes an, drehte sich zu ihm um und warf ihm einen ganz bösen Blick zu. Ab dem Tage ließ dieser blöde Doktor wirklich keine Gelegenheit mehr aus, mich irgendwie anzumotzen.

Irgendwann war es für mich dort nicht mehr auszuhalten. Nicht nur wegen dem Arzt, sondern auch wegen der Schwestern, die den ganzen Tag nichts besseres zu tun hatten, als mit den Türen zu knallen oder die Türen offen stehen zu lassen. Das Türenknallen hatte mich besonders gestört, weil ich fürchterlich schreckhaft geworden war, durch meine Erkrankung mit den Nerven. Jedes Mal bekam ich Herzstolpern und Schmerzen im ganzen Körper.

Mittlerweile hatte ich mir eine kräftige Erkältung zugelegt, weil der Wind ständig in unser Zimmer pfiff. Außerdem gab sich irgendwie niemand Mühe, mich wieder zum Laufen zu bewegen. Ständig nur immer der Rollstuhl. Meine Muskeln waren schon völlig verschwunden. Mann, was hatte ich für dünne Beine. Und die Knie waren richtig nach hinten durchgebogen. Noch ein Stück mehr und ich hätte ausgesehen wie ein Storch. Der Weg zur Toilette, die sich ganz in der Nähe unseres Zimmers befand, war ein einziges Hinhangeln. Dazu kam ja auch noch, dass ich starke Gleichgewichtsstörungen hatte, die sich sogar im Bewegungsbad bemerkbar machten. Dann war mein Bauch von den Thrombosespritzen schon so blau, gelb, grün. Der tat nachher schon weh, wenn ich nur den Pfleger mit der Spritze sah. Abends vor dem Schlafengehen spielte er für uns alle über den Lautsprecher immer Mundharmonika. Das war das einzige schöne Erlebnis dort.

Untersuchungen wurden ja eh nicht mehr gemacht und auch das Essen schmeckte zum Würgen. An einem Sonntag gab es alles mit Rosinen, das weiß ich noch. Morgens Rosinenbrot, mittags einen Braten mit Rosinen gefüllt, nachmittags gab es Hedwig mit Rosinen und abends wieder Rosinenbrot. Die hatten diese Dinger wohl containerweise eingekauft.

Es wurde für mich weiterhin nur Physiotherapie angeordnet und daher beschloss ich, dieses Krankenhaus so schnell wie möglich zu verlassen. Meine Mutter hatte für mich schon einen Platz im Kreiskrankenhaus Bremervörde reservieren lassen und auch schon mit einem ihr bekannten Arzt gesprochen. Meinen Hausarzt rief ich noch aus der Klinik an und teilte ihm meinen Entschluss mit. Natürlich war er nicht begeistert, aber das war mir egal. In diesem Haus konnte ich jedenfalls nicht gesund werden. Niemand kümmerte sich da um einen. Der beste Beweis war diese ältere Dame, die neu in unser Zimmer kam. Sie war im Stadtpark in Bremerhaven zusammengebrochen und hatte einen Schlaganfall erlitten. Da lag nun diese arme Frau ganz allein am Fenster und niemand kümmerte sich um sie. Halbseitig gelähmt, konnte sie nicht einmal mehr sprechen. Die Schwestern schmissen ihr zum Mittag das Essen auf ihren Nachttisch und rannten wieder raus. Als die Dame das Essen sah und ihr wohl bewusst wurde, dass sie nicht dazu fähig war, selbstständig zu essen, fing sie ganz kläglich an zu weinen. Als die Schwestern das Essen abräumen wollten, schimpften sie auch noch mit ihr, weil sie nichts gegessen hatte. Die Patientin versuchte etwas zu sagen, doch es kam nichts Verständliches heraus. Da begann sie wieder zu weinen. So ging das dann die ganzen Tage. Sie weinte die ganzen Nächte durch. Niemand kam um sie zu besuchen. Es war so schrecklich. An diesem Ort konnte ich einfach nicht mehr bleiben und bat den zuständigen Arzt um meine Entlassungspapiere. Als ich unterschreiben wollte, war dieser blöde Arzt plötzlich ganz nett zu mir. Vielleicht war er einfach nur froh, mich endlich los zu sein oder er hatte plötzlich begriffen, wie schäbig er sich mir gegenüber verhalten hatte. Man weiß es nicht so genau.

Ich wurde dann entlassen, mitten in der Woche und kein Mensch aus der Familie konnte mich abholen. Eine damalige Freundin kam dann mit dem Auto und wir fuhren gen Heimat. Von einem früheren Bruch ihres Fußes hatte sie mir ihre Krücken mitgebracht, weil sie meinte, dass ich damit besser vorwärts komme. Diese Dinger nutzte ich auch sofort, als ich bei meiner Firma aussteigen musste, um meine Krankmeldung für die weiteren Wochen abzugeben, denn ich würde ja am nächsten Tag ins Bremervörder Krankenhaus gehen. Einen Tag hatte ich noch Schonfrist und durfte mal wieder eine Nacht zu Hause schlafen.

Am nächsten Morgen ging es wieder ganz früh los. Ich wusste schon vorher, dass ich dort ankommen würde und den ganzen Tag in der Klinik verbringe, ohne das etwas untersucht wird. Es sind immer so verlorene Tage, die eigentlich doch gar nicht nötig tun, oder? Ich kam auf die Chirurgie. *„Auf die Chirurgie?"*, denken Sie jetzt bestimmt. Ja, meine Mutter kannte den Arzt, weil sie dort als *„Grüne Dame"* ehrenamtlich arbeitet. Nur der Vollständigkeit halber: *„Grüne Damen"* unterliegen der Aufsicht der ökonomischen evangelischen Kirche und kümmern sich um die Dinge, für die die Schwestern keine Zeit haben. Zum Beispiel füttern sie Patienten, reden mit ihnen, wenn sie Angst vor Operationen haben, oder sie fahren mit dem Bücherwagen über die Stationen, damit die Leute was zum Lesen haben. Spaziergänge sind natürlich auch inbegriffen. Na und dieser bekannte Arzt meiner Mutter versprach ihr nun, sich um mich zu kümmern. Toll was? Alle um mich herum wurden beschnippelt, nur ich nicht. Das ist vielleicht ein tolles Gefühl. Ja und der Service in unserem Kreiskrankenhaus ist Ia, das kann ich Ihnen sagen. Nach diesen Strapazen in der Bremerhavener Klinik war das hier wie Urlaub. Gleich zu Anfang kam ein Pfleger, der mir erst einmal mein neues Bett vorführte. Es war ein Spezialbett, wo man alles verstellen kann, damit ich meine Beine auf so eine Art Stufe legen konnte. In Bremerhaven interessierte sich kein Mensch für mein Befinden. Und dann das Essen hier – traumhaft. Am ersten Tag gab es eine Chinapfanne mit viel Gemüse, und auch an den folgenden Tagen schmeckte es mir hervorragend. Na ja, bis auf das Frühstück mit dieser merkwürdigen Wurst, die wie angepinselt aussieht, und dem Käse, der sich an den Ecken schon wölbt und wie Plastik aussieht. Aber das ist wohl in jedem Krankenhaus gleich. Es ist eben Großküchen-Essen.

Jeden Tag besuchte mich eine Krankengymnastin, die meine Muskeln wieder aufbauen sollte, damit ich meine Beine mal wieder etwas mehr benutzen konnte. Die Krücken nahm sie mir schon am ersten Tag weg. Jetzt bekam ich auch plötzlich jede Visite mit. Alle Ärzte gaben sich sehr viel Mühe mir alles zu erklären und der Chefarzt schaute sich immer meine Bücher an, die auf meinem Nachtschrank lagen. Er fragte mich, was ich denn beruflich so machen möchte und ob die Bücher gut sind, die ich da lese. Also, ich hatte das Gefühl, plötzlich bin ich wer, nicht nur eine Nummer, sondern es wird an meinem Leben Anteil genommen. Fast den ganzen Tag hielt ich mich unten in der Bäderabteilung auf und war rund um die Uhr beschäftigt mit Krankengymnastik – die im Übrigen noch sehr schmerzhaft war – Bewegungsbädern, Massagen, Tiefenwärme, Fango und Reizstrom. Sehr viel geholfen hatte es nicht, doch ich konnte wenigstens wieder einigermaßen auf einem Bein stehen und mein anderes Bein nachziehen. Sah alles noch ein wenig komisch aus, aber ich kam wenigstens ohne großartige Hilfe voran. Mein Rücken war schon ganz schief und buckelig von dieser Schonhaltung. Vor dem Spiegel sah ich aus wie eine Hexe, da fehlte nur noch die Katze auf der Schulter. Von diesen eingesunkenen Schultern bekam ich schon viel schlechter Luft, weil die Muskeln um den Schultergürtel sich dermaßen verkürzt hatten. Es war nicht angenehm. Die Stangabäder waren für mich gestrichen worden, weil ich den Strom nicht vertrug. In der Wanne fingen meine Beine unkontrolliert an zu flattern. Der Masseur hatte so etwas ähnliches in seiner beruflichen Laufbahn noch nicht erlebt, meinte er. Ich bin ja fast aus der Wanne gesprungen.

14 Tage lang hatte ich es mir im Krankenhaus gemütlich gemacht, weil ich einfach das beste draus machen wollte. Jeden Abend bestellte ich mir Essen vom Chinesen, weil ich ja genug Krankenhaustagegeld bekommen würde, und ich bekam so viel Besuch, dass es mir schon manchmal sehr auf die Nerven ging. Dann kam der Tag der Entlassung. Gesundheitlich hatte ich mir von diesem Aufenthalt mehr versprochen, aber vielleicht wird es noch, dachte ich. Wenn ich wieder zu Hause bin, sollte ich weiter zur Physiotherapie gehen. Außerdem musste ich zu meinem Hausarzt, zur Reizstromtherapie und mir Vita-

min-B-Spritzen verpassen lassen. Jeden Tag hatte ich ab da Beschäftigung.

Als ich zu Hause war, war das erste, ich setzte mich ins Auto und versuchte selbst zu fahren. Da wir keine Automatik hatten, musste ich erst probieren, ob ich die Kupplung überhaupt treten kann. Es klappte, trotz dieser Muskelschwäche! Das war für mich der erste Lichtblick. An jeder Ampel musste ich zwar auskuppeln, weil ich sonst Schmerzen und Krämpfe bekam, aber es ging. Wenn ich heute darüber nachdenke, war das alles ganz schön gefährlich. Eigentlich hätte ich nicht fahren dürfen, aber was soll man machen, wenn man ständig zum Arzt muss. Soll man immer andere Leute anbetteln? Nein, sowas tue ich nicht.

Die nächsten Monate verbrachte ich nur mit Therapien. Bei meinem Hausarzt gehörte ich schon zum lebenden Inventar. Mittlerweile kannte ich alle Klatsch- und Tratschzeitschriften, die man beim Arzt so zu lesen bekam. Ich kam mir vor wie „Frau Lesezirkel" persönlich. Man müsste sich mal einen Spaß daraus machen und die gesamte Wartezeit seines Lebens, die man beim Arzt verbringt, zusammenrechnen. Bei dieser astronomischen Zahl würde mir wahrscheinlich schwindelig werden, deshalb lasse ich es lieber.

Für meinen Mann und mich war es jetzt langsam an der Zeit in unser eigenes neues Haus zu ziehen. Die Bauarbeiten standen kurz vor dem Abschluss, und mittlerweile war es auch schon November 1994. Um unseren Nachmietern in der alten Wohnung ein wenig entgegenzukommen, zogen wir ein paar Tage früher um. Es waren Bekannte von uns, die wir nicht auf der Straße stehen lassen wollten, denn sie mussten pünktlich zum Monatswechsel aus der anderen Wohnung heraus sein und wollten dann sofort in unsere alte ziehen. Mein Mann Michael und ich waren so kulant und packten unsere sieben Sachen, obwohl unser Haus noch nicht einmal Zimmertüren besaß. Auch das Bad und der Flur waren noch nicht verfliest. Aber das schlimmste war, mein Vater war gerade dabei den Estrich im Wohnzimmer fertig zu stellen, während mein Mann und sein Kumpel die Möbel in den hinteren Teil des Hauses schafften. Das war vielleicht ein tolles Wohnen die nächsten Wochen, das könnnen Sie sich sicher vorstellen. Jetzt im Nachhinein lacht man darüber, aber damals empfanden wir die ganze Sache echt als Katastrophe. Der Umzug war dann abgeschlossen am Abend. Viel helfen konnte ich nicht, denn meine Beine ließen kaum eine richtige Bewegung zu. Das hatte mich natürlich ganz schön frustriert, immer nur zuschauen zu müssen. Nach der Arbeit setzten die Männer sich noch auf ein paar Bier zusammen. Ein paar Bier ist gut. Eule – so nannten wir den Kumpel, der geholfen hatte – war ganz schön betrunken. Wir konnten es uns gar nicht erklären, denn Eule lief den ganzen Umzug lang nur mit einer Coladose durch die Gegend. Was wir nicht wussten, war dass er den Umzugskarton mit den Sachen aus der Bar gefunden hatte. Dort stand auch eine Flasche Bacardi drin, die er zum Umzugsende fast ausgetrunken hatte. Als er zwischendurch auf die Toilette ging, griff er nach der nicht vorhandenen Türklinke, denn wir hatten ja noch keine Türen im Haus. Eule fiel das gar nicht mehr auf.

Als dann alle weg waren und Ruhe ins Haus einkehrte, stand ich in der Küche, schaute mir mein neues Zuhause an und dachte zum ersten Mal richtig darüber nach, was wir jetzt hatten. Ein eigenes Haus, da träumt doch heute jeder von. Ich nicht mehr. Warum nur? In der letzten Zeit hatte ich keinen Gedanken mehr an unser Eigenheim verschleudert. Es kam keine Freude auf bei mir. Mein Mann warf mir Gefühlskälte vor, weil ich ihm erzählte, dass ich absolut keine Freude empfinde. Ich wusste doch selbst nicht warum. Bei meinem Gesundheitszustand war es nicht allzu verwunderlich, dachte ich. Ich war fest davon überzeugt, dass sich meine Freude wiederfindet, wenn ich erst mal wieder richtig gesund bin. Doch wann wird das sein? Kein Arzt hatte bisher etwas herausfinden können. Wird man jemals etwas finden? Fragen über Fragen beschäftigten mich. Und so legte ich mich schlafen, am ersten Tag in unserem eigenen Haus. In der Nacht plagten mich wieder Schmerzen, Angst, dieses Zucken im ganzen Körper. Vor dem Einschlafen schreckte ich immer wieder hoch, so wie man es manchmal so kennt, wenn man kurz vor dem Einschlafen ist und das Gefühl hat, man fällt irgendwo herunter. Bei mir war es nur viel, viel ausgeprägter. Wieder eine dieser schrecklichen Nächte, in denen ich immer weinte.

Die Besuche bei Dr. K. waren eigentlich völlig sinnlos, denn es half irgendwie gar nichts und der Doc meinte dann mal eines Tages zu mir, dass ich austherapiert wäre. Tja und nun? Was hieß denn das nun für mich? Er schickte mich im Januar 1995 – also 4 Monate nach unserer Hochzeit – erneut nach Bremerhaven in die Ambulanz der Klinik, um die Nervenleitgeschwindigkeit nochmals überprüfen zu lassen. Außerdem sollte dort noch eine Nadelmyographie (da werden die Muskeln getestet) gemacht werden. Für eine Kur hielt der Doktor mich zu schwach, denn dafür müsste man richtig fit sein, seiner Meinung nach. Mich würde es nur noch mehr belasten. Also fuhr ich mal wieder für einen Tag nach Bremerhaven und ließ diese Untersuchungen machen. Wieder bekam ich diese hässliche Nadel in den Kopf und dieses *„schicke"* Metallband um den Fuß. Dann wurde dort der Strom durchgejagt und meine Zehen zuckten dann immer so im Takt. Es war ein widerliches Gefühl, kann ich Ihnen sagen. Das Ergebnis: Meine Situation hatte sich etwas verbessert. Toll, das hatte ich auch schon wieder selbst bemerkt. Was sollte ich jetzt nur machen. Austherapiert heißt wohl jetzt, dass ich mich selbst um alles kümmern muss, weil mich die Ärzte abgeschrieben haben. Das ist vielleicht ein tolles Gefühl. Die sagen das so leicht: *„Mit den Beschwerden müssen Sie wohl leben!"* Ich will das aber nicht.

Mir eine andere Behandlungsmöglichkeit zu suchen, dafür fehlte mir dann bald die Zeit, weil ich nur noch damit beschäftigt war, allen möglichen Amtsärzten zu bestätigen, dass ich immer noch arbeitsunfähig bin. Damals dachte ich, die Frau vom Medizinischen Dienst Niedersachsen wäre eine eklige Frau, doch nach mehreren verschiedenen Institutionen, die ich durchlaufen musste, stellte sich später heraus, dass sie die beste von allen war. Sie hielt mich nämlich nur bedingt für psychisch krank. Dieses Vorgehen der Amtsärzte finde ich schon phänomenal und deshalb möchte ich es hier mal schildern, für die Menschen, die bisher das Glück hatten, von diesen Maßnahmen verschont zu bleiben.

Man bekommt dann also so einen Termin zugeschickt, wo man ganz freundlich eingeladen wird. Wenn man dann das Kleingedruckte liest, stellt sich heraus, dass diese Einladung alles andere als freundlich ist und es einem an den Kragen bzw. ans Geld geht, wenn man diesen Termin nicht wahrnimmt. Meistens sind die Termine schon gleich morgens um 8.00 Uhr, damit man auch ja nicht ausschlafen kann. Jedenfalls war es bei mir immer so. Wenn man dann pünktlich da ist, muss man erst einmal noch eine halbe Ewigkeit warten, weil die Herren oder Damen Doktoren wohl noch ihren Kaffe trinken müssen. Irgendwann wird man dann mal aufgerufen und ist froh, wieder mal diesen anatomisch unsinnig geformten Stühlen zu entkommen, die man ja nun mittlerweile aus jeder Arztpraxis kennt. Man wird in ein Zimmer geführt, eine Frau an einer Schreibmaschine von Anno-schlag-mich-tot, wahrscheinlich die Tippse vom Dienst. Und dann da am Schreibtisch sitzt sie dann, diese verkappte Existenz, die in der freien Wirtschaft nicht zu gebrauchen ist: DER AMTSARZT!

Die ganze Untersuchung möchte ich hier nicht schildern, doch eines war mir schon sehr aufgestoßen. Jedes Wort wurde einem im Mund verdreht und behandelt wurde man wie ein Stück Vieh. Als die Ärztin mir mit einer riesigen Varta-Taschenlampe in den Mund schaute, sagte sie zur Tippse, so als wäre ich gar nicht dabei: *„Gebiss: gut restauriert“*. Und die Frau an der Maschine schrieb fleißig mit. War ich hier bei einer Fleischbeschau? Vielleicht kriege ich ja gleich noch einen lila Stempel auf den Hintern, so wie man sie auf Schweinehälften findet. Hätte mich nicht gewundert. Den Tränen nahe, musste ich mir Fragen gefallen lassen wie: *„Wollten Sie Ihren Mann überhaupt heiraten?“* oder *„Haben Sie Ärger bei der Arbeit?“*. Dann wurde mir erklärt, wieviel schlimme Erkrankungen durch psychische Belastungen entstehen. Ich erklärte mich damit einverstanden, mal eine Nervenärztin aufzusuchen. Schlafstörungen hatte ich ohnehin. Und vielleicht hatte ich es ja doch *„nur“* mit den Nerven.

Ein paar Tage später machte ich mal wieder einen Besuch bei meinem Hausarzt, Doktor K., und erklärte ihm, dass ich gerne eine Überweisung zur Nervenärztin möchte. Na ja, was heißt gerne? Ich hielt es in diesem Moment mal wieder für einen Hoffnungsschimmer und wollte die Chance nutzen, vielleicht durch diese Ärztin Heilung zu finden. Mein Hausarzt schaute mich ganz entgeistert an, als ich ihm mein Anliegen mitteilte. Es schien mir so, als halte er nicht besonders viel von solchen Seelenklempnern. Er fragte mich, wo ich denn gerne hingehen möchte. Über einen Nervenarzt unserer Stadt zog er ganz besonders her. Ja er äffte ihn sogar nach. Auch ich wusste, dass dieser besagte Arzt immer mit gebückter Haltung durch die Stadt läuft und aussieht, als trage er die Last der gesamten Menschheit auf seinem Rücken. Als mein Doc nun dieses Gehen nachmachte, mussten wir beide so sehr lachen. *„Nein“*, erwiderte ich, *„ich möchte gerne zu dieser Nervenärztin XY“*. Anstandslos bekam ich meine Überweisung, obwohl mein Doktor wohl der Meinung war, dass ich psychisch völlig in Ordnung bin.

Bei dieser Ärztin angerufen, bekam ich auch sofort einen Termin. Mir war irgendwie gar nicht mehr so wohl bei dem Gedanken, ich würde mich jetzt mit den ganzen Verrückten auf eine Stufe stellen. Und das auch noch freiwillig. Da saß ich nun in diesem riesengroßen Wartezimmer. So viele Stühle und keiner saß drauf. Na ja, fast keiner, denn ein Mann saß mir noch gegenüber. Angestrengt lugte ich über meine Zeitschrift hinweg, die ich mir zur Tarnung gegriffen hatte, um nun ganz unauffällig diesen Mann auf der anderen Seite des Zimmers zu beobachten. Mir ging durch den Kopf, was dieser Mann wohl für Probleme haben musste, um sich in die Behandlung einer Nervenärztin zu geben. Da ich wusste, dass in dieser Praxis nur Psychotherapie und so 'n Blödsinn angeboten wird, dachte ich mir so meinen Teil und steckte diesen armen Mann sofort in eine Schublade. Sollte man ja eigentlich nicht machen, und schließlich war ich ja auch hier. Aber ich war ja nicht verrückt, so wie der Mann dort drüben. Wie kam ich wohl dazu, mir so ein Urteil über jemanden zu erlauben, den ich gar nicht kenne. Wie schnell lässt man sich auf solche Vorverurteilungen ein, ohne dass man es merkt.

Die Stimme der Sprechstundenhilfe riss mich aus meinen Gedanken. *„Alexa, kommst Du bitte?“*. Es war die Tante meines Ex-Freundes, die

mich da rief. Mann, war mir das unangenehm, als ich kam und sah, dass ich diese Frau auf der anderen Seite dieses Tresens kannte. Was hatte ich mich geschämt. Ich muss zu einer Psychotherapie. Ich kam ins Sprechzimmer. Am Tisch kauerte eine in meinen Augen merkwürdige Frau. Diese hängenden Schultern waren mir schon bei anderen Klapsologen aufgefallen. Auch sie sah so aus. Komisch. Man hat das Gefühl, die Ärzte, die einen behandeln sollen, sind verrückter als man selbst. Diese Frau strahlte in meinen Augen nicht ein bisschen Selbstvertrauen aus. Ich dagegen humpelte ins Zimmer, erfasste in Windeseile die Situation, griff voller Selbstbewusstsein ihre Hand und schaute ihr mit festem Blick direkt in die Augen. Sowas macht keiner, der irgendwie Probleme mit sich hat, dachte ich noch so bei mir. Eigentlich wollte ich ihr sofort zu Anfang damit beweisen, dass ich nicht zu den Verrückten gehöre, die bei ihr den ganzen Tag so ein und aus gehen. Später stellte sich heraus, dass ich ihr gar nichts beweisen musste. Sie stellte einfach nur fest, dass meine schlechte psychische Verfassung ganz allein darauf zurückzuführen ist, dass ich nun schon so lange krank bin und niemand etwas Richtiges finden kann. Sie riet mir nur zu autogenem Training, was ich dann in den nächsten Wochen bei ihr erlernen sollte. Habe ich dann auch gemacht und bin über ein paar Wochen zu ihr gefahren. Die richtige Entspannung war es für mich nicht. Vor allem störte mich, dass ich vor ihr am Schreibtisch sitzen sollte, zum Entspannen. Und dann ihre ätzende Stimme - buuuaaahhh! Schrecklich! Jedesmal, wenn sie wieder anfing zu sprechen, zuckte ich zusammen, weil sie so laut sprach und eine sehr unangenehme Stimme hatte. Geholfen hatte mir der ganze Mist nicht viel. Nach wie vor litt ich unter plötzlichen Heulattacken, die bei mir einfach ohne Grund auftraten. Manchmal sogar während der Autofahrt. Es gab Tage, da lachte ich mit meinem Mann darüber, weil es mir so absurd erschien, einfach grundlos zu weinen. Ich hatte keine Ahnung, was da vor sich ging. Mein Gedächtnis war auch nicht mehr so wie früher und ich vergaß vieles. Außerdem war meine Aussprache nicht mehr perfekt. Sie war mitunter ganz verwaschen, und ich verdrehte Wörter und Silben. War das immer unangenehm, wenn ich unter Leuten war.
Meine Reisen zum Arzt und in die Physiotherapie nahmen kein Ende. Den ganzen Frühling 1995 verbrachte ich damit. So schlimm empfand

ich es aber eigentlich gar nicht, denn alle Leute kannten mich schon, überall wo ich hin kam. Zu meinem Masseur hatte ich schon fast ein freundschaftliches Verhältnis aufgebaut und durfte sogar im Aufenthaltsraum der Mitarbeiter sitzen. Jeder kannte mich und meine Geschichte. Auch beim Arzt wurde ich als Stammpatientin immer sehr freundlich begrüßt und es war immer Zeit für einen kleinen Plausch. Man hat dann natürlich viel mehr Freiheiten, wenn man alle Leute so gut kennt. Die meisten habe ich geduzt. Ab und zu brachte ich für die Mitarbeiter kleine Geschenke mit, über die sich alle sehr freuten. Auch Dr. K. bekam zu seinem Geburtstag einen großen Blumenstrauß von mir, in den ich Mullbinden, Spritzen und eine Verbandschere einbinden ließ. Alle in der Praxis waren begeistert. Alles in allem hatte ich mich in dieser ganzen Zeit sehr wohl gefühlt. Man fühlt sich immer wohl, wenn alle um einen bemüht sind, nicht wahr? Trotzdem befriedigte mich das Ergebnis am Ende aller Bemühungen nicht und ich fing an nach Alternativen zu suchen. Es musste doch jemanden geben, der mir helfen kann.

Wie ich zu Dr. Braun kam

Wie ich schon berichtete, ist meine Mutter bei den *„Grünen Damen"* der evangelischen Kirche im Kreiskrankenhaus Bremervörde beschäftigt. Dort war sie mitten im Geschehen und hörte sich viel bei den Patienten um, ob sie nicht eine Behandlungsmöglichkeit für mich finden könnte. Teilweise erzählte sie den Leute auch von meinem Schicksal, nur um etwas herauszufinden. Und siehe da, eines Tages lag auf ihrer Station eine Frau, deren Sohn in Lüneburg studierte. Dieser junge Mann, erzählte die Dame, hatte auch starke Probleme mit seinen Beinen. Bei ihm war es so schlimm, dass er nicht einmal mehr Kleidung auf der Haut tragen konnte. Niemand konnte ihm helfen und so riet ihm ein Dozent an der Uni, er solle sich an einen Arzt namens Dr. Braun-von Gladiß wenden. Er hat seine Praxis in Amelinghausen, ganz in der Nähe von Lüneburg und dort solle er sich einmal anmelden. Die Dame erzählte meiner Mutter, dass dieser Arzt ein gutes Buch geschrieben habe, das man bei ihm in der Praxis bestellen

könne. Dr. Braun hatte damals bei diesem jungen Mann angeblich eine Amalgamvergiftung festgestellt und ihn darauf behandelt. Die Beschwerden sollen dann völlig abgeklungen sein.
Meine Mutter rief mich gleich an, als sie wieder zu Hause war und erzählte mir die ganze Geschichte. Amalgam, ja das hörte sich für mich gut an. Das wäre eine Möglichkeit und ich klammerte mich sofort an diesen Strohhalm. Zumal ich doch ungefähr 10 Füllungen im Mund hatte, die auch gar nicht so klein waren. Das muss es einfach sein. Wir wussten nun in welchem Ort der Arzt zu finden ist und wie er heißt. Also machte meine Mutter sich auf, die Telefonnummer dieses Wunderdoktors herauszufinden. War ganz leicht. Mutti rief dort an, fragte nach dem Buch und einem Termin. Die Frau am anderen Ende der Leitung teilte meiner Mutter mit, sie würde ihr das Buch zuschicken, doch um einen Termin zu bekommen, müssten wir erst die Krankengeschichte aufschreiben und sie dem Doktor zuschicken. Er würde dann schriftlich einen Termin abmachen. Noch bevor das Buch ankam – und es ging wirklich schnell – setzte ich mich an den Computer meines Bruders und schrieb Dr. Braun folgenden Brief:

Bremervörde, 5. Juni 1995

Sehr geehrter Herr Dr. Braun-von Gladiß,

ich wende mich an Sie, in der Hoffnung, dass Sie mir bei meinem großen Problem helfen können. Seit August 1994 habe ich sehr starke Beschwerden in den Beinen. Von einem ehemaligen Patienten von Ihnen erfuhr ich, dass Sie Erfahrungen mit Amalgam-Füllungen haben. Dieser Patient hatte ähnliche Beschwerden wie ich und darum möchte ich mich an Sie wenden.
Meine Daten:
Alexa Nietfeld, geb. Schnackenberg
Adresse
Telefon
Geboren am 15. März 1971

Ich weiß nicht, ob zwischen den Beschwerden, die ich im Laufe der

Jahre hatte, ein Zusammenhang besteht. Darum möchte ich Ihnen meinen Fall einmal schildern.

1987 ging ich zum Arzt, weil ich ständig unter Durchfall und Schmerzen im Unterbauch litt. Daraufhin wurde ich am Blinddarm operiert. Nach der Operation sagte man mir, dass der Blinddarm gar nicht hätte raus müssen. Der Durchfall und die Schmerzen blieben.
Ständig kamen neue Beschwerden hinzu. Übelkeit, Brechreiz, ich verderbe mir schnell den Magen, Probleme mit der Blase. Wegen der Blase war ich schon bei einem Urologen, der mich gründlich untersuchte. Er führte eine Blasenspiegelung durch und untersuchte auch meine Nieren. Diagnose: NICHTS! Ich habe heute noch Beschwerden damit. Meine Blase ist ständig voll. Manchmal alle 10 Minuten randvoll! Dann habe ich manchmal, dass einige Tröpfchen Urin einfach so herauslaufen. Nicht viel, aber trotzdem störend. Außerdem leide ich unter Ausfluss. Wenn ich manchmal etwas festeren Stuhlgang habe, ist immer so ein komischer Schleim darüber gezogen.

1992 bekam ich Schlafstörungen, Albträume, Nachtschweiß, Pickel, meine Regel setzte manchmal aus oder kam unpünktlich. Im Laufe der Zeit kamen dann Wadenkrämpfe in beiden Beinen, Schwächegefühl in beiden Waden, Schmerzen in beiden Füßen, starke Rückenschmerzen und Probleme mit dem Ischias (ich hatte auch schon einen Hexenschuss). An manchen Tagen kann ich meinen Kopf nicht halten. Er knickt mir einfach so weg (hatte 1990 eine Halskrause wegen eines verklemmten Nervs und 1994 eine Halskrause wegen eines Schleudertraumas).

1994 ging es dann richtig los. Wir, mein jetziger Mann und ich, fingen an unser eigenes Haus zu bauen und für den August planten wir unsere Hochzeit. Ich wurde immer nervöser und hatte ein kribbeliges Gefühl am ganzen Körper. Hauptsächlich aber in den Beinen. Ich dachte mir, das ist bestimmt der Stress und die Aufregung. Mitte August kam ich von der Arbeit, wieder mit Schmerzen im Rücken, in den Füßen und dem Schwächegefühl in den Beinen. Als ich mich dann hinlegte, fingen meine Beine ganz fürchterlich an zu summen und ich konnte nicht mehr aufstehen, da ich mein linkes Bein nicht mehr ausstrecken konnte. Wenn ich versuche dieses Bein zu belasten, bekam ich krampfartige Schmerzen. Meine Zehen am linken Fuß konnte ich auch nicht mehr bewegen. In den Beinen blitzte es ständig und klopfte und blubberte.

Am 2. September 1994 war dann unsere kirchliche Trauung, die ich im Rollstuhl verbringen musste. Am 3. September 1994 schickte mein Hausarzt mich ins Zentralkrankenhaus Reinkenheide. Meine Nerven und Muskeln wurden durchgecheckt, diverse Blutuntersuchungen wurden gemacht und eine Computertomographie und ein Kernspintomogramm (eine Lumbalpunktion habe ich abgelehnt). Bei all diesen Untersuchungen kam nichts heraus. All die Medikamente die ich in dieser Zeit nahm, zeigten nicht die Wirkung, die sie sollten (z. B. Diclofenac, Vitamin B, Ortoton...). Am wenigsten konnte ich Stangabäder vertragen. In der Wanne fangen meine Beine an zu flattern und die Schmerzen werden schlimmer.

Im Moment hat mein Befinden sich etwas gebessert. Ich kann schon wieder fast aufrecht gehen und ein bisschen auftreten kann ich mit dem linken Bein auch schon. Doch eine weitere Verbesserung ist nicht zu verzeichnen. Mein Hausarzt ist auch ratlos. Können Sie mir helfen? Im Moment sind Sie mein einziger Lichtblick. Wenn Sie sich mit meiner Krankheit einmal beschäftigen würden, wäre ich sehr dankbar. Bitte senden Sie mir einen Termin zu. Vielen Dank im voraus.

Mit freundlichen Grüßen
A. Nietfeld

In der Zwischenzeit hatten wir das Buch von Dr. Braun zugesandt bekommen und rasend schnell alles durchgelesen. Bei jedem Satz fiel uns immer mehr auf, dass wir jetzt wohl endlich den richtigen Arzt für mich gefunden hatten. Alles was er schrieb klang so einleuchtend und auch die Beschwerdebilder passten auffallend zu meinen Problemen. Langsam wurde ich mir immer sicherer und das gab mir Kraft und

Mut. Schon nach ein paar Tagen bekam ich von Dr. Braun ein Antwortschreiben. Wir wunderten uns alle, wie schnell es ging. Er schrieb:

Amelinghausen, den 8. Juni 1995

Betrifft: Ihr Schreiben vom 5. Juni 1995

Sehr geehrte Frau Nietfeld,

Sie erbitten einen Untersuchungstermin. Im beigefügten Rücksendebogen wird Ihnen ein Termin angeboten, der dann fest reserviert wird, wenn Sie diesen Rücksendebogen bis zur angegebenen Frist zurücksenden. Sonst wird der Termin wieder gestrichen.

Sicher ist Ihnen schon bekannt, dass ich zur Untersuchung und Behandlung unserer Patienten nicht allein die üblichen Methoden der Schulmedizin verwende. Deshalb wird ein erheblicher Teil der von mir angewendeten Verfahren von den gesetzlichen und privaten Krankenversicherungen und auch von den Beihilfestellen nicht anerkannt und ohne weiteres erstattet.

Anders verhält es sich natürlich mit den allgemein üblichen ärztlichen Leistungen wie der ersten Untersuchung und Beratung. Diese und auch die kassenüblichen Leistungen im Laufe einer Therapie werden von dem Krankenschein bzw. (bei Privatpatienten) nach der GOÄ abgerechnet.

Die von mir für Therapie und Diagnose verwendeten Maßnahmen, die über solche Leistungen hinausgehen, werden Sie jedoch selbst tragen müssen. Die voraussichtliche Art dieser Untersuchungsschritte und Behandlungen sowie deren Kosten teile ich den Patienten beim ersten Termin mit.

Bitte bringen Sie zum ersten Termin Ihre Krankenversicherungskarte mit, wenn Sie privat versichert sind, entfällt dies natürlich, Sie werden ja dann eine für Privatpatienten übliche Rechnung erhalten. Der erste Kontakt wird also ganz regulär über Ihre Versicherung abgerechnet, wie es mit den Basismaßnahmen bei allen anderen Kontakten auch der Fall ist.

Zusätzlich werde ich eine ganzheitliche Diagnose- und Therapie-Konzeption erstellen, die Ihnen beleuchtet, mit welchen Maßnahmen ich Ihr Problem angehen würde. Die Wahrnehmung des angebotenen Termins ist nur sinnvoll, wenn Sie dem Rat zur Erstellung dieser „Ganzheitsmedizinischen Diagnose- und Therapie-Konzeption" folgen. Dieser Plan beeinhaltet ausführliche Literaturhinweise und Merkblätter, die Ihnen dann mit ausgehändigt werden. Die Erstellung und Aushändigung dieses Plans einschließlich der Anlagen kostet 90,– DM. Er wird gegen Barzahlung und Quittung ausgehändigt.

Aufgrund Ihrer Problemschilderung kann ich schon jetzt abschätzen, dass bei Ihnen darüber hinaus eine Testuntersuchung erforderlich sein wird, um ursächliche Faktoren abzuklären, sowie die Behandlungsschritte inhaltlich und zeitlich zu gliedern sowie auf die regionalen Möglichkeiten vor Ort bei Ihnen abzustimmen. Dieser Test findet an einem Informationsträger des Patienten (Blutstropfen und/oder Foto) statt. Er schließt mit einer ausführlichen schriftlichen Auswertung ab, die ich Ihnen nach Erstellung zusammen mit der Rechnung zuschicken würde. Einen solchen Test werde ich Ihnen voraussichtlich anbieten müssen und anbieten. Er kostet im Falle der bei Ihnen vorliegenden Problemkonstellation 1.800,– DM.

Ferner kann ich jetzt schon abschätzen, dass bei Ihnen darüber hinaus Bioresonanztherapie erforderlich sein wird. Eine Sitzung kostet 75,– DM. Die Krankenkassen übernehmen solche Kosten in der Regel nicht.
Und ein weiteres ist mir klar: Sie müssen unbedingt eine elektrobiologische Hausuntersuchung durchführen lassen. Was dabei untersucht wird, warum dies notwendig ist, und wer so etwas macht, wenn Sie ihn beauftragen, finden Sie in den beigefügten Merkblättern. Es ist sinnvoll, diese Untersuchung in der leider erforderlichen Wartephase vor dem ersten Termin in Auftrag zu geben und durchführen zu lassen,

umso gezielter können die anderen Maßnahmen sein, die ich am Termin erarbeiten werde.

Wie Sie auf dem Briefumschlag sehen, hat das Porto nicht ausgereicht, welches Sie uns zugeschickt haben. Um zu vermeiden, dass Sie Nachporto zahlen müssen, haben wir den Brief für Sie korrekt frankiert. Ich bitte Sie, das fehlende Porto in Briefmarken Ihrer Terminbestätigung beizufügen. Es handelt sich um 1,– DM.

Wenn die unten beschriebene Situation erfüllt ist, kann man unter Verweis auf die juristische und medizinische Situation mit seiner Krankenkasse in Verhandlungen treten.

Mit freundlichen Grüßen
Dr. med. Karl-Heinz Braun-von Gladiß

Diesen Brief habe ich bestimmt zehnmal gelesen, bevor ich ihn richtig verstand. Und auch da hatte ich noch nicht alles begriffen. Da standen Dinge drin, von denen ich noch nie etwas gehört hatte. Und was verdammt noch mal ist Ganzheitsmedizin. Davon hatte ich ja noch nie etwas gehört. Und dann redet der nur von Geld, Geld, Geld. Das mit der einen Mark fand ich auch ein starkes Stück. Mann, regt der sich auf wegen dieser Mark. Das wird ihn schon nicht ruinieren, wenn er mal eine Mark ausgibt, denn Ärzte verdienen doch genug. Schon damals hielt ich ihn für einen merkwürdigen Kauz, nahm den Termin am 15. August 1995 aber dennoch an. Schwor mir aber gleichzeitig, dass ich nie wieder dort hingehe, wenn er weiterhin so doof ist. Ich stellte ihn mir als weißhaarigen alten Tattergreis vor, der mit sich und der Welt nicht zufrieden ist.
Seinem Schreiben lag ein Merkblatt bei, wo man die Adressen mehrerer verschiedener Baubiologen entnehmen konnte. In meiner Nähe war auch jemand, und zwar in Ritterhude. Das liegt so Richtung Bremen von hier aus. Diesen Mann rief ich dann an und bat ihn um einen Termin. Natürlich erst, nachdem ich die Übernahme der Kosten durch meine Eltern gesichert sah. Meier hieß er und machte schon am Tele-

fon einen sehr guten Eindruck auf mich. Ich erzählte ihm, dass ich demnächst Patientin von Dr. Braun sein werde. Daraufhin teilte er mir mit, dass er schon länger mit ihm zusammenarbeite und viele solcher Fälle wie mich kennt. Na endlich hatte ich Menschen um mich herum, die mich verstehen und meine Problematik einschätzen konnten. Herr Meier kam dann auch ein paar Tage später zu uns nach Hause, packte seine ganzen Messgeräte aus, die sehr futuristisch aussahen. Mein Kater stieg gleich in seine Koffer, um alles genauestens zu überprüfen. Das sah Herr Meier gar nicht gerne, denn diese Messinstrumente seien sehr empfindlich gegen Staub. Als wenn mein Kater stauben würde. Der fusselt vielleicht, aber staubig ist er nicht. Herr Meier fragte mich nach dem Sicherungskasten, als ich mich gerade in der Küche befand. Dort standen ein paar Dosen eines Giftes, welche ich für meine Mutter eingekauft hatte, die den Sprüheinsatz ihrer Wohnung plante, um den Befall von Katzenflöhen aus dem Weg zu gehen. Genauso wie ich es damals getan hatte, als mein Kater Flöhe hatte. Meine Mutter wollte vorsorglich sprühen, damit es bei ihrer Katze erst gar nicht zum Flohbefall kommt. Ich kannte mich ja in der Handhabung solcher Gifte schon bestens aus, denn ich hatte in der anderen Wohnung ja schon genug damit rumhantiert. Na jedenfalls stand das Gift auf dem Küchenschrank und Herr Meier schaute um die Ecke, um mich eben zu fragen, wo der Sicherungskasten hängt. Ich wollte es ihm gerade mitteilen, als er erstaunt diese Dosen anstarrte. Er kam zu mir in die Küche, nahm eine dieser Dosen und fing an, auf der Rückseite die Inhaltsstoffe zu studieren. Permethrin war einer dieser Stoffe. Er fragte mich, ob ich dieses Gift hier in der Wohnung versprüht hätte, musste aber verneinen. Ich teilte ihm mit, dass ich dieses Zeug aber in unserer letzten Wohnung versprüht hatte. Einmal 1992 und dann nochmals 1994 vor unserer Hochzeit. Nun klärte Herr Meier mich auf und schilderte mir alle Symptome, die bei einer Pyrethroid-Vergiftung in Erscheinung treten. Sie glichen bis auf's Haar meinen Symptomen. Mann, war ich platt. Mein Baubiologe erklärte mir genau, worum es sich bei diesem Gift handelt. Permethrin gehört zu der Gruppe der Pyrethroide. Es sind künstlich nachgebildete Stoffe, wie sie normalerweise aus der Chrysanthemenblüte gewonnen werden. Pyrethroide sind aber im Labor nachgebaute Stoffe, die viel giftiger und langlebiger sind als in der Natur. Natürliches Pyrethrum – so heißt der Stoff aus den Blüten – verfällt in der Natur durch UV-Licht, Wind und Regen. Das sind alles Faktoren, die in einer Wohnung nicht vorkommen, und so hält sich dieses künstliche Zeug über Jahrzehnte im Innenraum.

Viele Menschen haben diese Gifte im Haus und wissen es gar nicht. Fast jeder hat schon mal „Paral“ gegen Fliegen versprüht oder Elektroverdampfer gegen Mücken in die Steckdose gesteckt. Diese Gifte stecken in Wollteppichen und Holzschutzmitteln sowie auf Lebensmitteln usw.. Die Liste ist endlos. Leider hatte ich beim Versprühen des Flohmittels wohl zuviel eingeatmet und daher hatte es mich so arg erwischt.

So, da hatten wir nun also unseren Übeltäter. Ein Gift war Schuld an meiner Situation. Die elektrobaubiologische Untersuchung rückte für mich fast vollständig in den Hintergrund und ich fragte Herrn Meier nur noch über dieses Gift aus. Na ja, nicht nur, denn ich wollte auch noch etwas über meinen neuen Doktor erfahren, den ich nun noch gar nicht kannte. Mein Baubiologe schilderte mir diesen Mann so bildlich, dass ich schon eine ganz genaue Vorstellung von ihm hatte. Mein Verdacht, es demnächst mit einem zwar medizinisch sehr fähigen, aber dennoch sehr eigenbrötlerischen Typ zu tun zu haben, erhärtete sich immer mehr. Mein Bild von Dr. Braun war eigentlich schon fertig, ich brauchte ihn gar nicht zu sehen. Herr Meier verabschiedete sich und meinte, er würde die Untersuchungsergebnisse bis zu meinem ersten Termin am 15. August rechtzeitig fertig haben und sie zum Doktor nach Amelinghausen schicken. Darauf verließ ich mich dann.

Die Wende

Es kam der Tag, der 15. August 1995, und der Beginn des schönsten Kapitels in meinem Leben. Zugleich war es aber auch der Anfang unendlichen psychischen Leids, worüber ich in den späteren Kapiteln noch berichten werde.
Heute musste ich zum ersten Mal zu Dr. Braun nach Amelinghausen. Ich freute mich schon sehr auf diesen Termin, denn davon versprach ich mir so viel wie nie zuvor, wenn ich zu einer Untersuchung musste. Dr. K. hatte ich informiert, was ich vorhatte. Ich erzählte ihm auch von dem Buch des Arztes und dass ich der Meinung bin, dass es sich bei meiner Erkrankung um eine Vergiftung handelt. Bei dem Wort *„Ganzheitsmedizin"* rümpfte er schon die Nase. Aber ich solle es ruhig mal ausprobieren, meinte er. Er kam bei mir ja auch nicht weiter und seit ein paar Wochen hatte ich so starke Durchfälle, dass Dr. K. mich schon in ein Krankenhaus einliefern wollte, weil er Angst hatte, ich würde austrocknen. Imodium Lingual – das sind Tabletten gegen Durchfall, die man auf der Zunge zergehen lässt – schlugen bei mir nicht an. Ich hatte schon ein paar Packungen verdrückt, doch der Durchfall wurde eher schlimmer. Dr. K. fragte immer öfter danach, wann ich denn nun endlich zu diesem anderen Arzt gehe. Er wollte die Verantwortung für mich wohl nicht mehr übernehmen.

Na ja, nun war es soweit. Ich fuhr mit dem Auto in die Straße ein, wo Dr. Braun wohnte. Meine Mutter saß neben mir auf dem Beifahrersitz. Ich nahm sie zu meiner seelischen Unterstützung mit. Da ist Hausnummer 2, das musste es sein. Ein kleines weißes Haus, völlig zugewachsen mit irgendwelchem Grünzeug, das ich nicht kannte. Der Garten sah in meinen Augen ziemlich ungepflegt aus und auf einem alten Balken, der mitten auf dem Rasen – oder sollte ich Wiese sagen – in die Erde gerammt war, hatte jemand das weiße Arztschild befestigt. Sah schon alles sehr merkwürdig aus. Ich erkannte auf dem Schild, dass seine Frau auch Ärztin ist. Wie kann es auch anders sein, denn ein Arzt würde sich ja wohl niemals mit einer aus dem Fußvolk abgeben. Wir gingen zur Tür und klingelten, denn die Tür war verschlossen. Als die Tür geöffnet wurde und wir eintraten saß eine ältere Frau hinter einem Tresen, hinter dem sie kaum hervorlugte. Nach der Begrüßung bat sie uns freundlich, doch noch einen Augenblick ins Wartezimmer zu gehen. Ich nutzte noch schnell die Gelegenheit, um mich im Vorraum umzusehen. Vielleicht würde ich den Doktor ja schon irgendwo sehen. Alles war aus Holz in diesem Raum, ein paar alte Aktenschränke, und ein in meinen Augen fast antiker Stuhl stand in einer Ecke. An der Wand hing ein Tageskalender mit irgendwelchen weisen Sprüchen. Wir gingen also ins Wartezimmer und ließen uns auf dieser schrecklich harten Holzbank nieder, die nicht einmal ein paar Kissen zu bieten hatte. Die Lehne war steiler als bei einer Kirchenbank und so tat mir schon nach 5 Minuten der Hintern weh. In einem Regal neben mir standen ein paar Bücher über Bioresonanz und auch das Buch des Dr. Braun. Kein Mensch außer uns war zu dieser Zeit im Wartezimmer und das machte mich stutzig. Einen Augenblick später kam noch eine Frau hinzu, die wohl schon behandelt worden war. Sie lobte Dr. Braun *über den Klee* und trank dabei ein Glas Wasser. Komisch, dass man hier was zu trinken bekommt. Bei manchen Ärzten würde es sich wirklich lohnen einen Getränkeautomaten aufzustellen oder ein Mini-Bistro einzurichten, weil die Wartezeiten teilweise so lang sind, dass man kurz vor dem Hungertod ist, wenn man die Praxis wieder verlässt. Hier bei Dr. Braun war es nicht so. Wenn ich 20 Minuten gewartet hatte, dann war es viel.

Ich wurde aufgerufen und in ein Sprechzimmer geführt. Hier war auch wieder alles aus Holz, und Grünpflanzen versuchten sich über den ganzen Raum auszubreiten. Auf dem Schreibtisch stand nur ein Telefon, das mir anzeigte, auf welche Seite des Schreibtisches ich zu sitzen hatte. Ich nahm auf einem dieser antiken Stühle Platz und wartete auf den Doktor. Ein riesiges Regal stand hinter dem Schreibtisch, welches vollgestopft mit Büchern war. Mir gegenüber auf der anderen Seite des Schreibtisches stand ein modernerer Stuhl. Sie wissen schon, diese Dinger, die so gut sein sollen für den Rücken, wo man sich mit den Knien so aufstützt.
Die Tür des Sprechzimmers wurde zügig geöffnet. Der Doktor! Ein sehr gutaussehender, wahrscheinlich Mittvierziger mit dunkelbraunen Locken und in Zivil, also keine weißen Klamotten, betrat den Raum,

hob ein Bein und warf es schwungvoll über den Stuhl mir gegenüber. Er gab mir die Hand und begrüßte mich. Mann, war ich platt. So hatte ich ihn mir gar nicht vorgestellt. Sollte ich mich denn so getäuscht haben?

Mir ging es nach dieser langen Sitzerei schon nicht mehr so gut. Die Beine schmerzten wieder mehr und fühlten sich ganz eklig an, wie immer. Der Doktor sah zwar verdammt gut aus, doch das interessierte mich im Moment eigentlich herzlich wenig, denn ich war so mit meinen Beinen beschäftigt, dass ich an fast nichts anderes denken konnte. Schöne Männer haben mich generell noch nie interessiert, weil sie nach meinen Erfahrungen immer arrogant und gemein waren. Bei Dr. Braun hatte ich ein ähnliches Gefühl, denn er war sehr kühl in seiner Art und vermittelte mir ein Gefühl von Unnahbarkeit, sodass ich mich vor ihm dann plötzlich auch ziemlich klein und dumm fühlte. Mit einer Selbstsicherheit, die mir zuvor noch nirgendwo begegnet war, nahm er sich meines Anliegens an und befragte mich zu meinen Problemen ganz ausführlich. Mir wurden Fragebögen von ihm vorgelegt, in denen es um mein ganzes Leben ging. Es wurde gefragt nach der Wohnung, dem Schlafplatz, Medikamenten, meinem Lieblingsessen, Lieblingsgetränken, wie viel Wurst, Milch und Käse ich täglich oder wöchentlich zu mir nahm – einfach alles. Für mich war es nicht einfach dies auszufüllen, denn um nichts hatte ich mir in den letzten Jahren weniger Gedanken gemacht als um meine Ernährung. Hatte ich mich doch fast nur von Cola, Tunfischpizza und Chips ernährt. Es war mir auch irgendwie total peinlich, dies jetzt alles so offen darzulegen, aber ich tat es dennoch. War ja für eine gute Sache - für meine Gesundheit! Während ich die Fragebögen bearbeitete, lief der Doktor ständig raus oder er machte sich Notizen. War ein ganz komisches Gefühl, mit dem Arzt am Schreibtisch zu sitzen und kein Wort zu reden, weil wir beide am arbeiten waren. Wann erlebt man so was beim Arzt denn schon. Also mir war es völlig fremd. Als ich mit dem Bogen fertig war, sah Dr. Braun alles durch, und wir besprachen einen Teil der Merkblätter, die er in der Zwischenzeit für mich herausgesucht hatte. Da ging es um bestimmte Mittel, die ich für meinen Darm einnehmen sollte, oder spezielle Therapien, die ich zu Hause durchführen konnte. Außerdem legte er mir nahe, dass ich jetzt in der nächsten Zeit zum Zahnarzt gehen sollte, um meine Amalgamplomben zu entfernen. Er teilte mir mit, wie die Entfernung vonstatten gehen muss und verwies in diesem Zusammenhang auf ein weiteres Merkblatt. Da lag nun schon ein beträchtlicher Haufen Papier vor mir und ich muss zugeben, von diesen Unmengen an Informationen war nicht allzu viel hängen geblieben.

Die Beschwerden in den Beinen wurden vom Sitzen langsam unerträglich und das sagte ich dem Doktor auch. Er reagierte prompt, stand auf, ging zur Liege am anderen Ende des Zimmers und zog sie an den Schreibtisch heran. Dann wies er mich an, mich doch drauf zu legen. Die Liege stand dann quer im Zimmer, so dass ich ihn noch gut am Schreibtisch sehen konnte, während ich da so lag. Nun fiel dem Doktor auf, dass die Ergebnisse von Herrn Meier, meinem Baubiologen, noch nicht vorlagen. Mir schien es, als wäre er darüber ein wenig verärgert. Daraufhin rief er dann bei Herrn Meier an, um sich ganz kurz über die Messergebnisse zu informieren. Das ganze Gespräch verlief auch sehr kühl und distanziert und das beruhigte mich etwas. Für mich war es ein Zeichen dafür, dass das Verhalten meines Arztes also nichts mit meiner persönlichen Erscheinung zu tun hatte. Als wir dann soweit alles Medizinische geklärt hatten und ich auch eine Überweisung für eine spezielle Untersuchung meines Gehirns bekommen hatte, die ich in Hamburg machen lassen sollte, gingen wir zum geschäftlichen Teil meines Besuchs über. Mir wurde von ihm ein Schreiben vorgelegt, welches ich unterschreiben sollte. Darin ging es um meine medizinische Betreuung bei ihm. Schließlich musste man einen erheblichen Teil der Kosten selbst finanzieren und der Doktor wollte sich dahingehend absichern, dass er die völlig freie Entscheidung hat, welche Maßnahmen bei mir notwendig sein werden. Und dann sagte er: *„Und wenn Sie das alles nicht so mitmachen wollen - da ist die Tür. Ich habe keine Zeit für Leute, die nicht mitarbeiten wollen!“* Wow! Das hat reingezogen. Wie kann dieser Mann so etwas sagen? Aus diesem Grund war ich doch hier. Ich wollte doch alles Erdenkliche für meine Gesundheit tun, doch man muss mir auch Zeit geben, mich in alles reinzufinden. Zu dieser Zeit wusste ich noch gar

nicht, dass es auch andere Behandlungsmöglichkeiten gab, die nicht von *„Giftspritzen“* ausgeführt wurden. Mein ganzes Leben lang wurde ich nur schulmedizinisch behandelt und hielt Vollkornprodukte immer für Vogelfutter. Sagen sie mal einem Blinden, er soll nicht immer nur die gelben Äpfel essen, sondern die roten, weil die mehr Vitamine haben. Ganz ehrlich gesagt war ich stocksauer auf diesen blöden Arzt. Was der sich anmaßt ist ja wohl nicht zu fassen. Für mich stand in diesem Moment fest, dass ich es ihm schon zeigen werde, *wo der Hammer hängt.* Der wird noch staunen, was ich alles kann. Ich nahm diese ganze Sache dann nicht mehr als Beleidigung, sondern formte mir daraus einen Ansporn für meine Behandlung.
Dr. Braun legte mir zum Schluss der Besprechung noch nahe, sein Buch – welches ich ja schon zu Hause hatte – zu lesen. Bei eventuellen Rückfragen würde er mir gerne zur Verfügung stehen. Insgeheim dachte er doch sicher, *die sehe ich sowieso nicht wieder.* Mir war völlig klar, dass ich in der nächsten Zeit unter erhärteten Bedingungen leben musste, denn die Ernährungsumstellung von ihm war ganz schön hart. Kein Fleisch, keine Wurst... nichts mehr vom Tier. Nicht mal Gemüse, wo mal Fleisch draufgelegen hatte, durfte ich essen. Und dann auch noch alles aus dem Bioladen... Spezielles Wasser sollte ich mir besorgen, was angeblich besser entgiften sollte, als normales. Wenn er es sagt. Sein Wort ist ab jetzt für mich Gesetz!
Wir verabschiedeten uns voneinander und er verließ das Zimmer mit mir. Draußen auf dem Flur musste ich dann bei der älteren Dame schon den ersten Abschlag für meine 4-stündige Sitzung bei ihm bezahlen. Das war gar nicht so billig. Und wenn man bedenkt, dass ich noch ein großes Privatrezept mitbekam, wo Medikamente drauf standen, die ich alle noch besorgen musste. Da würden noch Kosten auf uns zukommen, das war mir und meiner Mutter schon klar. Endlich waren wir fertig und konnten gehen. Beim Rausgehen rief Dr. Braun noch hinter mir her, *dass ich jetzt viel trinken sollte, weil unser Gespräch so anstrengend war.* Das fand ich dann doch noch ganz nett von ihm und brachte ihm bei mir einen kleinen Pluspunkt ein, gegen ca. 1000 Minuspunkte, die er sich während unseres Gesprächs eingehandelt hatte. Kein guter Schnitt. So, alles in allem war ich mit dem Ergebnis der ersten Sitzung aber zufrieden. Kein anderer Arzt hatte

sich vorher so für mich interessiert und sich so viel Zeit für meine Probleme genommen. Das gefiel mir natürlich. Auch diese Selbstsicherheit von Dr. Braun hatte mir sehr imponiert und mich in dem Glauben bestärkt, jetzt die einzig wahre und richtige Therapie für mich gefunden zu haben.
Wieder zu Hause angekommen, machte ich mich sofort über die neuen Unterlagen her und studierte sie genauestens. Wenn ich meinem Doc jetzt was beweisen wollte, musste ich mich gut informieren, das war mir klar. Zu allem, was ich nicht richtig verstand, machte ich mir Notizen. Das Buch vom Doktor hatte ich ja bereits gelesen und so war ich schon etwas im Vorteil.
Gleich am nächsten Morgen schnappte ich mir die Notizen vom Vortag und rief in der Praxis in Amelinghausen an, um mit dem Arzt zu sprechen. Prompt wurde ich durchgestellt, begrüßte Herrn Dr. Braun und kam sofort zur Sache. Meine ganzen Fragen schienen gut und berechtigt zu sein, denn ich bekam diesmal keine blöden Antworten. Am Schluss des Gesprächs meinte der Arzt dann anerkennend: *„Haben Sie schon alles gelesen? Das ist ja toll!“* Diese Worte ließen mich um etliche Zentimeter wachsen, und ich stellte für mich fest, dass ich wohl auf diese Tour am besten mit meinem neuen Arzt weiter komme. Also stürzte ich mich richtig in die Arbeit an mir selbst. Und es machte mir sogar Spaß, je länger ich dabei war. Irgendwann ging es mir gar nicht mehr darum ihm etwas zu beweisen, sondern ich wollte mir etwas beweisen – dass ich es durchstehen kann. Hatte ich in meinem Leben doch schon so viele Dinge angefangen und immer wieder hingeschmissen. Diesmal wollte ich es richtig machen und nicht aufgeben. Es war ein schönes Gefühl, endlich wieder ein Ziel vor Augen zu haben.

Die nächsten Monate wurden für mich sehr anstrengend, was nicht unbedingt nur auf die lange Fahrt nach Amelinghausen zurückzuführen war. Anfangs hatte ich mit meiner Ernährung noch arge Probleme, weil ich die ganzen, mir noch zur Verfügung stehenden Lebensmittel gar nicht kannte. Als ich zum ersten Mal einen Bioladen betrat, kam ich mir vor wie auf einem anderen Stern. Alles war so neu und unbekannt. So begann ich dann allmählich meine Einkäufe zu Entdeckungsreisen werden zu lassen und fand irgendwann Freude daran. Mit der Zeit war ich dann mit den Ladenbesitzern auch schon *per Du* und wir verbrachten viel Zeit mit Plaudern, wenn ich im Geschäft war. Ich war ja auch ein guter Kunde zu der Zeit, das darf man auch nicht vergessen. Ein einfacher Einkauf für das Wochenende kostete für mich alleine schon über 70,– DM. Und Sie können mir glauben, viel hatte ich nicht im Korb. Mit der Zeit lernt man dann aber das richtige Einkaufen und wenn man erst mal davon abgekommen ist, nur Fertigfutter zu kaufen und mehr selbst zu machen, wird es auch etwas billiger. Wegen dieser Geschichte hatte ich ja mal ein kleines Streitgespräch mit meinem Doktor. Ich beschwerte mich bei ihm über meine teuren Einkäufe und bekam natürlich prompt zu hören: „Ja was kaufen Sie denn da alles? Obst und Gemüse ist doch gar nicht so teuer." Da hatte er völlig recht, doch ich brauchte eine gewisse Zeit, um das für mich zu realisieren. Wenn ich schon so ein *alter Hase* wie er gewesen wäre, dann hätte ich sicher auch keine Probleme gehabt. Es ist noch *kein Meister vom Himmel gefallen,* nicht wahr? Außerdem hatte ich noch andere Dinge zu tun, als mich den ganzen Tag nur mit Essen zu beschäftigen. Ich musste zum Zahnarzt, meine zehn Amalgamplomben entfernen lassen. Dann musste ich noch nach Hamburg, diese komische SPECT-Analyse machen lassen. Dort wollten sie sehen, ob mein Gehirn irgendwie Schaden genommen hatte, durch diese Pestizide, die ich versprüht hatte. Das ist so ähnlich wie eine Computertomographie, nur dass man da etwas Radioaktives gespritzt bekommt. Wenn dann eine Schichtaufnahme des Gehirns gemacht wird, kann man sehen, ob die einzelnen Areale auch genügend durchblutet sind. Bei mir war alles in Ordnung – Gott sei Dank! Das meinte auch Dr. Braun, als er von dem Ergebnis erfuhr. Andererseits aber auch schade, denn dann hätte man wenigstens einen Beweis für unsere Theorie gehabt. Sie müssen wissen, dieses Gift, welches ich damals spritzte, verstoffwechselt sich innerhalb kürzester Zeit im Körper und ist dann weder im Blut noch im Stuhl oder Urin nachweisbar. Dieses Gift wurde eigens dafür entwickelt, das Ungeziefer zu lähmen und dadurch zu töten. Es handelt sich also um ein starkes Nervengift, das direkt nach Körperkontakt auf die Nerven zu wandert, weil es eben sehr fettlöslich ist. Und das Drama an der ganzen Geschichte ist, bei Versuchen mit Fröschen ist es nicht gelungen, die Nervenfasern nach vorheriger Kontamination wieder von diesen Stoffen zu befreien.

Ja, im Laufe meiner Behandlungszeit habe ich mich sehr belesen, was in diese Richtung geht, aber irgendwann hat man davon auch die Nase voll. Es reicht dann einfach und man möchte nichts mehr von Giften hören. Ich war ja schon ein halber *Chemieprofessor.* Dr. K. lachte mich mal bei einem meiner Besuche bei ihm aus, als ich ihm meine Erkrankung schilderte und erklärte, wie Dr. Braun und ich dieses Problem angehen würden. *„Na dann werden Sie wohl bald Ihre Professur schreiben.“* Der Mann machte sich immer mehr über mich lustig und wir gerieten jetzt immer öfter aneinander, was seine und meine Vorstellung von einer Therapie entsprach. Mit Gewalt wollte ich ihm meine Meinung aufdrängen und lief immer gegen eine Wand. Trotzdem gab ich nicht auf, ihn bekehren zu wollen, doch es fruchtete nichts. Dann gab es aber immer wieder Tage, wo er mir interessiert zuhörte und auch danach fragte, ob er denn etwas von hier aus helfen könne. Vielleicht mit Vitaminspritzen oder so. Das freute mich natürlich und ich berichtete Dr. Braun sofort davon. Der Doc rief bei K. an und beschrieb ihm, was er machen könnte. Bei diesem Gespräch war ich sogar dabei. Wir saßen bei Dr. Braun im Sprechzimmer und er stellte das Telefon auf Lautsprecher, während die beiden sprachen. Natürlich wurde Dr. K. vorher davon unterrichtet, dass ich neben dem Telefon saß und das Gespräch mitverfolgte. Ist ja auch nur fair. Ich hatte mich gewundert, wie kooperativ sich mein Hausarzt zeigte. Gab es denn doch noch Hoffnung, dass ich ihn auf meine Seite ziehen konnte? Dr. K. war mir eigentlich sehr wichtig und irgendwie mochte ich ihn ganz gerne, wenn er sich manchmal auch sehr launisch gab. Bei ihm wusste man nie was jetzt kommt. Manchmal stritt ich mich auch ganz gerne mit ihm, machte Spaß ihn aus der Reserve zu locken.
Meine Behandlung in Amelinghausen nahm langsam Formen an. Ich bekam ständig Bioresonanz. Mal Bicom, mal Multicom, je nachdem. Zwischendurch wurden auch noch andere naturheilkundliche Verfahren bei mir angewandt, auf die ich hier jetzt nicht im Einzelnen eingehen möchte, denn das würde den Rahmen sprengen. Fakt ist, dass es mir nach ein paar Wochen schon besser ging. So kam es plötzlich nach

einer Bicombehandlung, dass ich mit meinem linken Bein wieder auftreten konnte. Ich erinnere mich noch genau daran, wie es war. Ich stand in der Küche zu Hause beim Abwaschen und hatte mein Bein leicht angezogen, wie ich es immer tat, wenn ich auf einer Stelle stehen musste. Die Bicombehandlung war ca. 3 Tage her und ich nahm noch die Tropfen aus dem Gerät ein, die die Wirkung der Behandlung noch weiter fortführen sollte. Plötzlich bemerkte ich, dass ich weniger Schmerzen in meinem kranken Bein verspürte. So versuchte ich einfach mal es ganz auszustrecken und siehe da, es funktionierte. Mann, war das ein Glücksgefühl! Das waren dann meine ersten Schritte auf dem Weg in die Gesundheit.
In den nächsten Tagen übte ich wie ein Weltmeister das richtige Laufen. Natürlich musste ich mal eben schnell bei Dr. K. vorbeifahren, um ihm zu zeigen, was ich kann. Als er sich meine Geschichte angehört hatte, meinte er zu mir: *„Stehen Sie mal auf und laufen Sie mir etwas vor.“* Ich tat wie mir befohlen war, stand auf und lief. Noch etwas vorsichtig und nicht besonders gerade, aber ich lief. Und was das Wichtigste war, ich rollte meinen Fuß beim Gehen richtig ab. Das konnte ich vorher nicht. Nun lag die volle Belastung des Körpers auf diesem Bein und der Doktor sah das auch. Dann sagte Dr. K.: *„Ich muss zu meiner Schande gestehen, ich bin fasziniert. Was macht dieser Mann da mit Ihnen bloß?“* Diese Worte gingen mir herunter wie Öl und ich freute mich.

Diese Freude sollte nicht lange anhalten, denn schon nach ein paar Tagen wurde mir von ihm eröffnet, dass er mich nicht mehr länger krank schreiben könne. Er könne es nicht weiter verantworten. Das war ein Hammer. Wie sollte ich denn schon wieder die schwere Arbeit in der Druckerei verrichten? Spinnt der denn jetzt völlig? Es ging ja auch nicht nur um die Beine, sondern ich fühlte mich noch insgesamt total schlecht. Zwar schon besser, aber noch lange nicht geheilt. Ich war mit den Nerven schon wieder völlig am Ende. In meinem Zustand konnte ich mich gegen solche Attacken noch gar nicht richtig wehren, also nahm ich beim nächsten Besuch meine Oma mit, die den K. schon länger kannte. Sie hat den Kerl dann mal richtig zurechtgewiesen und ihm erklärt, dass ich noch lange nicht arbeitsfähig bin. Plötzlich sah er es dann doch ein und ich bekam noch eine weitere Krankschreibung. Ich solle mich aber darum bemühen, dass der Dr. Braun jetzt alles übernimmt, weil er ja auch die Behandlung durchführt. Das hat dann auch geklappt und ab da hatte ich keine Probleme mehr.

Professor Wassermann

Das Thema Dr. K. war für mich ab jetzt so ziemlich abgeschlossen, obwohl ich mich anfangs noch nicht so recht damit abfinden konnte, ihn nicht mehr an meiner Seite zu wissen. Die Differenzen zwischen uns wurden immer größer und somit gab es keine vernünftige Basis mehr zwischen uns. Mitunter fühlte er sich auch schon durch mich belästigt, weil ich ständig versuchte, ihn zu bekehren. Auch nachdem er mir erklärte, ich solle mich nicht mehr an ihn wenden, versuchte ich es trotzdem noch einige Male bei ihm – ohne Erfolg.
So hatte ich nur noch Dr. Braun an meiner Seite. Einmal war es so, dass ich unbedingt wegen meines derzeitigen Befindens mit dem Doktor sprechen wollte. Normalerweise war es bei ihm immer so, dass man nur kurz im Behandlungszimmer mit ihm besprach, was sich durch die letzte Behandlung so ergeben hatte, damit er wusste, was er als nächstes für einen Weg einschlagen musste. Nur ab und zu kam man zu ihm ins Sprechzimmer, wenn es etwas Besonderes zu bereden gab, es sei denn, man kündigte vorher an, dass man mit dem Doktor etwas länger reden wollte. So kam es eben nun, dass ich eines Tages eine Menge Fragen an Dr. Braun stellen wollte, kündigte dies auch schon vorne bei den Damen am Empfang an. Als ich aus dem Wartezimmer gerufen wurde, führte man mich trotz meiner Bitte direkt wieder in den Behandlungsraum, in dem das Bioresonanzgerät stand. Ein wenig stutzig folgte ich der Anweisung, doch auf dem Stuhl beim Gerät Platz zu nehmen.

Der Doktor kam herein, mit einer ekelhaften Laune, wie mir schien. Er sagte kaum etwas und war mit seinen Gedanken gar nicht recht bei der Sache. Diesmal keine Bioresonanz. Aufgrund meines Beschwerdebildes sollte ich geschröpft werden. Irgendwo hatte ich mal flüchtig darüber gelesen und hoffte, dass es nichts mit Nadeln und Blut zu tun hat. Damals kannte ich mich noch nicht so gut damit aus und dachte daher an das blutige Schröpfen. Die Sprechstundenhilfe wurde angewiesen, doch die Gläser aus dem Nebenraum zu holen und zerschlug dabei noch prompt ein Glas. Meine Wenigkeit sollte sich indessen mit dem Bauch nach unten auf die Liege legen. Ohne Widerspruch kam ich seiner Bitte nach, denn gerade heute wollte ich alles besonders richtig machen, damit er keinen Grund hat, mich irgendwie anzumeckern. Na ja, so richtig gemeckert hatte er eigentlich nie, nur seine Art, wie er bestimmte Dinge sagte, schüchterten mich schon so dermaßen ein, dass es mir sehr unangenehm war. Da lag ich jetzt auf dem Bauch und der Doc erklärte mir, während er die Gläser auf den Rücken und die Kniekehlen setzte, was er jetzt tat. Und dass es ihm Spaß mache, den Unterdruck in den Gläsern, damit sie auf der Haut hielten, mit einem Feuerzeug zu erzeugen. Etliche Gläser setzte er bei mir auf und langsam fühlte es sich so an, als würde mir das Fell über die Ohren gezogen, doch wie immer hielt ich mutig alles aus, was er mit mir machte. Die Gläser an den Beinen hielten nicht sehr gut, da ich mich leider auch noch etwas bewegt hatte. Beinahe wäre ein Glas heruntergefallen und Braun rief in seiner bekannt liebenswürdigen Art: *„Stillhalten!!!"* Das war deutlich. Während ich jetzt da so alleine lag, ärgerte ich mich so sehr über diesen Mann – Ärger? Ich habe innerlich gekocht vor Wut. Eigentlich hatte er mir ja nichts Besonderes getan. Vielleicht war ich auch ein wenig ungnädig, wegen meiner Beschwerden. Und da ich viel mit den Nerven zu tun hatte, war ich ohnehin etwas empfindlicher als andere Menschen. Aber schon deshalb allein könnte er ein bisschen netter sein. Er wusste doch was ich habe und könnte ein wenig Rücksicht auf mich nehmen. Außerdem wollte ich mit ihm richtig sprechen, das hatte ich angekündigt. Und? Nichts. Der Mann hat einfach keine Zeit für mich. Na warte, dachte ich, nächstes Mal setzt es was, das hatte ich mir fest vorgenommen.

Um die Gläser wieder herunterzunehmen, kam Dr. Braun wieder ins Zimmer. Das fand ich immer schön bei ihm, dass er sich um alles selbst kümmerte. Mir wäre es nicht so angenehm gewesen, die Gläser von einer Sprechstundenhilfe abgenommen zu bekommen. Das hat so was von Fließbandarbeit. Trotzdem befand sich eine der Damen mit im Zimmer und ich überlegte, ob ich jetzt mal kurz mein Anliegen vortragen sollte. Wenigstens eines davon – das Wichtigste. So fing ich also an und fragte den Doc ganz vorsichtig, ob er wüsste, wie lange meine Behandlung bei ihm noch dauern würde. Ob ein Ende abzusehen wäre, denn mein Geld würde mir langsam ausgehen. Und dann noch immer die weite Fahrt zu ihm. Dr. Braun drehte sich von mir weg und schien nachzudenken. Mein Herz klopfte wie wild, weil ich dachte, er würde mich gleich anwettern, was mir denn einfiele so etwas zu fragen. Die Zeit, bis er antwortete, kam mir wie eine Ewigkeit vor. Plötzlich drehte er sich um, schaute mich mit einem eigenartigen Blick an, der mir durch und durch ging. Noch immer hatte seine Miene nicht verraten, ob ich gleich eins übergebraten bekomme oder er mich einfach stehen lässt. Zu meiner Überraschung sagte er dann: *„Ich möchte Sie als Patientin nicht verlieren, weil ich schon so weit bei Ihnen gekommen bin. Wären Sie mit 30,– DM pro Behandlung einverstanden?“* Mann, damit hatte ich gar nicht gerechnet. Er machte sich auch über das Problem des Fahrens Gedanken und überlegte, ob ich nicht vielleicht auch nach seiner Anweisung irgendwo in meiner Nähe behandelt werden könnte. Der Gedanke, von ihm weggehen zu müssen, behagte mir aber gar nicht und so lehnte ich dies ab. Nein, ich kann jetzt nicht gehen, ich will bei ihm bleiben, egal was passiert. Trotz meiner anfänglichen Schwierigkeiten mit ihm mochte ich den Doc. Warum auch immer. Und das hatte rein gar nichts damit zu tun, dass ich ab jetzt diese Vergünstigungen bei ihm genoss. Nein, dass musste schon vorher passiert sein. Auch wenn er mich manchmal angemosert hatte, fühlte ich in diesen Momenten immer ein ganz tiefes Verständnis für ihn, das ich nicht erklären konnte. Ich ärgerte mich zwar mitunter über diese Launenhaftigkeit, nahm aber zur Kenntnis, dass auch er seine Probleme hatte, die ich nicht kannte. Trotz allem nahm ich mir vor, ihn bei meinem nächsten Besuch zur Rede zu stellen. Ich halte nämlich nichts davon, sich über jemanden zu ärgern und meinen Frust über diese Person hinter seinem Rücken an andere weiterzugeben. Der Doktor stellte mir noch ein Gerät vor, welches ich mit nach Hause nehmen sollte, um mich selbst damit zu behandeln. Es war ein Laser. Wie ich heute weiß, ein Infrarotlaser. Dieses Gerät hatte nur zwei Schalter und eine Brille, die man bei der Behandlung tragen sollte. Ich sollte mit dem Laser die Anfangs- und Endpunkte meiner Meridiane damit behandeln. Er zeigte mir am Nagelfalzwinkel seines Daumens, wo diese Punkte liegen. Und zwar so genau, dass der Mann mir schon auf die Nerven ging. Auch der Laser, mit diesen lächerlichen zwei Schaltern, wurde mir so genau beschrieben, als wäre ich drei Jahre alt. Das hatte mich ganz schön geärgert. Hielt er mich denn für so dumm? Na, dem werde ich es nächste Woche zeigen.

So kam es dann auch eine Woche später. Ich wurde aus dem Wartezimmer gerufen, wo ich wieder nur wenige Minuten gewartet hatte und wurde in sein Heiligtum – also sein Sprechzimmer – gerufen. Da schon wunderte ich mich, warum ich denn, ohne es vorher anzukündigen, in sein Sprechzimmer kam. Hatten die Mädels es ihm noch gesagt, dass ich ihn letzte Woche sprechen wollte und ihm tat es leid, dass ich nicht mit ihm sprechen konnte? Braun kam herein und ich wetterte sofort los. Ich warf ihm seine Launen vor, wie er mit mir sprach und überhaupt, ob er mich für dumm halten würde, wenn er meinte, mir ein Gerät mit lächerlichen zwei Schaltern eine halbe Stunde erklären zu müssen. Und eben, dass ich ihn letzte Woche dringend sprechen wollte, er aber keine Zeit für mich hatte. Jetzt hatte ich mich so richtig in Rage geredet und war gerade so schön in Schwung, als ich bemerkte, wie der Dr. Braun mich mehr und mehr anlächelte. Immer wenn ich ihm wieder etwas vorwarf, meinte er immer: *„Und noch? – Und noch?“* Ihn schien die ganze Situation zu belustigen, doch dann merkte ich, dass er wirklich ein guter Zuhörer war und meine Beschwerde doch sehr ernst aufnahm. Er fand es sogar sehr gut, dass ich meinen Gefühlen freien Lauf ließ. Nur so könne man erneuten Fehlern aus dem Wege gehen. Der Doc meinte dann: *„Und jetzt denken Sie sicher, Sie sind hier zur Besprechung, weil ich Ihnen letzte Woche keine Gelegenheit gab, mit mir zu sprechen. Ich hatte ohnehin vor, Sie diese Woche zu mir zu bitten, weil ich einiges mit Ihnen zu besprechen habe.“* Woher wusste er schon wieder was ich denke? In letzter Zeit kam das ziemlich häufig vor und das wurde mir langsam unheimlich. Andererseits machte es ihn auch sehr sympathisch, weil ich so gut wie nie irgend etwas lange erklären musste. Der Doc konnte sich so gut in mich einfühlen wie kein anderer Arzt zuvor. Ich fing an, mich mit dem Phänomen *„Braun"* zu beschäftigen und muss sagen, mir gefiel immer mehr, wie er die Dinge anpackte.

Meine Behandlungszeit plätscherte so vor sich hin. Einmal die Woche war ich in Amelinghausen, um das Auf und Ab meiner Krankheit in den Griff zu kriegen – mit Erfolg. Mir ging es zusehends besser. Es wäre Blödsinn, hier jetzt den Ablauf jedes einzelnen Behandlungstages aufzuschreiben. Im Prinzip wiederholte sich alles ständig, bis auf ein paar schöne und außergewöhnliche Momente, die ich hier gerne schildern möchte. Bei dem Gedanken an die Zeiten in Amelinghausen spulen sich vor meinem geistigen Auge immer die gleichen Filme ab. Es sind Ausschnitte aus einer für mich sehr schönen und lehrreichen Zeit, die es wert sind, auch heute noch ständig in meinem Herzen getragen zu werden. Die Gefühle und Gedanken aus jener Zeit hier wiederzugeben ist mein Anliegen. Doch für mich stellt sich jetzt die Frage, wie ich diese Gedankenflut und Zeit der ständigen inneren Dialoge von damals in einem Buch verarbeiten kann. Mein Leben wurde in dieser Zeit so dermaßen auf den Kopf gestellt, dass ich gedanklich kaum noch hinterher kam und so nahm ich mir die Zeit, viele, viele Bücher zu lesen, die die Therapien bei Dr. Braun betrafen, um mich weiterzubilden und um mir einen Einblick zu verschaffen, wie andere Menschen mit der Situation des Krankseins umgehen. So suchte ich viel Kontakt zu anderen Patienten, denen es ähnlich erging wie mir und die sich auch für eine ganzheitliche Behandlung entschlossen hatten. Sobald wieder eine neue Therapie bei mir durchgeführt wurde, die ich nicht kannte – und ich kannte sie damals alle nicht – holte ich mir aus der persönlichen Bibliothek meines Arztes die passenden Bücher dazu. So kam es dann, dass ich jede Woche mindestens ein Buch von ihm mit nach Hause nahm. Der Doktor war auf das Ausleihen der Bücher gut vorbereitet, denn ich war nicht die einzige, die sich welche mitnahm. So hatte man schon Formulare vorbereitet, in denen nur noch Namen, Titel des Buches, wie lange man es behält und die Unterschrift des Ausleihenden eingetragen werden musste. Nach ein paar Wochen brauchte ich nicht mal mehr diese Zettel ausfüllen, weil - so meinte Dr. Braun - man könne sich ja auf mich verlassen; und ich würde die Bücher immer wieder zurückbringen. Bei meiner ganzen Schmökerei wäre es auch schon bald ein riesiger Arbeitsaufwand geworden, so viel wie ich las. Mich interessierten diese naturheilkundlichen und esoterischen Themen eben sehr. Vor allem, weil die meisten Dinge mich selbst betrafen. Außerdem verfügte der Doktor wirklich über sehr viele schöne Bücher. Irgendwann kam es sogar mal so weit, dass Dr. Braun extra sein heiliges Sprechzimmer verließ, nur damit ich in Ruhe Bücher aussuchen konnte. Eine Sprechstundenhilfe meinte dann zu mir: *„Da können Sie sich aber was drauf einbilden, dass Sie in das Heiligtum des Doktors dürfen“.* So saß ich dann im Sprechzimmer am Boden und schaute mir alle Bücher genau an. Das war ein richtig tolles Gefühl, so viele Freiheiten zu haben. Ich denke, dem Doktor hat mein sichtliches Interesse auch sehr gefallen, sonst hätte er mir sicherlich nicht so ohne weiteres seine Bibliothek überlassen. Ich muss sagen, unser Verhältnis hatte sich in der letzten Zeit sehr gebessert und so unterhielten wir uns auch mal über Themen, die nicht direkt meine Krankheit betrafen.

So ging es einmal darum, dass in Bardowick (bei Lüneburg) ein Informationsabend über *„Spritzmittel in der Landwirtschaft“* stattfinden sollte. In der Arztpraxis lagen Informationsblätter aus, für die ich mich sehr interessierte. Mein Doc machte mich noch extra darauf aufmerksam, weil es ja auch mein Thema ist. Besonders aufregend fand ich an dieser Veranstaltung, dass ein ganz bekannter Toxikologe aus Kiel mit von der Partie sein sollte – Prof. Otmar Wassermann. Für mich war schon klar, dass ich auch dort hin wollte. Und als Dr. Braun noch zu mir meinte, er würde sich den Professor auch gerne nochmals anhören und mir versprach, wir würden gemeinsam zu diesem Termin fahren, freute ich mich natürlich umso mehr. Welcher Patient hat schon das Glück, mal mit seinem Arzt zu einer Veranstaltung zu fahren? Welcher Arzt interessiert sich auch schon so sehr für das Wohl seiner Patienten, dass er mit ihnen sogar zu einer Informationsveranstaltung fährt, wo der Arzt womöglich noch etwas über den Gesundheitszustand seines Patienten lernt? Also ich kannte bis dato keinen. Da der Termin eine Woche später auf einem Montag sein sollte, wurde mein nächster Arztbesuch auch auf diesen Montag gelegt, damit ich nicht extra fahren brauchte und sofort nach der Behandlung zu dieser Veranstaltung konnte. War schon schön, wie diese Leute da so mitdachten.

Es kam also dieser besagte Montag und ich war wieder zur Behandlung in Amelinghausen. Leider eröffnete mir mein Doktor während der Sprechstunde, dass seine ganze Familie an einer Erkältung litt und er mich leider nicht nach Bardowick begleiten könnte. Das könnte er seiner Familie nicht antun. Natürlich war ich maßlos enttäuscht, weil ich mich schon so sehr darauf gefreut hatte. Andererseits fand ich es auch richtig lieb von ihm, dass er für seine Familie da sein wollte. Im Laufe meiner Behandlung hatte ich gelernt, nicht nur an meine eigenen Vorteile zu denken, sondern mich auch am Glück anderer Leute zu erfreuen. Und so freute ich mich, dass mein Doktor so ein lieber Mann war, der seine Familie umsorgen wollte, wenn es ihnen schlecht geht. Ich verstand ihn nur zu gut. Immer, wenn der Doktor mir an diesem Tag in der Praxis noch einmal begegnete, bedauerte er mehrmals zutiefst, dass er mich nicht begleiten könnte. Fand ich wirklich lieb von ihm. Und ich glaubte auch an die Ehrlichkeit seiner Worte.

Nun musste ich also allein nach Bardowick. Den Plan hatte ich, wie ich dort hinkomme, und so war es auch kein Problem, die Gastwirtschaft zu finden, in der diese *„Informationsveranstaltung über Spritzmittel in der Landwirtschaft“* stattfinden sollte. Ich betrat die Kneipe und sah schon eine ganze Menge Menschen, die ich sofort in Landwirt und Nicht-Landwirt unterscheiden konnte. Nur anhand ihres Aussehens. Ist das nicht phänomenal? Bauern haben irgendwie alle große Hände und so eine übermäßig rosige Haut im Gesicht, die von vielen kleinen Äderchen durchzogen ist. Woher das wohl kommt? Vielleicht die viele Arbeit im Freien? An einem kleinen Tisch saßen vielleicht vier oder fünf Leute, die ich nicht sofort einordnen konnte. Wer wohl dieser wichtige Professor Wassermann ist, den ich von Dr. Braun grüßen sollte? Ist er dabei? Aufmerksam beobachtete ich die Leute in diesem kleinen Raum, bis jemand sagte, es geht los. Alle verließen den Raum und wir gingen alle gemeinsam auf einen großen Saal. Viele lange Tischreihen waren dort aufgebaut und darauf standen mehrere verschiedene Getränke. Mein prüfender Blick galt sofort den

Wasserflaschen. Für mich war also auch etwas zum Trinken da, das beruhigte mich. Ich suchte mir einen Platz ziemlich weit vorne in der Nähe des Schildes: *„Professor Wassermann"*. Vorne war nämlich noch ein langer Tisch aufgebaut, an dem die *„wichtigsten"* Leute des Abends sitzen würden. Die Plätze wurden langsam gefüllt, auch der Platz des Professors wurde besetzt, mit einem Mann, der schon um die 60 sein musste und sich nach meiner Meinung vom Aussehen der Landwirte durch nichts abhob. Ein ganz normaler Mensch, wie du und ich. Weiß nicht, was ich erwartet hatte. Vielleicht einen übermäßig schick gekleideten, angeberischen Typen, der alle Leute für kleine Würstchen hielt. Nein, so war er nicht. Das bemerkte ich ganz schnell, als ich mir ein Herz fasste und zu ihm ging. Ich fragte ihn ganz vorsichtig, ob er Professor Wassermann wäre. Als er bejahte, bestellte ich ihm einen ganz lieben Gruß von meinem Doktor, worauf er sich ganz freundlich bedankte. Ich erzählte ihm, dass der Dr. Braun sehr gerne gekommen wäre, dass er aber verhindert sei. Der Prof. fragte mich, ob ich denn seine Patientin sei und fragte, was ich denn hätte. Ganz kurz und knapp erzählte ich ihm meine Geschichte, bei der er immer wieder zustimmend nickte. Ja, er kannte die Problematik, die von Spritzmitteln jeglicher Art ausging, nur zu gut. Die Veranstaltung sollte beginnen und so sagte mir Herr Wassermann nur noch schnell, dass ich bei meinem Arzt in sehr guten Händen sei. Und dass er einer der wenigen Ärzte sei, die etwas begriffen haben. Wie war ich stolz, so etwas von einem so wichtigen Mann zu hören. Natürlich war ich auch ohne diese Worte stolz darauf, einen so tollen und fähigen Arzt an meiner Seite zu wissen. Der Dr. Braun ist schon etwas sehr Besonderes für mich.

Die Vorträge begannen und Professor Wassermann lächelte mir ständig von seinem Platz aus zu. Ich ertappte mich dabei, wie ich mich immer wieder umblickte, um herauszufinden, ob er denn wirklich mich meinte. Doch, er meinte mich. Die ganzen Streitereien, die sich zwischen den Landwirten und den Toxikologen abspielten, will ich hier jetzt nicht in allen Einzelheiten erörtern. Und ich glaube, Sie können sich vorstellen, wie die Landwirte argumentierten. Ohne Spritzmittel würden wir alle miteinander elendig verhungern, weil die Schädlinge ja alles zerstören. Außerdem spritzen sie ja auch nicht viel

auf die Felder. Dass dieses Zeug aber heutzutage hochkonzentriert ist und man daher nicht mehr so viel davon benötigt, störte dort keinen. Na ja, jedenfalls fiel mir unter den vortragenden Männern ein gewisser Dr. rer. nat. Hostrup auf, und das nicht nur, weil er einer der schönsten Männer des Abends war. Er hielt als einziger einen besonders lehrreichen Vortrag über die Schädlichkeit der Spritzmittel. Schon während der Veranstaltung spielte ich mit dem Gedanken, zu Hause auch mal so einen Vortrag zu organisieren. Der Abend nahm seinen Lauf und die Bauern schimpften und schimpften. Als ich diese blödsinnigen Argumentationen einfach nicht mehr hören konnte, stand ich mit Herzklopfen auf und gab auch etwas zum Besten. Ich erzählte, wie ich krank wurde und dass ich ständig die Verschlechterung meiner Beschwerden verspüre, wenn ein Bauer auf einem Feld seine Gifte versprüht. Plötzlich war alles still im Saal und alle starrten mich an. Hatte ich mich jetzt irgendwie dumm verhalten? Passte meine Erzählung nicht zum Thema? Plötzlich kam ich mir richtig dumm vor und ich merkte, wie mein Herz langsam bis zum Hals schlug. Trotz allem redete ich munter weiter, denn Professor Wassermann nickte mir wieder zustimmend zu. Das ermunterte mich weiter zu erzählen. Als ich fertig war, setzte ich mich wieder hin und alles im Saal war noch einen Augenblick lang ruhig, so als dachten alle über das eben gehörte nach. Doch schon einen Augenblick später ging die Streiterei von vorne los.
Am Ende der Diskussionsrunde standen alle auf und jeder schien zu versuchen, sich einen der wichtigen Leute zu schnappen, um noch ein paar Worte mit ihnen zu wechseln. Irgendwie schaffte ich es noch einmal, zu Wassermann vorzudringen, um mit ihm noch ein paar kurze Worte zu wechseln. Jeder riss sich um diesen Mann und ich wollte da auch nicht im Wege stehen. Plötzlich sprach mich ein Herr an und gab mir seine Karte. Ein Rechtsanwalt aus Amelinghausen namens Krahn-Zembol. Er bot mir an, mich doch gemeinsam mit ihm gegen die Herstellerfirma des Sprays, durch welches ich krank wurde, zu klagen. Er hätte sich auf solche Fälle spezialisiert. Er war der Meinung, man könnte etwas dagegen unternehmen. Mit dem Gedanken hatte ich mich auch schon beschäftigt, aber aus Geldmangel lieber nachgelassen. Mir war es viel wichtiger, die Energie und das Geld in meine Behandlungen zu stecken, damit ich wieder auf die Beine komme.

Außerdem hatte ich schon so viel über diese Art von Gerichtsverfahren gehört und war fest davon überzeugt, dass ich da wohl den Kürzeren ziehen würde – sei der Anwalt noch so gut. Die Lobby der chemischen Industrie ist groß und ich denke nicht, dass man allzu große Chancen auf Schmerzensgeld hat. So war der Abend dann ausgeklungen und ich begab mich auf die Heimreise. Es war schon sehr dunkel und ich musste sehr vorsichtig fahren, weil ich im Dunkeln sehr schlecht sehen konnte. Das ist auch so eine Sache, die ich vor dem Spray nie hatte. Im Dunkeln fahren war für mich früher nie ein Problem. Im Großen und Ganzen war es für mich ein sehr informativer Abend und ich bin froh, dass ich dort gewesen bin. Es waren interessante Leute dort und ich habe wichtige Leute kennengelernt. Müde und erschöpft ließ ich mich in meinem Bett zu Hause nieder und ließ den Abend noch einmal Revue passieren. Ich hatte mich mal wieder total überanstrengt und meine Beine schmerzten von diesen schrecklichen Stühlen dort in der Kneipe. Mit dem Gedanken daran, dass ich ja meinen Doktor Braun habe, der mir meine Schmerzen nehmen wird, schlief ich beruhigt ein und freute mich auf den nächsten Behandlungstag in der kommenden Woche.

Gedanken

Das Leben außerhalb meiner Behandlungen, das heißt, im *„normalen“* Leben, gestaltete sich für mich wider Erwarten ziemlich schwierig. In dieser Zeit verlor ich viele meiner damals so hoch geschätzten Freunde, die, wie sich im Nachhinein herausstellte, eigentlich gar keine waren. Bei mir drehte sich alles nur noch um das Gesundwerden und das vertrugen einige Leute nicht so gut. Teilweise wurde ich arg beschimpft, dass sich nur noch alles um meine Krankheit dreht. Natürlich kam bei mir in jedem zweiten Satz vor: *„Dr. Braun hat gesagt...“*. Darüber bin ich mir heute im Klaren, doch ist es denn ein Grund, eine gute Freundschaft deshalb aufzugeben? Also waren es für mich keine guten Freunde mehr und ich verzichtete auf sie. So schwer fiel es mir gar nicht, denn für einen verlorenen Freund fand ich viele neue wieder. Und meiner Meinung nach passten sie besser zu mir als die alten. Ich hatte einen neuen Lebensabschnitt begonnen und war auf meiner *„Karriereleiter“* ein Stück vorwärts gekommen und brauchte nun wahrscheinlich Menschen um mich herum, die meinem Wissensstand angemessener waren als die, die ich bisher um mich herum hatte.

Natürlich versuchte ich nach wie vor am normalen gesellschaftlichen Leben teilzuhaben und ging auch los wie andere auch. Nur war es bei mir eben so, dass ich beim Essengehen auf sehr viele Dinge achten bzw. verzichten musste. Zum Beispiel nahm ich mir mein eigenes Wasser mit – damals sollte ich nur VOLVIC* oder Levitiertes Wasser trinken – oder ich sprach vorher mit dem Koch, das er mir einen Gemüseteller macht, der nur mit Salz und Margarine zubereitet ist. Ich durfte nämlich kein Gemüse essen, dass mal irgendwie mit einem Stück Fleisch in Berührung gekommen ist. Auch Alkohol und Zigaretten waren für mich völlig tabu. Wer mein Leben vor der Krankheit kannte, hat sich ganz besonders über mich gewundert, denn ich habe gesoffen wie ein Loch und geraucht wie ein Schlot. Ganz ehrlich, ich glaube, ich bin in meiner Jugend kurz an einer Alkoholabhängigkeit vorbeigeschlittert. So schlimm war ich damals.
Auf besonderen Feierlichkeiten gab es jedenfalls ab jetzt immer nur noch zwei Sorten von Gästen. Die eine Hälfte lachte mich aus, weil ich mich so blöd anstellte wegen dem Essen und meinten dann, ich solle mal ordentlich Fleisch essen, damit ich mal wieder zu Kräften komme. Dann würde ich auch wieder Kraft zum Laufen haben. Was für ein Blödsinn. Die andere Hälfte hatte meine gesundheitlichen Erfolge bereits bemerkt und freute sich über meine Tapferkeit, diese Diät so durchhalten zu können. Einige wenige fragten mich auch nach meiner genauen Therapie und zeigten sichtliches Interesse. Das freute mich dann immer sehr und ich erzählte ganz bereitwillig von meiner Behandlung bei Dr. Braun.

Auf irgendeine Art und Weise fing ich auch an mich abzukapseln von

** VOLVIC hat lt. neuesten Untersuchungen von 2002 d. Ökotest einen sehr hohen Anteil Arsen! Mehr als andere Mineralwässer.*

der *„normalen"* Gesellschaft. Viele Gespräche brachten mir einfach nichts mehr, denn sie waren mir zu oberflächlich. Deshalb sah ich einfach nicht mehr ein, mich mit dieser Art von Gesprächen weiter zu belasten und mied einfach ab da an Gesellschaften, die mir nur flache Gespräche boten und in meinen Augen alle unwichtiges Zeug reden. Teilweise wurde ich noch von meinem Mann ein wenig gezwungen, an solchen Anlässen doch noch ab und zu mal teilzunehmen. Doch jedes Mal, wenn ich dann zwischen diesen Leuten saß, die sich über so wichtige Dinge wie Autorennen, Sonderangebote beim Aldi oder was der Nachbar schon wieder alles falsch gemacht hat unterhalten haben, bemerkte ich immer, dass ich langsam Kopfschmerzen davon bekam. Außerdem fühlte ich mich nachher immer ungeheuer schlapp. Diese Menschen raubten mir meine ganze Energie, auch wenn ich versuchte mich völlig herauszuhalten aus diesen Gesprächen. Es belastete mich doch.

Dies war ein Thema für mich, was jetzt zu dieser Zeit bei mir gerade dran war und ich versuchte es zu ver- bzw. bearbeiten, um auf meiner Leiter wieder ein Stück weiter nach oben zu kommen. In der Bibliothek von Dr. Braun fand ich ein Buch über solche Situationen und lieh es mir aus. Vielleicht würde ich darin die Lösung meines Problems finden. Ich fand etwas darüber und begann, mich so weit wie möglich von solchen Gesellschaften fernzuhalten. Mir ging es dann wesentlich besser und das war für mich zur Zeit das Wichtigste. Wer mich nicht versteht hat Pech gehabt.

Meine Krankheitszeit kann man wirklich wie eine Leiter beschreiben. Ständig stieß ich auf neue Probleme, die bearbeitet werden mussten. Zu jedem neuen Zeitpunkt war es ein neues Thema. Hatte ich es bearbeitet und mich damit auseinandergesetzt, kam es mir so vor, als stiege ich eine Sprosse höher auf dieser Leiter. Als ich dann schon einige Sprossen geschafft hatte und nach einiger Zeit mal auf mein bisher Geschafftes zurückblickte, sah ich plötzlich auf der untersten Sprosse meinen Mann stehen. Ich versuchte in jener Zeit ihn mit aller Gewalt auf meine Stufe zu ziehen, doch es gelang mir nicht. Darüber war ich damals sehr verärgert. Ständig beschimpfte ich ihn und verstand nicht, dass ich ihn nicht einfach mitziehen konnte. Wenn, dann müsste er sich selbst hocharbeiten, doch bei ihm bestand keine Motivation dazu. Irgendwann gab ich auf und stieg alleine weiter auf, ohne auf ihn Rücksicht zu nehmen. Was sollte ich denn sonst tun? Auf ihn warten? Oder vielleicht wieder heruntersteigen? Nein, das wollte ich nicht. Zu hart hatte ich mir meine Erfolge erarbeitet und dann wieder rückwärts gehen – nein.

Es war und ist auch heute noch nicht einfach für mich. Wir sind zwar immer noch zusammen, doch das, was uns verbindet, ist so wenig geworden, dass es kaum noch für eine normal funktionierende Ehe ausreicht. Meine Interessen liegen heute einfach woanders. Es ist nicht so, dass wir uns ständig streiten, nein, es ist mehr so, dass jeder sein eigenes Leben führt und wir beide so eine Art Wohngemeinschaft gebildet haben. Sie hatten sich sicher auch schon gewundert, dass mein Mann in diesem Buch kaum einen Platz einnimmt. Das hat den Grund, dass er an meinem gesundheitlichen Erfolg kaum mitgearbeitet hat. Er hat alles, was ich tat, nur geduldet und mir zugesehen. Das ist eben seine Art der Unterstützung gewesen. Natürlich bin ich ihm dankbar, dass er in dieser schweren Zeit bei mir geblieben ist und mir die Hand gehalten hat, wenn es mir schlecht ging. Auch, dass er die ganze Zeit über zur Arbeit ging und das Geld verdient hat, um mich mit durchzubringen, sollte hier lobend erwähnt werden. Das hätte sicherlich nicht jeder Mann so ohne weiteres gemacht. Es hat mir auch alles sehr geholfen, doch noch mehr geholfen hätte es mir, wenn er wenigstens versucht hätte, mir auf meiner Leiter ein kleines bisschen näher zu kommen. Das klingt vielleicht alles ein wenig egoistisch von mir, mag sein, doch geht es nicht ein bißchen weit, wenn ich mich eines anderen Menschen zuliebe nicht weiterentwickle und dafür mein ganzes Leben lang auf einer Stelle trampeln muss? Dies ist ein Kapitel, an dem ich heute noch arbeite und wohl auch noch länger arbeiten werde. Ich denke, das Thema gehört zu einer der ganz oberen Sprossen, die am schwierigsten zu erklimmen sind. Doch eines Tages werde auch ich dort oben ankommen und mich entscheiden müssen, was ich will. Die Sprossen sind viel zu weit auseinander, als das ich eine überspringen könnte, und um an die nächste Stufe zu gelangen, werde ich diese Hürde nehmen müssen.

In dieser ganzen Zeit gab es viele solcher Hürden, die ich schon geschafft habe. Jede hatte ihr eigenes Thema, ihren eigenen Namen. So gab es auch eine Zeit, in der ich bemerkte, dass etwas mit meinem kirchlichen Glauben nicht stimmt. Plötzlich häuften sich *„zufällig"* Situationen, in denen ich mit der Kirche in Konflikt kam. Viele Menschen unabhängig voneinander traten auf mich zu und wollten mich bekehren. Mit jedem legte ich mich an und merkte dann irgendwann, dass das, was ich sagte, mich immer tiefer in diesen Sog zog. Irgendwann saß ich so tief drin, dass ich mich mit dieser Problematik auseinandersetzen musste. Ich bearbeitete dieses Thema auf meine altbekannte Weise und siehe da – keiner kam mehr auf mich zu und wollte etwas über die Kirche sagen. Ich kann heute kaum noch beschreiben wie und was es genau war. Es war auf jeden Fall so, dass es eine Zeit gab, in der ich viel zur Kirche musste *(„zufällig?")* und ich mich innerlich irgendwie dagegen sträubte. Aus Protest sang ich nicht ein Lied mit und betete auch nicht. Weder bevor ich mich hinsetzte noch als der Pastor dazu aufrief. Auch das Vaterunser interessierte mich nicht. Während der Pastor redete, ärgerte ich mich ständig über diesen Mist, den er da absonderte und fragte mich ständig, ob er das selbst alles glaubt, was er da erzählt. Ich brauche keine Kirche um beten zu können oder eine Verbindung nach oben herstellen zu können. Und ich hasste diese Leute, die so scheinheilig jeden Sonntag in der Kirche sitzen, den Pastor anhimmeln, wer weiß wie heilig tun, und wenn die Kirche zuende ist, sind sie die ersten, die mal wieder über jemanden herziehen, weil er in der Kirche vielleicht etwas Unpassendes anhatte. Die Kirche saß voll von Leuten, die mich im wirklichen Leben wie ein Stück Dreck behandelt haben. Gut, ich war in meiner Jugend sicher kein Engel und habe mich oft daneben benommen, doch ist das ein Grund dafür jemanden einfach zu verurteilen? Sie kannten mein Leben und die Umstände gar nicht. Vielleicht gab es ja auch einen Grund dafür, dass ich mich so benahm. Wer will da richten? Wer will da urteilen? Und dann sehe ich diese Menschen dort in der Kirche, genau die, die mich mit Füßen getreten haben, die größten Kirchgänger. Anscheinend haben sie dort nichts gelernt. Niemand ist perfekt und jeder klatscht und tratscht mal irgendwann, das ist menschlich. Und mir steht es eigentlich auch nicht zu über solche Leute zu urteilen. Und genau das war damals mein Problem. Ich ärgerte mich über die anderen Leute und konnte nicht akzeptieren, dass sie vielleicht auch ein Problem haben und daher so sind wie sie sind. Diese Hürde habe ich für mich auch überwinden können. Zwar gehe ich noch immer ungern zur Kirche, aber wenn ich denn mal hin muss, belastet es mich nicht mehr so wie früher.

Mit diesem Kapitel will ich einfach nur sagen, dass man das Problem sofort anpacken muss, wenn es da ist. Es bringt nichts, wenn man versucht eine Stufe zu überspringen, um sie später zu nehmen. Jedes Problem ist die Prüfungsaufgabe für die nächste Sprosse. So habe ich es für mich entdeckt. Für mich ist es wie früher in der Schule die Buchführung. Alle Themen bauen aufeinander auf und wenn man ein Thema verschlafen hat, kann man die späteren Zusammenhänge nicht mehr begreifen und die Bilanz geht am Ende nicht auf. Für mich gab es Themen, die eine ganze Menge Zeit erforderten, andere wiederum sehr wenig. Ein Thema, zu dem ich später noch kommen werde, war das schwierigste und erforderte ca. 4 Jahre. Ich bin aber immer stur drangeblieben und konnte nun auch diese Geschichte endlich zu den Akten legen. Aber das werden Sie später noch alles lesen.

Der Vortrag

In den nächsten Tagen machte ich mich daran, auch mal einen Informationsabend wie in Bardowick zu organisieren. Am liebsten hätte ich auch den Professor Wassermann für mich gewonnen und rief ihn sofort am Tag nach der Informationsveranstaltung in Bardowick an. Ich weiß gar nicht mehr, wie ich an seine Nummer kam, jedenfalls kam ich sofort zu ihm durch. Zu der Zeit war er noch an der Uni in Kiel in der Toxikologie. Wir unterhielten uns sehr lange und angeregt miteinander. Leider konnte er verständlicherweise meiner Bitte, doch mal bei uns einen Vortrag zu halten, nicht nachkommen. Er habe so viel um die Ohren und wäre froh, wenn er mal nirgends hin müsste. Er erzählte mir, dass er sich momentan vor allem mit den gehäuften Krankheitsfällen um das Kernkraftwerk Krümmel beschäftigt und damit vollkommen ausgelastet wäre. Nicht einmal diese Aufgabe wollte er annehmen, doch er wurde überredet und nun muss er sich darum kümmern. Prof. Wassermann schlug mir vor, doch mal den Herrn Dr. Hostrup aus der Uni in Oldenburg anzurufen. Sie erinnern sich sicher. Das war auch eine der Personen in Bardowick. Mir gefiel sein Vortrag sehr gut und darum ließ ich mir von Wassermann die Telefonnummer geben. Außerdem bekam ich von ihm noch die Rufnummer eines anderen Professors, der angeblich alle Vergiftungsfälle in Deutschland, die durch Pyrethroide hervorgerufen wurden, gesammelt und ausgewertet hat. Er heißt Professor Müller-Mohnssen und sitzt in Ismaning, irgendwo in Bayern. Ich sollte Professor Müller-Mohnssen von Wassermann einen ganz lieben Gruß bestellen, und er würde mir dann sicherlich weiterhelfen können.

Mir macht das Organisieren unendlichen Spaß, und weil ich ja sonst tagelang herumsitzen würde, habe ich mir halt damit ein wenig Beschäftigung verschafft. Und nebenbei noch viel gelernt. In der Zeit bei Dr. Braun wurde ich ständig immer wissbegieriger, was ich so in der Form bei mir noch nie erlebt hatte. Natürlich war ich schon immer allem Neuen gegenüber aufgeschlossen und las auch schon immer sehr viel, doch nun war es etwas anderes. Mir war, als hätte ich endlich eine Aufgabe gefunden, die mir richtig Freude macht und meinem Leben eine neue Richtung und einen Sinn gibt. Das alles spornte mich unwahrscheinlich an.

Was ich im vorigen Kapitel vergessen habe, möchte ich an dieser Stelle noch nachholen. Ich hatte einen Artikel über mich und meine Krankheit in unsere Tageszeitung bringen lassen und dadurch schon eine enorme Resonanz erfahren, die mich natürlich auch noch antrieb, etwas in Sachen Öffentlichkeitsarbeit zu tun. Es meldeten sich so viele Leute bei mir, die entweder selbst gesundheitliche Probleme hatten, die sie auf Umweltbelastungen zurückführten, oder mir einfach nur alles Gute wünschen wollten. Alles war dabei. Na ja, jedenfalls bewog mich dieses Erlebnis von damals dazu, doch eine Selbsthilfegruppe für

Chemikalien- und Schwermetallgeschädigte zu gründen. Über unsere Tageszeitung startete ich einen Aufruf und druckte Flugblätter, die ich überall, wo ich bekannt war, verteilte. Innerhalb kürzester Zeit meldeten sich eine Menge Menschen bei mir. Wir waren, wenn man alle mitzählte, ungefähr acht oder zehn Leute, die alle unterschiedliche Probleme hatten. Vor allem ging es aber um Amalgam. Ich war in dieser Gruppe die einzige, die mit Spritzmitteln zu tun hatte. Jede Woche rief mich irgend jemand an, der zwar keine Gruppe suchte, dafür aber Informationen. Mittlerweile hatte sich auch bei mir ein riesiger Bücherberg angesammelt und ich konnte eigentlich schon ganz gut Auskunft geben. Wenn ich nicht weiter wusste, schickte ich diese Leute weiter zu Dr. Braun. Ich war damals schon ganz schön stolz auf das, was ich tat. Und mein Doc war auch sichtlich begeistert, wenn ich ihm von meinen Unternehmungen berichtete. Na jedenfalls hatte sich jetzt eine kleine Gruppe gebildet, und wir trafen uns dann vielleicht einmal im Monat, um uns auszutauschen. Jedes Treffen wurde in der Tageszeitung angekündigt, in der Hoffnung, wir könnten vielleicht noch mehr Leute werden.

Ich hatte ja nun den Dr. Hostrup für meinen bzw. unseren Vortragsabend gewinnen können und ich plante diesen Abend mit meiner Gruppe zusammen. Im Endeffekt blieb das meiste an mir hängen, aber das kannte ich ja schon. Die Abende fanden immer bei mir zu Hause statt und auch die Themen, die dort besprochen werden sollten, kamen von mir. Am Ende jeder Sitzung musste ich unzufrieden feststellen, dass mal wieder alle durcheinander geredet hatten und jeder einzelne sich so wichtig nahm, dass er für die Probleme der anderen Teilnehmer gar kein echtes Ohr mehr hatte. Wirklich frustrierend war das.

Der Abend der Veranstaltung kam. In unserer Dorfkneipe hatten wir uns den Saal genommen, weil wir ihn nicht bezahlen brauchten. Um den Dr. Hostrup bezahlen zu können, nahmen wir etwas Eintrittsgeld. Alles, was dabei übrig sein sollte, wollte ich für das Tierheim spenden. Dazu kam es dann leider nicht, weil das Geld gerade ausreichte, um den Doktor zu bezahlen. Wer konnte ahnen, dass nur 20 Leute an meinem Vortrag teilnahmen. Das war schon wieder einer dieser frustrie-

renden Momente. Andererseits kann ich die Leute auch verstehen. Wer interessiert sich schon für Dinge, die ihn selbst nicht betreffen. Eigentlich sind sie betroffen, nur wissen sie es nicht - noch nicht. Man muss erst mal richtig krank werden, um zu verstehen, was im Leben wichtig ist. Leider habe ich es nicht geschafft, die Menge davon zu überzeugen, dass es sich bei unserem Vortrag um etwas Wichtiges handelt.
Dr. Braun hatte ich auch zu diesem Vortrag eingeladen, doch leider konnte er nicht kommen und schrieb mir dafür aber einen sehr lieben Brief, indem er mir mitteilte, dass er Notdienst habe. Aber er wäre diesmal sehr gerne gekommen. Aus der Art wie er schrieb konnte ich ersehen, dass er es wirklich ganz ehrlich meinte. Für unseren Vortrag hatte ich mir ein paar Kartons seiner Bücher mitgeben lassen und wollte sie dort auf diesem Abend verkaufen. Den ganzen Kofferraum hatte Dr. Braun mir vollgepackt. Was mich am meisten wunderte war, dass er die Kartons selbst mit anpackte. Damit hatte ich nicht gerechnet.

Alles in allem war dieser Vortragsabend für mich nicht sehr befriedigend und ich habe jetzt auch gar keine Lust mehr noch weiter darüber zu schreiben. Dafür möchte ich mich jetzt lieber wichtigeren Dingen zuwenden. Zum Beispiel würde ich Ihnen jetzt noch gerne etwas über das Drumherum vor diesem Abend berichten. Es ist für Sie vielleicht interessant zu erfahren, dass ich bei meiner Suche nach einem Raum für den Vortrag bei meiner Krankenkasse total auf taube Ohren gestoßen bin. Sonst finden in den Räumen der Krankenkasse so viele Vorträge statt, doch als ich kam und fragte, hatten die von der Kasse plötzlich Angst, die Heilpraktiker würden sich dort die Klinke in die Hand geben. Genau so wurde es mir gesagt. Das hieße also, die Krankenkasse legt keinen Wert auf Heilpraktiker? Oder wie soll ich das verstehen? Sind das Menschen, die man nicht in eine Krankenkasse lässt? Warum nicht? Das war mir alles zu doof, denn ich lasse mich in kein Korsett zwingen. Als ich dann die Leute von der Umweltpyramide eingeladen hatte, sprach ich mit einer Baubiologin, die mir wider Erwarten unmissverständlich erklärte, dass es mir nicht zustünde, so einen Vortragsabend zu veranstalten. Das wäre die Aufgabe der Umweltpyramide. Jetzt stellen Sie sich mal diese Dreistigkeit vor.

Und so was kommt aus den eigenen Reihen. Ab dem Zeitpunkt hatte ich diese Frau gefressen. Und nicht nur die, sondern alles, was mit dieser Umweltpyramide zusammenhängt. Wenn die ihr eigenes Süppchen kochen wollen, dann kann ich das auch.

Von Professor Wassermann hatte ich ja damals eine Telefonnummer von einem Professor Müller-Mohnssen aus Ismaning bekommen. Als ich vor ein paar Wochen mit ihm sprach, prophezeite er mir genau das, was da jetzt mit dieser Umweltpyramide geschehen war. Je mehr man in diese Materie hineinrutscht, desto besser versteht man, was da so alles abgeht, wovon niemand eine Ahnung hat. Es geht alles nur um Macht und Geld. Ich fand es damals so schrecklich zu erfahren, dass sogar Patienten ihre eigenen Ärzte vor Gericht schleppten, obwohl diese ihnen zuvor so sehr geholfen hatten. Es war traurig.

Für mich war es aber eine sehr interessante Zeit, in der ich viele wichtige Leute kennenlernte. Professor Wassermann, als einer der bekanntesten Toxikologen. Dann der Professor Müller-Mohnssen aus dem GSF-Forschungszentrum in Bayern, der sich in den letzten Jahren fast ausschließlich der Erforschung von Pyrethroide widmete. Und ein paar Wochen später lernte ich auf einem Vortrag in Soltau den Dr. Bodo Kuklinski aus Rostock kennen. Er hat auch schon mehrere Bücher geschrieben. Sein Hauptthema sind die Antioxidantien, also Therapie mit Vitaminen und so.
Eine Selbsthilfegruppe hatte diesen Abend veranstaltet. Diese Gruppe bestand aus Frauen, die gemeinsam in einer Bibliothek arbeiteten, die wohl mit PCP belastet war. So jedenfalls liegt es mir in Erinnerung. Diese Damen sind dann alle krank geworden und haben sich zusammengeschlossen, um gegen die Stadt vorzugehen. Dr. Bodo Kuklinski hatte diesen Frauen helfen können mit seiner Therapieform, und auch sonst beriet er sie in ihrem weiteren Vorgehen. Schön, dass es noch Ärzte gibt, die sich kümmern. Heutzutage ist das doch der Ausnahmefall. Während meiner Zeit bei Dr. Braun lernte ich einige gute Ärzte kennen, die wirklich sehr um das Wohlergehen der Patienten bemüht waren. Natürlich waren es dann vorwiegend naturheilkundlich orientierte Therapeuten. Für mich gab es auch irgendwann nichts anderes

mehr, weil ich einfach gemerkt hatte, dass das die einzig wahre Medizin ist, die für mich ab jetzt nur noch in Frage kommt. Zur Zeit hatte ich ja noch meinen Doc Braun und brauchte mir keine Sorgen zu machen, dass ich mir jemand anderen suchen müsste.

Ich weiß noch, an einem schönen Morgen stand ich unter der Dusche und plötzlich schoss mir ein Gedanke durch den Kopf. Was wäre, wenn ich plötzlich nicht mehr zu Dr. Braun müsste? Was sollte ich dann machen? Ich dachte auch darüber nach, ob ich meine Erkrankung vielleicht unbewusst unnötig lange festhalten würde, weil ich bei Dr. Braun bleiben möchte. Der Gedanke, irgendwann auf eigenen Beinen stehen zu müssen, behagte mir gar nicht. Doch mir gefiel auch der Gedanke nicht, dass mein Unterbewusstsein eventuell da mit hereinspielen könnte, so dass ich vielleicht ewig Beschwerden behalten würde. Wo diese Überlegungen plötzlich herkamen weiß ich nicht. Es war auch damals das einzige Mal, dass ich über so etwas nachdachte. Mir gefiel es, bei meinem Doc so viel zu lernen und so viele neue Dinge kennenzulernen, die mein ganzes Leben auf den Kopf stellten. Ständig lernte ich interessante Menschen kennen, die mir wieder etwas Neues erzählten. Auch wenn ich zu dieser Zeit immer noch krank geschrieben war, muss ich doch sagen, ich hatte weniger Zeit als noch damals, als ich in der Druckerei arbeitete. Diese ganzen Vorträge, die ich besuchte, dann die Selbsthilfegruppe. Nebenbei las ich so viele Bücher, führte am Telefon Beratungsgespräche mit Leuten, denen es auch schlecht ging und von mir einen Rat wollten. Physiotherapeutisch ließ ich mich auch noch behandeln, neben meinen Besuchen bei Dr. Braun... Es war schon enorm viel, was ich so um die Ohren hatte. Aber mir tat es sehr gut, und ich muss sagen, ich ging richtig auf in meinen neuen Aufgaben. In jener Zeit raffte ich mich auch auf und fing an, gegen meine Krankenkasse zu klagen, weil sie meine „wissenschaftlich nicht anerkannten“ Behandlungsmethoden nicht zahlen wollten. Dieser ganze Krempel vor dem Sozialgericht hat insgesamt drei Jahre gedauert, und ich möchte Ihnen hier wirklich die Einzelheiten ersparen. Nur so viel: den ganzen Stress hätte ich mir sparen können, denn den Prozess vor dem Sozialgericht gegen die AOK habe ich leider verloren. Obwohl die Richter, Beisitzer und sogar der Vertreter der AOK auf meiner Seite waren, konnte mir doch niemand helfen, weil die Gesetze so dumm ausgelegt sind, dass man mit so einer Klage keine Chance mehr hat. Da nützt es auch nichts, wenn man beweisen kann, dass man mit Hilfe der Naturheilkunde aus dem Rollstuhl kam. Das interessiert da keinen. Na jedenfalls wollte ich damit sagen, dass ich im Laufe meiner Krankheitszeit viel zu tun hatte und konnte mir auch nicht vorstellen, jemals wieder einen ganzen Tag zu arbeiten. Wie sollte ich denn dann meine ganzen Dinge erledigen, die mir so wichtig geworden waren.

Das alles hier hört sich jetzt für Sie bestimmt nach eitel Sonnenschein an. Es war aber nicht so. Zwischenzeitlich hatte ich immer mal wieder stärkere, mal weniger starke gesundheitliche Beschwerden, die mich zwar belasteten, doch von denen ich mich nicht unterkriegen ließ. Ich hatte einfach auch keine Zeit mehr dazu, mich zu Hause im Bett zu verkriechen, um mich zu bedauern. Und mein Doktor gab mir zusätzlich Kraft, indem er mich sehr bei allem unterstützte. Es ist ein sehr schönes Gefühl, wenn man weiß, es ist jemand für einen da, der einem hilft, alle Krisen zu meistern. In dieser ganzen Zeit veränderte ich mich sehr zum Positiven. Dr. Braun sagte einmal zu mir während der Sprechstunde: *„Als Sie hier zum ersten Mal saßen, waren Sie so unruhig und wussten nicht was Sie wollten. Heute sind Sie jemand, mit dem man gerne was zu tun haben möchte“*. Diese Worte gingen mir damals runter wie Öl. Womit ich wieder beim Thema Braun bin und damit jetzt auch im nächsten Kapitel fortfahren möchte, weil die Zeit bei und mit ihm für mich zur wichtigsten Erfahrung in meinem Leben geworden war.

Gefühle

Gesundheitlich ging es mir trotz einiger kleiner Rückschläge, die wohl zum größten Teil auf *„Erstverschlimmerungen“* durch meine Behandlungen zurückzuführen waren, viel besser als noch vor einigen Wochen. Die naturheilkundliche Therapie zeigte sichtlich Erfolg. War

ich doch auch schon viel aktiver geworden und blickte jetzt voller Zuversicht in die Zukunft. Auch meine Gesichtsfarbe hatte sich verschönert. Na klar hatte ich noch Pickel im Gesicht, doch die störten mich nicht, weil sie für mich zu einem Symbol geworden waren. Sie zeigten mir, dass die Entgiftung meines Körpers in vollem Gange war. Man kann schon fast sagen, ich freute mich über jeden neuen Pickel, der hinzu kam. Einmal waren es ganz besonders viele Pickel und ich fragte meinen Doc, ob das vielleicht von den Vitamin-B-Tabletten kommen würde, die ich von ihm verschrieben bekam. Er verschrieb mir ein neues Präparat und ich fragte ihn, ob ich davon noch mehr Pickel bekommen würde. Der Doc saß gerade an seinem Schreibtisch im Vorzimmer vor seinem Computer, an dem er immer nach der Sprechstunde arbeitete. Er schaute von seiner Arbeit auf, blickte mich lächelnd über den Rand seiner Brille an und meinte zu mir: *„Das ist eigentlich nicht mein Ziel“*. Ich muss mich wohl sehr komisch ausgedrückt haben, denn alle lachten über mich. Im Nachhinein fand ich meine Ausdrucksweise dann auch komisch und stimmte in das allgemeine Gelächter mit ein.
In der Praxis herrschte eine wunderbare Stimmung und ich freute mich immer, wenn ich *„meine Leute“* wieder sah. Alle kümmerten sich ganz rührend um mich. Es gab noch viele schöne Szenen in jener Zeit, an die ich mich immer wieder gerne mit einem Lächeln auf den Lippen zurückerinnere.. So war es zum Beispiel einmal so, dass ich mal wieder eine Bioresonanzbehandlung bekam, bei der ich mich total zum Affen machen musste. Man muss sich das so vorstellen. Ich saß im Zimmer auf einem etwas höheren Holzpodest, auf dem ein Tisch mit dem Bioresonanzgerät und ein Holzstuhl stand. Dr. Braun kam herein, um die Behandlung einzuleiten, und legte mir ein paar merkwürdige Gurte an, an denen Kabel hingen. Außerdem musste ich eine Hand und einen nackten Fuß auf eine Messingplatte legen. Er tüdelte so einige Zeit an mir herum und heraus kam, dass ich jetzt mit dem blanken Hintern auf einer Messingplatte saß. Den linken Fuß auf einem Hocker, auf dem die eine Messingplatte lag, und die rechte Hand auf meinem rechten Bein, auf der die andere Messingplatte lag. Um den Kopf herum einen schwarzen Gurt, an dem die Kabel so hoch standen, als würde ich einen Indianerkopfschmuck tragen, und im

Nacken noch ein weiteres flaches Teil, das mir heruntergerutscht wäre, wenn ich nicht meinen Kopf nach vorne geneigt hätte, als würde mir jemand in den Nacken hauen wollen. Und zu guter Letzt musste ich mit einen längeren Stab, der vorne eine kleine Verdickung aufwies, wie ein kleiner Hammer, während der Behandlungszeit ständig vom Damm über die Scheide, dann zu meinem Bauchnabel hoch, um ihn herum und wieder zurück streichen. Da saß ich nun mit meinem Talent. Ich sah wohl sehr komisch aus, denn jeder, der das Zimmer betrat, um etwas zu holen, lachte erst mal über mich. Auch die Frau von Dr. Braun meinte, ich würde aussehen wie ein Indianer. Als das Gerät endlich piepte und damit anzeigte, dass ich fertig war, war ich doch schon sehr froh, nicht mehr so sitzen zu müssen. Ich wusste, dass mir diese Art der Therapie half und daher sah ich großzügig über diese Peinlichkeiten hinweg.

Hin und wieder hatte auch mein Doktor mal Urlaub. Das waren immer die schlimmsten Tage für mich, weil ich gerade dann meistens Probleme bekam und niemand sonst für mich da war. Gehen Sie mal mit dieser Krankheit zu einem Arzt in den Notdienst und erzählen ihm, was Sie für Beschwerden haben. Der würde Ihnen nur eine Beruhigungsspritze geben und Sie für verrückt erklären, weil er keine Ahnung von der Problematik hat. Jede Art von chemischen Arzneien rissen mich immer von der Symptomatik noch weiter runter statt mir zu helfen. Es ist ein so grausiges Gefühl, wenn man so ganz auf sich allein gestellt ist. Jeder andere kann in einem Notfall zu einem normalen Arzt oder ins Krankenhaus, nur ich nicht. Man liegt zu Hause und muss einfach nur warten, dass es von alleine wieder besser wird. Man hat dann auch einfach keine Lust, dem Arzt zu erklären, worum es eigentlich geht. Er würde es doch nicht verstehen. Diese Aussichtslosigkeit, von niemandem Hilfe erwarten zu können, kann einen ganz schön fertig machen.

So kam es dann auch einmal, dass mein Doktor drei Wochen weg war. Das war bisher die längste Zeit, seit ich bei ihm in Behandlung war. Ich gönnte ihm diesen Urlaub von ganzem Herzen und schenkte ihm zum Abschied ein kleines Märchenbuch *(„Die Farben der Wirklichkeit“)* und schrieb ihm einen lieben Gruß dazu, mit dem Vermerk, dass er sich seinen Urlaub wirklich verdient hätte, und er solle gesund wieder kommen. Das meinte ich auch genau so wie ich es schrieb. So viel hatte er schon für mich getan und war immer für mich da. Dieses Buch gab ich ihm nicht persönlich, sondern ließ es von seinen Mitarbeiterinnen zwischen seine Post legen, damit er inmitten der ganzen Arbeit mal kurz einen schönen Augenblick der Freude genießen kann.

Die Zeit ohne ihn kam mir wie eine Ewigkeit vor, denn ich bekam gleich am Anfang seines Urlaubs rasende Kopfschmerzen. Jeden Tag Kopfschmerzen. Und das über drei Wochen. Ein Schmerzmittel kam für mich nicht in Frage, weil ich es nicht vertrug. Also was sollte ich anderes machen, als auf die Rückkehr meines Arztes zu warten. Drei lange Wochen! Ich fieberte schon dem Tag seiner Rückkehr entgegen, wie jemand, der schon seit Tagen durstend durch die Wüste rennt. An einem Samstag kam er zurück und war ab da auch schon sofort wieder telefonisch zu erreichen. Das hatte ich sonst auch noch bei keinem Arzt erlebt. Natürlich rief ich sofort bei ihm an und berichtete meine Situation. Prompt bekam ich am folgenden Montag gleich morgens um 8 Uhr einen Termin bei ihm. Weil er ja so weit von uns entfernt wohnte, musste ich an diesem Tag schon um 5 Uhr aufstehen, aber das machte mir gar nichts aus. Die Aussicht darauf, meine Kopfschmerzen endlich loszuwerden, war für mich in dem Moment das Wichtigste. Und wenn ich ganz ehrlich bin, habe ich mich auch sehr darauf gefreut meinen Doc endlich wiederzusehen. Er war mir in den letzten Wochen sehr ans Herz gewachsen. Wir hatten schon so viel gemeinsam erlebt und durchgemacht. Er begleitete jeden meiner Fortschritte, hörte sich immer geduldig meine Probleme an und half mir auch sonst, wo er nur konnte. Und dann diese finanziellen Vergünstigungen noch dazu, die es mir erst ermöglichten, die Behandlung bei ihm fortzusetzen. Es lief alles wunderbar. Wobei ich aber sagen muss, das mit den Vergünstigungen tat mir nur oberflächlich gut. Ich meine damit, ich hatte immer irgendwie das Gefühl mit durchgezogen zu werden. Oder besser gesagt, wenn ich dem Doc etwas hätte zurückgeben können, hätte ich mich besser gefühlt. So war ich immer irgendwie dazu verdammt, alles zu nehmen, aber niemals zu geben. Ich war immer so glücklich und dankbar für alles was er für mich tat, dass ich ihm am liebsten die ganze Welt gekauft hätte, wenn ich die Mittel dazu gehabt hätte. Ach was, mit Geld kann man so was gar nicht bezahlen. Der folgende, für mich wichtige Tag, an dem der Doktor zurückkam, ist ein gutes Beispiel, um meine Gefühle zu beschreiben.

Es war also Montagmorgen, 8 Uhr. Ich war in der Praxis von Dr. Braun und wurde nach kurzer Wartezeit in einen Behandlungsraum geführt. Noch hatte ich den Doc nicht gesehen und erwartete ihn voller Freude auf das Wiedersehen. Die Kopfschmerzen waren noch da, aber in diesem Moment lange nicht mehr so präsent für mich, weil meine Konzentration zur Zeit woanders lag. Ich schaute mich noch eine Weile in dem Raum um, in dem ich noch nie zuvor war. Es stand eine Liege darin und ein Stuhl, wie man ihn von einem Gynäkologen her kannte. Ich fragte mich noch, was der Arzt wohl heute mit mir vorhatte und wozu er denn diesen Stuhl brauchte. Für mich stand fest, dass ich mich niemals mit entblößtem Unterleib vor ihm auf diesen Stuhl setzen würde. Das waren noch so meine Gedanken, bevor die Tür geöffnet wurde und Dr. Braun eintrat.

Er sah gut erholt aus. Braungebrannt und mit einem charmanten Lächeln auf den Lippen. Von oben bis unten schaute ich ihn an und bemerkte, dass er heute zum ersten Mal ganz anders aussah als sonst. Er trug eine graue Stoffhose und ein weißes Hemd. Sogar eine Krawatte hatte er sich umgebunden. Wie außergewöhnlich für ihn. Sonst trug er immer Jeans und irgendein Hemd. Wie ein Arzt sah er nie aus, das fand ich gut. Aber heute... Vor Erstaunen sagte ich sofort zu ihm: *„Hey, heute mal mit Schlips?“*. *„Ja“*, erwiderte er, *„das habe ich nur für Sie gemacht“*. Ob er das ernst meinte? Voller Liebe blickte ich ihn an. Die Hose war wohl nicht mehr die modernste und auch der Schlips war in meinen Augen grottenhässlich. Außerdem saß er ganz schief, aber ich fand er sah damit gut aus. Auch die Bemerkung dazu fand, ich süß. Ich freute mich so sehr, dass er wieder da war. Nicht nur, weil ich ihn für meine Krankheit brauchte - nein. Auch so war ich immer gerne mit ihm zusammen und redete gerne mit ihm. Auch gönnte ich ihm seine Erfolge von ganzem Herzen. Manchmal erzählte er, wo er schon wieder einen Vortrag hielt. Dann hörte ich ihm so gerne zu, weil ich seine Freude mitfühlen konnte. Seine Freude war auch meine Freude. Wenn er sich mal über irgend etwas geärgert hatte, konnte ich ihm aber genauso nachfühlen. Ich könnte es nicht ertragen, wenn ihm mal jemand etwas anhaben wollte. Irgendwie hatte ich in den letzten Monaten das Gefühl, ich wäre durch ein unsichtbares Band mit ihm verbunden. Ich konnte mir nicht vorstellen, dass es ihm ebenso erging, und daher hielt ich meinen Mund und erzählte ihm nichts davon. Aber ich denke, er hatte auch so bemerkt, wie gern ich ihn mochte.

Na jedenfalls erzählte ich ihm nun von meinen wochenlangen Kopfschmerzen, woraufhin er die Therapie einleitete. Er wolle mehrere Ozontherapien bei mir machen und erklärte mir, wie alles vor sich geht. Er müsste mir etwas mehr Blut abnehmen, würde dann Ozon hineingeben und es mir dann später wieder verabreichen. Wow, dachte ich. Das wird aber bestimmt teuer, wenn er so viel Aufwand betreiben muss. Genau in diesem Moment nahm der Doc meine Hand und sagte zu mir: *„Sie brauchen keine Angst zu haben. Sie bezahlen wieder nur Ihre 30,– DM, wie immer“.* Woher wusste er, was ich denke? Da hatten wir es schon wieder. Immer weiß er, was ich denke. Kann man vor ihm überhaupt etwas verstecken? Ich lag schon für die Transfusion auf der Liege bereit, als ich ihm meinen dankbarsten Blick schenkte. Ich weiß nicht, ob Sie es nachvollziehen können, wie ich mich in diesem Moment gefühlt habe. Innerlich hatte ich ein so starkes Gefühl in diesem Moment, dass von Liebe, Dankbarkeit und Zuversicht geprägt war. Und ich fühlte, als ich ihm diesen dankbaren Blick schenkte, dass ich in diesem Moment alle meine Gefühle in meinen Augen zum Ausdruck bringen konnte. Eine Art inneres Lächeln, welches man nur über die Augen ausstrahlen kann.

Er nahm mir das Blut für die Therapie ab und ließ es in eine Infusionsflasche laufen. Schon das Finden einer Vene war ein sehr großes Problem, wie sich herausstellte. Die Flasche war mit Blut gefüllt und Dr. Braun ging in das Nachbarzimmer, um das Ozon zu holen. Er spritzte das Gas in die Flasche hinein und fing an, das Ganze auf seine Art zu schütteln. Bei ihm hatten diese Bewegungen irgendwie etwas Rituelles an sich. Seine Bewegungen waren so harmonisch und fließend, dass man merken konnte, er ist jetzt hochkonzentriert und nimmt die Sache sehr ernst. Ich kannte seinen Blick in diesen Momenten und wusste dann immer genau: *„Jetzt musst du deine Klappe halten, sonst störst du ihn bei der Arbeit“*.

Diese Art der Therapie bekam ich jetzt noch mehrmals, aber ich muss sagen, eigentlich half sie schon nach dem ersten Mal. Die Kopfschmerzen waren wie weggeblasen, und auch sonst fühlte ich mich viel fitter als vorher.

Als ich mit der Ozontherapie durch war, sollte ich noch ein paar Infusionen bekommen. Aus diesem Grund bekam ich vom Arzt ein Rezept für das Infusionsgeschirr und die Mittel, die ich bekommen sollte. Bestellt wurden sie in einer nahegelegenen Apotheke, die anscheinend damit schon vertraut waren. So holte ich dann alles, was wir brauchten, von dort ab und nahm es mit in die Praxis. Ich weiß nicht mehr ganz genau, aber ich glaube, ich musste zweimal die Woche zur Infusion von da an. Zur Zeitüberbrückung sollte ich mir etwas zum Lesen mitbringen, weil diese Infusionen sehr lange durchlaufen. Mir wurde erzählt, dass mir diese Infusionen helfen würden noch gezielter zu entgiften. Es hieß damals, es wäre ein Chelatbildner darin, der die Gifte im Körper bindet und über die Nieren ausscheidet. Ständig etwas Neues, aber ich war immer gerne bereit etwas Neues auszuprobieren.
Die erste Infusion wurde gelegt. Langsam fing ich an meine Witzchen über seine Künste zu machen. Mir tat es nicht weh, was er tat, und darum war ich die ganze Zeit sehr amüsiert bei der Sache. Dann sagte der Doc vor dem nächsten Einstich: *„Jetzt grinst die Vene mich wieder so an und gleich ist sie wieder weg“*. Ich meinte scherzhaft zu ihm, nach dem 10. Einstich würde ich zurückschlagen. Wir lachten beide. Eigentlich sollte ich ja eine flexible Nadel bekommen, damit ich in der Praxis herumlaufen konnte, aber das ging leider nicht. Meine Venen waren eine einzige Katastrophe und so nahmen wir eine andere Nadel, mit der ich allerdings nicht aufstehen durfte. So lag ich dann also immer stundenlang in einem Zimmer und las oder hörte Musik mit einem Discman, den mein Bruder mir für diese Zeit ausgeliehen hatte. Mein *„kleines“* Brüderchen ist 11 Jahre jünger als ich, aber mindes-

Eine Geschichte, die das Leben schrieb!

Durch Pyrethroide*
in den Rollstuhl ...

Leseprobe

Heute, also am Samstag, den 2. September, sollte die kirchliche Trauung sein. Ganz früh am Morgen fuhren meine Eltern mit meinem Mann und mir in die Stadt, um die Blumen für das Auto und für mich abzuholen. Außerdem musste ich ja noch zum Friseur, um meine – damals noch sehr langen Haare – hochstecken zu lassen. Das war vielleicht eine Prozedur, für jemanden, der sich eigentlich nur miserabel fühlt. Mein Vater stellte seinen neuen Mercedes mitten in die Fußgängerzone der Stadt, direkt vor den Friseurladen, damit ich nicht so weit laufen muss. Die Friseurin hatte mir genau 72 Nadeln in die Haare gesteckt.

Als ich wieder raus kam, stand ein Polizist neben meinem Vater und ich dachte: „Oh nein, jetzt dürfen wir auch noch Strafe zahlen". Aber nichts von alledem. Der Polizist war ein Bekannter meiner Mutter, und er kannte meine dumme Geschichte schon, weil Mutti sie ihm erzählt hatte. So hielt er uns den Rücken frei, damit wir ungestört dort parken konnten. Das fand ich ganz lieb von ihm. Die Polizei – dein Freund und Helfer. Manchmal ist da was dran. Das war an diesem Tag dann für mich auch das einzige erfreuliche Ereignis, das muss ich ehrlich zugeben. Schon am Morgen dachte ich nur: „Hoffentlich ist die Hochzeit bald vorbei". Als wir dann gegen Mittag wieder zu Hause waren, ging es zu meiner Oma, die nur zwei Häuser von meinen Eltern entfernt wohnt. Wir aßen dort zu Mittag. Ich glaube es war Suppe oder so. Nicht mal daran konnte ich mich noch erinnern. Alles in diesen Tagen ging irgendwie so spurlos an mir vorbei. Das Essen fiel mir wieder sehr schwer, daran erinnere ich mich noch gut.

Als wir gerade mit dem Essen fertig waren und wieder zu meinem Elternhaus gingen, wurde ich wieder von meinem Mann gestützt, denn mittlerweile hatte sich wohl durch die Aufregung vor der bevorstehenden kirchlichen Trauung bei mir nervlich so dermaßen in meinen Beinen bemerkbar gemacht, dass ich froh war, als ich sah, dass unser Kumpel den Rollstuhl schon auf dem Hof stehen hatte. Ich setzte mich sofort hinein und sah dem bevorstehenden anstrengenden Tag bzw. Abend etwas gelassener entgegen, weil ich so etwas mobiler war als auf meinen eigenen Beinen. Der Fotograf war auch schon da zu dieser Zeit und einen Augenblick später kam mein neuer Hausarzt, Dr. K., der mich noch schnell mit ein paar Spritzen versorgte, damit ich etwas weniger Schmerzen habe, bis die Feier vorbei ist. Mein Arzt, meine Mutter und ich gingen zusammen in das Zimmer meines Bruders, denn für die Spritzen musste ich ja mein schweres Brautkleid anheben, was mir alleine unmöglich schien. Indessen raste mein kleiner Bruder mit meinem Rollstuhl durch die Wohnung und fand das äußerst spaßig. Bei dieser Gelegenheit stellten wir mit Bedauern fest, dass die Wohnung meiner Eltern alles andere als behindertengerecht ist. Die Türen und der Flur waren viel zu eng, als dass man mit dem Rollstuhl ohne Hilfe hätte tens zwei Köpfe größer. Das nur am Rande.

Der Tropf musste bei mir sehr langsam gestellt werden, weil ich im betroffenen Arm Schmerzen bekam. So dauerte alles noch länger als geplant, aber mir machte es nichts aus. Ich muss sagen, ich genoss diese Zeit dort. Alle Augenblicke schaute Dr. Braun herein, um nachzusehen, ob noch alles in Ordnung ist. Er kümmerte sich wirklich rührend um mich. Nicht nur um mich, er kümmerte sich um alle Patienten so intensiv. Kaum zu glauben, dass er für so etwas Zeit hatte. Während ich immer so dalag, dachte ich viel nach. Das Lesen wurde zur Nebensache. Ich hörte lieber schöne Musik und entspannte mich. Es fiel mir nicht schwer, denn ich fühlte mich so sicher, so ruhig, gelassen, verstanden, zufrieden und voller Liebe und Vertrauen. Diese Gefühle hatte ich immer, wenn ich dort lag. Irgendwie glaubte ich, mir könnte nichts passieren und alles würde ewig so weitergehen. Endlich hatte ich nur noch Menschen um mich herum, die mich verstehen und zu denen ich Vertrauen haben kann. Dr. Braun war ich so dankbar. Jedes Mal, wenn er wieder durch die Tür sah, um nach dem Rechten zu sehen, dachte ich, jetzt nimmst du einfach mal seine Hand und sagst ihm endlich: *„Ich hab Sie lieb und freue mich, dass es Sie gibt“*. Einfach nur so, ohne weiteren Kommentar. Denn ich erwartete keine Gegenreaktion. Für ihn ist es sicher selbstverständlich, was er da tut. Ich weiß nicht über wie viele Wochen ich immer etwas sagen wollte und dann doch nicht tat. Ich dachte immer, er, gerade er, würde aufgrund seiner Art zu denken genau verstehen wie ich es meine und doch hatte ich Angst davor, weil man *„so was“* einfach nicht macht. Man darf doch nicht einfach einem wildfremden Menschen sagen: *„Hey du, ich hab dich lieb“*. Da halten einen ja alle für bescheuert. Schade eigentlich. Wie schön könnte die Welt sein, wenn wir uns mal öfter sagen würden ICH HAB DICH LIEB. Da kommt wieder meine verträumte Gedankenwelt zum Vorschein, in der ich immer versuche die Welt zu verbessern. Schon als Kind war ich sehr verträumt und lebte in meiner eigenen *„heilen“* Welt. Immer erlebte ich Gefühle viel intensiver als andere, so kam es mir vor. Hochsensibel empfange ich die feinsten Schwingungen, die sich in mir zu riesigen Wellen aufschaukeln. Manchmal ist so eine reiche Gedankenwelt kein Segen, aber im Großen und Ganzen bin ich doch froh über so viel Sensibilität zu verfügen. Als ich noch ganz klein war, habe ich schon immer gesagt, dass ich niemals erwachsen werden will und daran halte ich mich auch heute noch. Ich denke, man wird erwachsen, wenn man anfängt nur noch logisch zu denken und langsam aufhört zu träumen. Träume sind für mich wichtig, weil ich mich dann in meine eigene Welt zurückziehen kann, wenn mir alles um mich herum auf die Nerven geht. Ich liebe das Alleinsein mit mir und mir wird dabei nie langweilig. Vielleicht klingt das verrückt. Vielleicht bin ich auch verrückt. Aber was heißt das schon? In einer Zeitung namens *„BIO"* habe ich mal einen ganz tollen Spruch gelesen, der, meiner Meinung nach, gut zu dem passt, was ich denke. Geschrieben hat ihn ein Psychoanalytiker namens Arno Gruen und lautet:

„Was ist denn schon normal in unserer Welt?
Während jene als verrückt gelten, die den Verlust der menschlichen Werte nicht mehr ertragen,
wird denen Normalität bescheinigt,
die sich von den menschlichen Wurzeln getrennt haben."

Den Verlust der menschlichen Werte nicht mehr ertragen können, ja. Das ist genau das, was mich in meine Träume flüchten lässt. Wo bleibt das Einander-lieben-können, das Einander-vertrauen-können? Liebe Deinen Nächsten wie dich selbst. Alles nur schlaue Sprüche? Liebe und Sex wird heute auf eine Stufe gestellt und darum darf man niemandem einfach nur sagen: *„Ich hab dich lieb"*. Kein Vater traut sich heute mehr seine kleine Tochter auf offener Straße zu umarmen. Was könnten die Leute denken? Jeder Handgriff des Vaters wird mit Argusaugen überwacht. So weit sind wir schon gekommen. Ich finde es deprimierend. In mir steckt so viel Liebe, die ich geben könnte, mich aber nicht traue, weil es sich einfach nicht schickt. Manchmal fühle ich mich so voll mit unterdrückten Gefühlen, dass ich das Gefühl habe, ich würde platzen, wenn ich nicht bald mal ein bisschen davon rauslasse.

So auch im Fall von Dr. Braun. Leider hatte ich es in den ganzen Wochen nicht geschafft, meine Angst zu überwinden und so beließ ich es dabei, ihm nichts über meine Gefühle zu sagen. Auch wenn ich das Gefühl hatte, wenn mich einer versteht, dann er. Nein, ich konnte es nicht. War ja eigentlich auch nicht wichtig, denn ich erwartete für meine Zuneigung weder eine Gegenleistung noch eine Partnerschaft. Ich glaube, dass gute platonische Freundschaften möglich sind, ganz unabhängig davon, aus welcher Gesellschaftsschicht jemand kommt, weil ich es selbst schon mehrfach erlebt habe. Aber jetzt Schluss mit dieser Gefühlsduselei. Ich allein werde die Welt nicht ändern können, aber ich kann bei mir anfangen und versuchen, so viele Menschen wie möglich auf meine Seite zu ziehen.

Wo ist Dr. Braun?

Wie immer bin ich wieder in der Praxis bei Dr. Braun, wie soll es anders sein. Langsam hatte ich mich schon richtig an den Gedanken gewöhnt, für immer bei Dr. Braun zu bleiben und ihn meinen Hausarzt zu nennen. Wo sollte ich auch sonst hin. Bei uns in der Gegend verstand mich kein Arzt, und jeder Besuch bei einem anderen Therapeuten war für mich nur noch frustrierend. Zu dieser Zeit dachte ich gar nicht daran, dass diese sorglose Zeit auch mal zu Ende sein könnte. Warum auch? Es gab keine Anzeichen für eine Veränderung. Oder vielleicht doch?
Ich saß mal wieder bei meinem Doc im Sprechzimmer, als ich hörte, dass Dr. Braun noch einen fremden Mann im Schlepptau hatte. Mein Termin war lange überfällig und das kannte ich gar nicht. Schon eine Viertelstunde über der Zeit. Doch da öffnete sich die Tür und der Doktor betrat mit diesem fremden Mann das Zimmer. Herr Braun stellte mir den Mann vor, wobei ich sagen muss, dass ich den Namen nicht verstand, weil ich gar nicht richtig zuhörte. Dr. Braun fragte mich, ob der Herr mit eintreten dürfte, um ein wenig zuzuhören. Was sollte ich denn antworten, während dieser Mann mit im Raum stand? Natürlich sagte ich ja. Gepasst hat es mir nicht, aber was blieb mir übrig. An der merkwürdigen Aussprache dieses Mannes erkannte ich, dass es sich um einen Schweizer handeln musste. Vom ersten Augenblick an war er mir äußerst unsympathisch, ich weiß nicht warum. Aber ich dachte,

wenn es Brauns Freund ist, soll es auch meiner sein und ließ ihn rein. Als ich später aus der Besprechung kam, fragte ich die Damen vorne am Empfang, ob sie eine Ahnung hätten, wer denn das da drinnen ist. Alle wussten es nicht. Irgendwann vergaß ich diesen Zwischenfall auch wieder.

Einige Wochen später, glaube ich, saß ich mal wieder bei Dr. Braun im Sprechzimmer und unterhielt mich mit ihm über das Aurasehen und dass ich daran nicht glauben würde. Ich hatte mir ein Buch aus seiner Bibliothek ausgeliehen, weil es mich erst ansprach, doch als darin über das Aurasehen geschrieben wurde, hakte es bei mir aus, denn an so was glaubte ich damals nicht. Ich gab ihm sein Buch zurück und erzählte ihm noch etwas über jemanden, der mal ganz fürchterlich über ihn gelästert hatte. Ich berichtete ihm auch, was und wo der jenige darüber sprach. Mein Doc war ganz platt und ich denke, er war auch sehr verletzt, als er das alles von mir erfuhr. *„Dabei hatte ich demjenigen immer so geholfen“*, klagte er. Doc Braun schien zutiefst erschüttert zu sein über die Dreistigkeit dieses Menschen. Auch ich empfand damals nur Empörung, als ich davon hörte. Um was es jetzt im Einzelnen geht, möchte ich hier nicht breittreten. Das gehört hier auch nicht her. Auf jeden Fall brach mir seine Traurigkeit fast das Herz. Hätte ich doch nur meinen Mund gehalten, dachte ich noch Tage später. Wenn er so empfindlich ist wie ich, würde er diese Worte noch lange nicht vergessen.

Während ich mir noch Tage wegen dieser Geschichte Vorwürfe machte, hatte der Doc wohl schon seine Sachen gepackt, denke ich, denn als ich eine Woche später in die Praxis kam, lag dort nur ein Zettel aus, dass der Dr. Braun aus persönlichen Gründen jetzt einige Zeit nicht für uns Patienten da sein kann und wir doch dem von ihm ausgesuchten Arzt unser Vertrauen schenken sollten, der sein Vertreter für die nächste Zeit sein sollte. Na gut, für eine gewisse Zeit lässt man sich das noch gefallen. Natürlich war ich tief traurig darüber, dass er bei unserem letzten Gespräch nichts davon erwähnte. Ich fühlte mich ein wenig ausgeschlossen von ihm. Als Patient hatte man so viel Vertrauen zu ihm und ich dachte, er hätte ruhig auch ein wenig Vertrauen zu uns Patienten haben können. Darüber war ich ein wenig sauer, muss ich ganz ehrlich sagen. Aber weil ich Dr. Braun sehr gerne mochte und ihn nicht enttäuschen wollte, nahm ich seine Vertretung an. Er sollte sich keine Gedanken machen müssen, solange er weg ist. Wir würden hier schon eine Weile ohne ihn klarkommen, auch wenn es schwer fällt. Das Gefühl von Sicherheit war trotz allem immer noch da. Ich denke, es hatte damit was zu tun, das sein Geist immer noch bei uns war. Man betrat die Praxis und hatte das Gefühl, Dr. Braun ist da. Dieser junge Dr. Steinhoff, Brauns Vertretung, war gar nicht so schlecht. Also ich mochte ihn. Seine Methoden waren zwar ein wenig anders als gewohnt, aber dennoch nicht schlechter. Die Wochen zogen ins Land und ich wurde ganz schön ungeduldig, denn der Doc tauchte einfach nicht wieder auf. Zwischendurch bekam ich mich doch noch ein wenig mit Dr. Steinhoff in die Haare, weil ich mal in einem Gespräch das Gefühl hatte, er hielte mich nicht mehr für krank und wolle mich wieder zur Arbeit schicken. Mir ging es zwar schon viel, viel besser, aber noch nicht so gut, dass ich in einer Druckerei schwere Arbeiten hätte verrichten können. Mal ganz abgesehen von diesen ganzen Giften, die dort vorkamen. Nicht, dass ich Angst vor Giften hätte. Ganz im Gegenteil.

Auch durch meine schwere Vergiftung hatte ich herzlich wenig Respekt vor Giften aller Art. Ich hatte gelernt, mit den Umweltgiften in meiner Umgebung zu leben. Was blieb einem auch heutzutage sonst übrig. Man konnte sich ja nicht in einen Bunker einschließen oder den ganzen Tag mit einer Gasmaske umherlaufen. Das hört sich jetzt vielleicht lustig an, doch es gibt wirklich Menschen, die so krank sind von diesen Umweltgiften und vielen Gerüchen unserer Umwelt, dass sie wirklich so leben müssen. Diese Krankheit nennt sich MCS (Multiple Chemical Sensitivity). Auf Deutsch würde man sagen, eine Chemikalienunverträglichkeit oder auch Mehrfachempfindlichkeit. Und ich möchte hier noch einmal ausdrücklich betonen: *„ES HANDELT SICH NICHT UM EINE ALLERGIE!!!“*. Genausowenig wie bei meiner Erkrankung. Dies betone ich deshalb so ausdrücklich, weil ich mir seit Jahr und Tag immer dasselbe von den unwissenden Mitmenschen meiner Umgebung anhören muss. *„Ach, dann hast Du wohl eine Allergie* *gegen diese Spritzmittel?!"* NEIN, habe ich nicht!

Das Thema MCS jetzt hier abhandeln zu wollen, würde wirklich den Rahmen sprengen, darum möchte ich diejenigen unter Ihnen, die wirklich Interesse an diesem Thema haben, bitten, sich im Internet, eine Liste befindet sich auf der auf der letzten Seite dieses Buches, oder in der einschlägigen Literatur schlau zu machen. Es ist wirklich ein sehr großes Thema und ich denke, es geht uns alle an. Immer, wenn ich mal wieder einen Fall von MCS im Fernsehen sehe, dann könnte ich heulen. Diese Menschen haben wirklich mein vollstes Mitgefühl. Sie müssten mal sehen, wie diese Menschen leben müssen. Sofern man da noch von Leben sprechen kann. Zum Beispiel kenne ich die Mutter einer jungen Frau, die seit Jahren schon sehr schwer an MCS erkrankt ist. Diese Frau musste in die Umweltambulanz nach Bredstedt (Klinik im Kreis Nordfriesland), konnte aber nicht einmal im Krankenzimmer schlafen. Alle Ausdünstungen im Raum vertrug sie nicht. Weder das Zimmer noch das Bett - einfach alles. So kam es dann, dass die Ärzte die junge Frau auf die Klinikwiese verlegten. Es wurde ihr dort ein Glashaus aufgestellt, und zum Schlafen bekam sie mit Sodawasser gewaschene Bettwäsche. Sofort wurde festgestellt, dass sie das Metall des Glashauses nicht vertrug, was dazu führte, dass ihr nun eine Art Höhle aus Stein gebaut wurde. Vor dem Eingang hing nur ein mit Sodawasser gewaschenes Bettlaken. So verbrachte sie die ganzen Wochen im Klinikpark. Die Visite fand auf dem Rasen statt. Heute lebt diese Frau bei ihrer Tante in einem sehr steril aussehenden Zimmer unter dem Dach. Ein völlig weißer Raum, nur eine Matratze auf dem Boden – alles öko natürlich – die Steckdosen sind abgeklebt, kein Fernseher, kein Telefon. Essen kann sie nur mit einem Porzellanlöffel, denn sie verträgt keinen Kunststoff oder Metall. Sie verträgt eigentlich gar nichts, kann man sagen. Ihre Bücher sind in Folie verpackt, die sie durch sie hindurch lesen muss. Lange hält sie das Lesen aber auch nicht aus, weil sie die Plastiktüten auch nicht verträgt. Wenn sie ausgelesen hat bzw. wenn sie es nicht mehr verträgt, stopft sie die Bücher in einen großen Kochtopf und deckelt ihn ab, damit die Gase nicht zu ihr dringen können. Was für ein Leben. Damit wollte ich mal eben darstellen, wie weit man durch eine Umwelterkrankung in seinem

Leben eingeschränkt werden kann. Und diese von mir geschilderte Geschichte ist wirklich kein Einzelfall. In den nächsten Jahren wird es noch viel mehr Menschen treffen. Vielleicht trifft es Sie auch irgendwann mal ganz plötzlich. Wollen Sie erst dann damit anfangen, sich mit diesen Themen zu beschäftigen? Mir ging es vor meiner Erkrankung auch so. Erst als es mich *„erwischte"*, fing ich an, mir über meine Umwelt Gedanken zu machen. Leider zu spät für mich, denn nun war ich ja schon krank. Machen Sie nicht denselben Fehler wie ich. Beginnen Sie noch heute, sich um Ihren Körper, Ihre Umgebung, Ihre Umwelt Gedanken zu machen!

Jetzt bin ich aber völlig vom Thema abgekommen. Eigentlich wollte ich ja weiter erzählen, dass ich mich nun doch mit der Vertretung von Dr. Braun, dem Dr. Steinhoff, in die Haare bekam, weil er, meiner Meinung nach, das Gefühl hatte, ich wäre gesundheitlich schon wieder hergestellt. Auf einem der vorigen Kapitel lasen Sie schon, dass ich hinsichtlich dieser Äußerungen von Ärzten schon reichlich schlechte Erfahrungen gemacht hatte. Dr. Steinhoff hatte bei mir also gerade, ohne es zu wissen, in ein Wespennest gestochen und bekam von mir sofort eine Retourkutsche. Diese war wohl sehr heftig ausgefallen, denn der Doktor versuchte sofort einzulenken. Ich traute ihm aber nicht mehr so, wie noch vor seiner Aussage. In diesem Moment sehnte ich mich ganz schrecklich nach Dr. Braun. Bei ihm wäre das nicht passiert, dachte ich. Ach, wie sehr er mir fehlte. Wenn er doch nur wieder da wäre. Ich hätte ihm so viel zu sagen und zu fragen. Das Verfahren gegen die AOK Bremervörde, wegen der Kostenübernahme der Behandlungskosten bei Dr. Braun lief auch noch auf vollen Touren. Wie sollte ich das nur alles alleine durchstehen. Mit meinem Doc im Rücken fühlte ich mich bei allem so sicher, und auch die amtsärztlichen Untersuchungen beim Arbeitsamt oder der Landesversicherungsanstalt machten mir viel weniger aus, weil ich immer wusste, mein Dr. Braun ist für mich da. Jetzt fühlte ich mich so allein. Aber er kommt ja bald wieder, dachte ich. So lange hältst du das schon aus.

Nach etlichen Wochen des Wartens hörte ich durch Zufall, dass mein Doc, wie ich ihn immer liebevoll nannte, demnächst wieder in der

Praxis wäre. Weil ich dachte, jetzt geht alles wieder seinen gewohnten Gang, ließ ich mir auch einen Termin bei Braun reservieren. Wundersamerweise war das mit sehr großen Schwierigkeiten verbunden. Es kam mir vor, als wollten die Vorzimmerdamen nicht, dass so viele Leute einen Termin bekamen. Ich verstand das alles nun langsam nicht mehr was hier vor sich ging. Na egal, ich hatte jetzt einen Termin und freute mich schon rasend darauf den Dr. Braun wiederzusehen. Bei mir hatten sich so viele Fragen angesammelt, die ich eigentlich nur ihm stellen wollte und nicht dem Dr. Steinhoff. So schrieb ich also schon zu Hause all meine Fragen und Beschwerden, die im Laufe der Zeit aufgetreten waren, ganz sorgfältig auf. Mein Doktor mochte es, wenn man alles schön ordentlich und übersichtlich aufschreibt, weil es unheimlich zeitsparend für ihn ist. Das wusste ich ganz genau. Und ihm tat ich diesen Gefallen wirklich gerne. Schließlich war er ein vielbeschäftigter Mann. Dem großen Tag des Wiedersehens fieberte ich schon richtig entgegen. Wie schön es sein wird, ihn endlich wiederzusehen. Dieses wohlige Gefühl von Sicherheit wieder zu spüren, wenn ich weiß, er ist immer für mich da.

Der große Tag kam. Ich saß schon in einem Sprechzimmer im oberen Geschoss der Praxis und freute mich so sehr. Die Tür ging ziemlich forsch auf, Dr. Braun trat ein und ich sah schon sein ernstes Gesicht. Noch bevor er guten Tag sagte, meinte er zu mir: *„Was haben Sie denn mit Dr. Steinhoff gemacht?“*. Whom! Das hat gesessen. Dieser Satz landete wie eine Ohrfeige mitten im Gesicht. All meine Freude war plötzlich verschwunden. Das tat weh. Es fühlte sich so an, als hätte mir jemand das Herz herausgerissen und es lieblos an die Wand geschmissen. Anders kann man es nicht beschreiben. Wir klärten dann die Vorkommnisse, doch der Doktor schien trotzdem noch schlechte Laune zu haben. Ich fühlte mich dafür verantwortlich, obwohl ich eigentlich nichts Schlimmes getan hatte. Wir sprachen mein *„Fragenblatt“* durch, und ich erzählte ihm noch so die letzten Einzelheiten, meine Gesundheit betreffend. Dann fragte ich ihn zum Schluss, wann er denn für immer wiederkommen würde. Er antwortete mir, dass es im Dezember sein würde. Nun, wir hatten gerade Spätsommer, meine ich. Jedenfalls erinnere ich mich noch sehr genau an das Hemd, welches der Doktor an diesem Tag trug. Ich weiß es daher noch so genau, weil es sehr heiß an diesem Tag war und Braun trug ein langärmeliges Oberhemd, dessen Ärmel er bis zu den Oberarmen hochgekrempelt hatte. Es sah richtig komisch aus. Jeder andere hätte sich gleich ein kurzärmeliges Hemd angezogen. Daher weiß ich noch, dass es irgendwie Sommer gewesen sein musste. Im Jahre 1996 hatten wir einen goldenen Oktober, also kann es auch Spätsommer oder auch schon fast Herbst gewesen sein. Na wie auch immer. Jedenfalls wollte der Doc im Dezember wieder für uns alle da sein. Nach diesem enttäuschenden Termin konnte ich gar nicht schnell genug nach Hause kommen. Ich war froh, dass ich draußen war und fuhr verletzt durch das eben Geschehene nach Hause. Sonst sang ich immer auf der Autofahrt von Amelinghausen nach Bremervörde und umgekehrt. Nicht so diesmal.

Meine Freundin Sandra aus Stade, die ich durch meinen Zeitungsartikel in der Bremervörder Zeitung kennen gelernt hatte, war auch eine von Dr. Brauns Patienten. Wir beide hatten oft und viel Kontakt. Hauptsächlich telefonisch, aber das machte nichts. Uns verband so vieles. Außerdem sind wir noch gleich alt. Als ich zu Hause ankam, berichtete ich ihr sofort von diesem Drama bei Braun und wie enttäuscht ich war. Wir teilen all unsere Probleme. Wenn sie etwas hat, helfe ich ihr, und wenn ich etwas habe, kann ich mit ihr reden. Es war über die Zeit eine wunderbare Freundschaft entstanden. Gegenseitig hielten wir uns immer auf dem Laufenden, was bei Braun gerade mal wieder in der Praxis vorgeht. So langsam machten wir uns unsere Gedanken, was sich denn dort abspielen würde. Niemand sagt dort etwas. Man hatte das Gefühl, es wird uns etwas verheimlicht. Meine Befürchtungen spiegelten sich auch schon langsam in meinen Träumen wider. So kam es, dass ich in einer Nacht einen, für mich sehr bedeutsamen, Traum hatte. Ich möchte ihn hier mal erzählen, auch wenn er sich verwirrt anhört. Aber welche Träume sind schon realitätsnah?

Ich träumte von einem riesigen Treppenaufgang. Es führten zwei Treppen, sich gegenüberliegend, nach oben in den ersten und einzigen Stock. Als ich die Treppe hinaufsteigen wollte, überlegte ich, welchen

Treppenaufgang ich denn nehmen sollte. Alle beide führten dorthin, wo ich hin wollte. So suchte ich mir eine Treppe aus, auf der ich ganz alleine war, denn auf der anderen Seite lief ein sehr altes Ehepaar die Stufen hinauf – sehr langsam. Da rechnete ich mir aus, dass ich auf der anderen Treppe schneller an mein Ziel kommen würde und gleichzeitig eher ankommen würde als die beiden Alten, obwohl mein Treppenaufgang weiter von dem Zimmer entfernt war, zu dem ich wollte. Ich kam oben an und betrat eines der Zimmer. Am Schreibtisch saß ein Mann mit einer merkwürdigen Maske. Ich konnte nicht erkennen, um wen es sich handelte, vermutete aber, dass es sich um meinen Doc handelte. Vor seinem Schreibtisch ließ ich mich nieder und schaute mir seine Maske an. Dieser Mann redete gar nicht mit mir, sondern schaute immer neben mich und sprach mit jemandem, den ich gar nicht sah. Ich dachte nur immer, mit wem redet er denn da? Dann fragte ich diesen maskierten Mann: *„Mit wem reden Sie denn da?"*. *„Na mit ihm"*, antwortete er. Mit ihm? Ich verstand nicht. In mir wurde ein Gefühl wach, das mir sagte, ich werde hier gehandelt wie ein Stück Vieh. Diese Männer reden und bestimmen hier über mich und ich habe nichts zu sagen. Dieser Traum war von den Gefühlen her sehr eindrücklich. Auch nach dem Erwachen fühlte ich mich wie gerädert. Der Traum ging mir nicht aus dem Kopf. Tagelang nicht. Irgendetwas sagte mir, mein Doktor kommt nicht wieder. Ich wusste es einfach

Alles vorbei?

Noch ganz verwirrt und verletzt von meiner letzten Begegnung mit Dr. Braun, setzte ich mich daran ihm einen Brief zu schreiben, in dem ich ihm meine Gefühle bei dieser Begegnung schildern wollte. Stunden über Stunden schrieb ich an diesem einen Brief. Ich weiß nicht mehr wie viele Briefe ich schrieb und wieder verwarf. Es müssen Unmengen gewesen sein, denn mein Mann lachte schon über mich, wie ich so viel Zeit für einen *„perfekten"* Brief aufwenden konnte. Natürlich bin ich Perfektionist, das war ich schon immer, und für diesen Brief galt das allemal. Der Doc schrieb auch immer fehlerlos und sehr gut durchdacht. Da wollte ich ihm auch um nichts nachstehen. Wäre mir auch viel zu peinlich gewesen, einen Brief abzugeben, der lauter Form- und Rechtschreibfehler enthält. So gab ich dann meinen, ich denke fehlerlosen Brief in der Praxis ab, in der Hoffnung, der Doc würde ihn so schnell wie möglich erhalten. Nach ein paar Tagen, ich war wieder mal in Amelinghausen zur Behandlung, wurde mir ein Antwortschreiben von Dr. Braun mitgegeben. Die Mädchen hatten ihn für mich verwahrt. Neugierig riss ich den Brief auf, doch darin stand nur, dass er sich über meine ehrlichen Worte freute, sich bei mir kurz entschuldigte, er mir aber noch einen ausführlichen, persönlichen Brief schreiben würde, wenn er unterwegs wäre. So rannte ich ab diesem Zeitpunkt jeden Morgen zum Briefkasten und wartete auf Post von meinem Doc. Der Brief ließ nicht lange auf sich warten. Ja, so war ich es von meinem Lieblingsdoktor gewohnt. Immer fleißig, schnell und übergenau. Konnte mir auch nicht vorstellen, dass er mich vergessen würde. Wer kann mich schon vergessen? Mein Herz klopfte bis zum Hals, als ich den Brief sah. Er kam aus der Schweiz. „A*us der Schweiz?*", dachte ich nur verwundert. Ein Briefumschlag mit Fenster. Neben dem Fenster stand meine Adresse. Ich wusste ja, dass mein Doktor öfter Resteverwertung macht und alte Verpackungen wieder benutzt, daher dachte ich mir auch nichts bei dem äußeren Erscheinungsbild des Briefes. Wichtig war für mich nur was darin stand und nicht wie er aussah. In dem Umschlag steckte eine wunderschöne Karte zum Aufklappen und in dieser Karte noch ein weiterer Bogen. Der Platz der Karte reichte wohl nicht aus für dass was er zu sagen hatte. Der ganze Brief war sehr persönlich gestaltet und sogar handschriftlich verfasst. Er entschuldigte sich mehrmals für sein Verhalten, denn er hatte erst durch mich erfahren, wie sehr er mich verletzt hatte. Er würde gerade in einer sehr schweren Situation stecken. Außerdem stand da irgendwas von Entscheidungen, die er zu treffen hätte und er nicht wüsste, wie er sich jetzt entscheiden sollte. Auch, dass er wüsste, dass er mit der Wahl seines Nachfolgers eine gewisse Verantwortung zu tragen hätte. All das wäre ihm bewusst. Alles in allem für mich ein sehr erfreulicher Brief. Natürlich verzieh ich ihm alles sofort. Er hatte also Probleme zur Zeit und dabei wollte ich ihn nicht auch noch mit meinem Kleinkram belästigen. Dass der Brief aus der Schweiz kam, verwunderte mich nicht so sehr, denn ich wusste, er ist auf einer Art *„Tournee"*, wo er viele Vorträge an verschiedenen Orten halten würde. So jedenfalls wurde mir damals berichtet.

Meine Behandlungen in Amelinghausen liefen jede Woche so weiter wie bisher. Weihnachten 1996 rückte immer näher und ich machte mir Gedanken um ein wunderschönes Geschenk für Dr. Braun. Es sollte etwas ganz Persönliches und Individuelles sein, das wusste ich schon mal. Da mein Doc wusste, dass ich viel und gerne fotografiere, nahm ich mir vor, einen Kalender für das kommende Jahr für ihn zu basteln. Unendlich viel Zeit habe ich in dieses Geschenk investiert. Bin sogar noch extra zum Fotografen gewesen, um noch ein schönes Bild von mir hinein zu kleben. Eine super Aufnahme in schwarz-weiß, welches ich dann in türkis einfärben ließ. Sah toll aus. Dazwischen noch ein paar schöne Landschaftsaufnahmen aus meiner Gegend. Toll geworden. Den Geschenkkarton bastelte ich selbst. Dafür holte ich mir vom Chinesen eine alte Zeitung und beklebte damit den Karton. Noch eine schöne Schleife drum gebunden – fertig! So gab ich dieses Geschenk in das Fach von Dr. Braun, in der Hoffnung, er würde in den nächsten Tagen vielleicht in die Praxis kommen, um wenigstens seine Post abzuholen. Mir war damals klar, ich würde ihn im Jahr 1996 wohl nicht mehr persönlich treffen. Es kam dann aber doch anders als gedacht.

Eines Tages bekam ich von meiner Freundin aus Stade einen Anruf. Vielleicht erinnern Sie sich, diese Freundin war auch in Behandlung bei Dr. Braun in der Praxis. Ich denke, es muss so November gewesen sein. Genau weiß ich es nicht mehr, denn ich habe die ganzen alten Schriftstücke vor einiger Zeit restlos verbrannt, um mit dieser Zeit abzuschließen. Na jedenfalls rief sie mich an und sagte zu mir: *„Dr. Braun ist weg, dieses alte Schwein! Er lässt uns hier einfach allein! Dabei hatte er versprochen mir zu helfen!"*. Auch sie schien völlig außer sich. Im ersten Moment wusste ich gar nicht, was sie da redet. *„Er ist in der Schweiz!"*, sagte sie. In der Schweiz? Ja, natürlich. Ich hatte doch damals einen Brief aus der Schweiz bekommen. Also wusste er damals schon, dass er uns verlassen würde, sagte aber zu niemandem einen Ton, dachte ich. Meine Freundin erzählte mir, dass sie am Morgen in der Praxis war und dort ein Zettel von Braun auslag. Diesen Zettel lass sie mir nun vor. Genau hingehört hatte ich gar nicht mehr. Meine Gedanken überschlugen sich. Ich fühlte mich, als würde mir jemand den Boden unter den Füßen wegreißen. Plötzlich fühlte ich mich so einsam und allein. Wie sollte ich das alles jetzt allein schaffen. Da kommt noch so viel auf mich zu. Und wo sollte ich jetzt hin? Wird die Praxis aufgelöst? Wird sich mein Gesundheitszustand wieder verschlechtern, wenn ich keine optimale Behandlung mehr bekomme? Was soll jetzt aus mir werden? Werde ich wieder ganz von vorne anfangen müssen? In meinem Kopf drehte sich alles. Ich musste auflegen, weil ich einfach nicht mehr fähig war einen klaren Gedanken zu fassen. Ich entschuldigte mich bei meiner Freundin, denn ich wollte jetzt allein sein. So etwas kannte ich von mir gar nicht. Ich hatte wirklich gesagt, ich will allein sein. An diesem besagten Tag war ich ganz allein zu Hause. Mein Mann war noch zur Arbeit und kam erst gegen 14.00 Uhr wieder. So hatte ich noch etwas Zeit mich zu sortieren. Ich sprang vom Sofa auf und rannte durch das Haus, völlig planlos. Die Tränen standen mir im Gesicht. Ich weinte, wie ich in meinem Leben noch nie zuvor geweint hatte. Dann brach ich zwischendurch zusammen und kauerte heulend am Boden. Ständig ging mir Dr. Brauns Stimme durch den Kopf: *„Wenn es Ihnen mal wieder gesundheitlich schlechter geht, kann ich Sie mit meinen Methoden wieder ganz schnell auf den alten Stand zurückbringen“*. Wie denn, dachte ich nur, wenn er nicht mehr da ist? Er hatte mir Dinge versprochen, die er so nicht mehr einhalten konnte. Außerdem hatte er mich so schamlos belogen. So viel Vertrauen hatte ich in den letzten Monaten zu ihm und jetzt hatte er mich so belogen. Nicht nur mich – uns alle! Meine Trauer schwenkte um in einen unsagbaren Hass. Ich schlug mit der Faust gegen die Wände und trat gegen Schränke. Jetzt ist sowieso alles egal, dachte ich mir und nahm eine nagelneue Flasche Korn aus dem Barfach. Eigentlich trank ich seit langem so gut wie keinen Alkohol mehr, bis auf ein Glas Wein mal ab und zu, doch nun war ohnehin alles egal. Mir war in dem Moment auch egal, ob ich überhaupt noch lebe. Alles erschien so sinnlos zu sein. Im Wohnzimmer hockte ich mich dann weinend mit meiner Kornflasche auf den

Boden und trank und trank... Erst benutzte ich noch ein Glas, doch das war mir schnell zu wenig und so trank ich aus der Flasche. Wie gut das tat. Ich brauchte diesen Alkohol jetzt, nach dem Schock. Nie zuvor hatte ich Menschen verstanden, die in einer Krisensituation dringend einen Schnaps brauchen. Seit diesem Tag verstand ich sie.

Nachdem ich drei Viertel der Flasche geleert hatte, kam mir der alte Brief von Braun wieder in den Sinn. Auf dem Umschlag stand die Adresse von dieser Klinik, in der er jetzt arbeitete. So torkelte ich zum Schrank und holte diesen Brief heraus. Und richtig, da stand die Adresse. Bei der Auskunft erhielt ich die Rufnummer und ohne nachzudenken rief ich in dieser Klinik an. Inzwischen hatte sich mein Hass wieder in tiefe Traurigkeit verwandelt. In der Klinik wurde ich gleich weiterverbunden an Dr. Braun. Mir wurde ganz übel, als er seinen Namen sagte. Was wollte ich denn jetzt überhaupt von ihm. Ich wusste es nicht. So stammelte ich dann irgendwas von: *„Was ist los?“*. Man sollte ja auch nicht merken, wie betrunken ich schon war. Der Doc und ich unterhielten uns einige Zeit. Er berichtete mir, was alles passiert ist und wie er sich den weiteren Verlauf vorgestellt hatte. Er sagte mir, ich solle mich jetzt nicht hängen lassen. Schon passiert, dachte ich. Dann meinte er, er hätte sich in der Schweiz schon nach Unterkünften umgesehen, denn er möchte mich zur Weiterbehandlung gerne in die Schweiz holen. Außerdem sagte er mir, er hätte in der letzten Zeit viel an mich gedacht. Darauf erwiderte ich: *„Ich habe auch viel an Sie gedacht“*. Schweigen in der Leitung. Wenn es denn ein Herzenswunsch von mir wäre, ihn noch einmal zu sehen, sollte ich mir vor Weihnachten einen Termin bei ihm besorgen. Einmal wäre er noch da, bevor er ganz geht. Die Mädchen würden mir einen Termin geben. Wir beendeten das Gespräch. Jetzt fühlte ich mich etwas besser. Zwar noch nicht viel, aber immerhin etwas. Es hatte irgendwie etwas, als wir uns sagten, wir hätten viel aneinander gedacht. Bei ihm wusste ich auch, dass er es ehrlich meinte. Zwar hatte er mich in der letzten Zeit sehr belogen, aber dennoch wusste ich in diesem Moment, er meinte es ehrlich. Das alte Vertrauen war wieder da, wenn auch die Verletzung noch blieb.

Sofort rief ich in der Praxis an und holte mir einen letzten Termin bei Dr. Braun. Zu meiner Überraschung hatte ich das Gefühl, die Mädels wollten mir keinen Termin geben. Nur mit viel Betteln und Bitten bekam ich einen. Alles schien gegen mich zu sein. So brach ich abermals in Tränen aus und widmete mich wieder meiner Flasche Korn. Das Weinen hörte einfach nicht auf. Als mein Mann nach Hause kam, lag ich völlig betrunken und weinend wie ein Baby zusammengekauert unter dem Wohnzimmertisch. Mein Mann wusste gar nicht was los ist. So erzählte ich ihm die Geschichte. Konnte aus seinem Verhalten aber nicht lesen, was er darüber dachte. Ich weiß nur, dass die kommenden Wochen ihn ziemlich belastet haben müssen, weil ich eigentlich nur noch weinte. Ob beim Essen oder im Auto, ob in der Nacht oder am Tag, ich weinte nur noch. Mir war so, als hätte ich das Lachen verlernt. Die Nächte waren besonders schlimm. Im Bett drehte ich mich von einer Seite auf die andere. Verbrauchte Unmengen an Taschentüchern. Manchmal schlug ich mit der Faust auf die Matratze und schrie: *„Es soll endlich aufhören“*. Dieser Schmerz über den Verlust meines Arztes war unerträglich. Gerade wenn man so eine Erkrankung hat wie ich, ist ein guter Arzt wirklich wichtig. Die wenigsten Ärzte kennen sich damit aus. Ja, lachen sogar über einen, wenn man mit seinen Problemen zu ihnen kommt. Das Beschwerdebild ist so vielfältig und für einen *„normalen“* Arzt einfach nicht einzuordnen.
Jetzt fieberte ich nur noch dem Tag entgegen, an dem ich meinen Doc endlich wiedersah. Auch wenn ich wusste, dass es diesmal zum letzten Mal sein würde.
Der Dezember kam und ich hatte meinen Termin. Ganz normal wie immer fuhr ich in die Praxis und setzte mich ins Wartezimmer. Die Praxis war mittlerweile an einen anderen Arzt aus Speyer übergeben worden. Nebenbei bemerkt, konnte ich den *„Neuen“* nicht leiden. arrangierte mich aber aus Liebe zu Braun dennoch mit ihm. Im Wartezimmer wartete ich auf meinen Aufruf. Ich wurde nach vorne gerufen. Dort fragte mich eine der Vorzimmerdamen, ob ich wüsste, wo Dr. Braun privat wohnt. Ja, natürlich wusste ich es, aber was sollte das? Ja, ich sollte zu ihm nach Hause gehen. Der Doc würde seine Termine heute dort abhalten, weil die Praxis schon besetzt wäre. Völlig perplex zog ich meine Jacke wieder an, setzte mich in mein Auto und fuhr die

Straße weiter herunter, bis ich zu seinem Haus kam. Als ich ausstieg, sah ich ihn schon am Fenster sitzen. Nachdem ich klingelte, öffnete er mir die Tür und bat mich herein in sein Büro, welches sich gleich hinter dem Eingang links am Fuße einer Treppe befand. Im Büro kam mir ein großer Berner-Sennenhund entgegen, der zu prüfen schien, ob ich dieses Zimmer denn betreten dürfte. Als ich ihm kurz den Kopf kraulte, schien er zufrieden und legte sich wieder neben den Schreibtisch.

Das Gespräch mit Dr. Braun verlief eher sachlich und kühl. Er zeigte mir ein paar Möglichkeiten der weiteren Behandlung auf und riet mir zu speziellen Untersuchungen. Außerdem gab er mir seine Privatadresse in der Schweiz, wo ich ihn jederzeit erreichen könnte. Ich wollte aber nirgends woanders hin. Ich wollte bei ihm bleiben und sagte es ihm auch. Das geht natürlich nicht. Hatte er denn schon vergessen, dass er mich mitnehmen wollte? Ich sprach ihn darauf an und fragte auch, wie teuer es denn werden würde. Irgendwann im Laufe des Gesprächs brach ich in Tränen aus. Zuerst glaubte der Doc wohl noch ich würde lachen, denn er lächelte auch. Doch plötzlich wurde ihm bewusst, dass ich weinte. Sofort sprang er auf und nahm mich in den Arm, um mich zu trösten. Diese Nähe half mir eigentlich nicht. Sie machte mir nur noch mehr bewusst, dass ich einen wunderbaren, einfühlsamen und lieben Menschen verloren hatte, den mir niemand auch nur annähernd ersetzen konnte. Die nächste Patientin klingelte schon an der Tür und ich musste gehen. Dr. Braun ließ sie hinein und führte mich aus dem Zimmer auf den Flur vor der Haustür. Dort standen wir noch eine Weile und schauten uns wortlos an. Ich fragte ihn, ob ich ihm denn mal öfter schreiben dürfte, wenn er weg ist. *„Ja, natürlich. Jederzeit“*. Plötzlich wollte ich ihn nicht mehr gehen lassen. Dieser Moment hatte so was Endgültiges. Ich wusste, wenn ich jetzt gehe, würde ich ihn vielleicht nie wiedersehen. So streckte ich ihm die Arme entgegen und fragte nur: *„Darf ich...“*. *„Natürlich“*, sagte er und wir nahmen uns in die Arme. Wahrscheinlich hatte ich ihn so sehr gedrückt, dass er keine Luft mehr bekam. Ich wollte ihn einfach nicht weglassen. Als ich ihn so drückte, sagte ich ihm, dass ich ihn sehr gern habe und dass ich ihn vermissen werde. Als er sich von mir *„befreite“*, wollte ich noch immer nicht *„loslassen“*, darum nahm ich seine Hand und hielt sie ganz fest. Als er sich dann auch aus diesem Griff löste, nahm ich ihn wieder in den Arm. Diesmal ganz ungefragt. Wenn er mich nicht zur Tür gedrängt hätte, würden wir wahrscheinlich heute noch dort stehen.

Nach diesem, für mich sehr emotionalen Treffen musste ich mich noch in Behandlung bei diesem *„Neuen"* begeben. Am liebsten wäre ich jetzt lieber allein gewesen mit meinen Gedanken, doch ich musste diese Zeit noch durchhalten. Auf der Rückfahrt nach Hause, machte ich mir schon fleißig Gedanken, wie ich denn jetzt zur Behandlung in die Schweiz komme. Vor allem musste ich jemanden finden, der mir diesen ganzen Kram bezahlt. Aber darüber machte ich mir nicht so viele Gedanken. Für mich war klar, ich würde es schaffen! Egal wie und egal wann! Ich schaffe es! Wenn ich etwas bei Dr. Braun gelernt hatte in den letzten Monaten, dann war es das, dass man alles erreichen konnte in seinem Leben, wenn man nur will. Und ich wollte. Oh, wie sehr ich wollte. Alles andere wurde für mich zur Nebensache, weil ich nur noch meine Reise in die Schweiz plante.

Zu Hause angekommen, machte ich mich sofort daran, die Klinik anzurufen, um mir Unterlagen schicken zu lassen. Bei der Krankenkasse hatte ich auch angerufen und mir wurde gesagt, dass ich eine gute Chance hätte, wenigstens einen Teil der Kosten erstattet zu bekommen. Den Rest der Zahlungen sicherten meine Eltern mir zu. Das alles hatte ich noch am selben Tag herausgefunden. Sofort rief ich bei Dr. Braun zu Hause an und sagte ihm: *„Ich komme zu Ihnen in die Schweiz!!!"*. Er war völlig platt. *„Mann, Sie sind aber schnell"*, meinte er. Aber der Doc freute sich, das merkte ich durch's Telefon. In vier Wochen sollte es schon losgehen. Ich war selbst überwältigt, wie schnell ich das alles gemanagt hatte. Von meiner eigenen Geschwindigkeit wurde mir ganz schwindelig. Durch meinen starken Willen hatte ich unendliche Kräfte entwickelt, die mir selbst schon fremd vorkamen. Hotelunterkunft wurde über die Klinik reserviert und Dr. Braun kümmerte sich um meinen Behandlungsplan. Am 27. Januar 1997 sollte mein erster Termin sein. Das war schon bald, und daher musste ich noch einige Vorbereitungen treffen.

In der Schweiz

Die Vorbereitungen für meinen Klinikaufenthalt liefen auf vollen Touren. Die Krankenkasse stellte sich noch ein wenig quer, doch fahren würde ich so oder so. Auch wenn sie die Kosten nicht übernehmen würden. Meine Eltern sicherten mir die Bezahlung zu. Am liebsten wäre es mir gewesen, wenn ich die Kosten selbst hätte tragen können, doch das war mir nicht mehr möglich. Durch meine lange Krankheitszeit war mein Krankengeld schon so weit gefallen, dass ich mir kaum noch die Butter auf dem Brot leisten konnte. Wir hatten schließlich ein Haus zu finanzieren. Dann die Kosten für Auto, Versicherungen etc. fraßen uns langsam auf. Ganz zu schweigen von den Kosten für meine Tabletten, die ich täglich brauchte und auch selbst bezahlen musste. Die Krankenkassen brauchen diese Kosten nicht übernehmen, weil der Behandlungserfolg durch meine Therapie nicht wissenschaftlich nachgewiesen ist. Ich brauchte viele Vitamine, Mineralstoffe und andere Mittel, damit mein Körper besser entgiften kann, doch wenn im Blut kein direkter Mangel nachgewiesen werden kann, braucht die Kasse nicht zahlen. So rutscht man immer tiefer in den finanziellen Ruin, denn man möchte ja wieder gesund werden.

Gesundheit gehört heutzutage zu den Luxusgütern, denn die kann sich nur der leisten, der auch das Geld dazu hat. Ist das nicht traurig? Mir war nicht wohl bei dem Gedanken, dass ich meinen Eltern noch mehr auf der Tasche liegen sollte. Mir war es unangenehm, in meinem Alter noch immer von den Eltern abhängig zu sein. Manchmal war ich so traurig darüber, dass ich am liebsten alles hingeschmissen hätte. Im Großen und Ganzen hatte ich auch ein mieses Gefühl dabei, dass mein Doc mir so vieles kostenlos überließ und für einen Großteil der Behandlungen nur 30,– DM pro Sitzung nahm. Es war bei meinem Doc wie auch bei meinen Eltern eine einseitige Geschichte und knabberte sehr an meinem Selbstbewusstsein. Jeder wollte mir helfen und tat mir etwas Gutes. Nur leider war ich nicht in der Lage auch nur ein kleines bisschen davon zurückzugeben. Man fühlt sich wie ein elender Schmarotzer, der nur auf Kosten anderer lebt. Bei meinem lieben Doktor hatte ich, in Form von kleinen Geschenken, versucht, einiges wieder gutzumachen. Einerseits aus übergroßer Dankbarkeit für sein Handeln, andererseits wohl auch, um mein Selbstbewusstsein wieder etwas aufzubauen. Bei diesen kleinen Geschenken passte ich immer sehr auf, dass sie nicht zu viel kosteten, weil ich nicht wollte, dass der Doc denkt: „Einerseits gebe ich ihr die Behandlungen so günstig, damit sie über die Runden kommt, und andererseits gibt sie das Geld mit vollen Händen für Geschenke aus". Daher gab es von mir nur Kleinigkeiten, die aber mit sehr viel Liebe gekauft oder gebastelt und eingepackt wurden. Ein einziges Mal hatte ich für Doc Braun ein etwas größeres Geschenk, welches eigentlich sehr teuer ist, ich es aber kostenlos bekam, weil ich an der Fertigung selbst mitwirkte. Jeder hätte beim Anblick dieses Geschenkes sofort gedacht: *„Mann, das muss aber teuer gewesen sein"*. Aus diesem Grund schilderte ich meinem Arzt, dass ich nichts dafür bezahlt hatte und aus welchen tollen Materialien das Geschenk trotzdem bestand, welches ich unter fachmännischer Anweisung selbst angefertigt hatte. Ich war richtig stolz darauf. Vor allem, weil ich mal etwas Größeres schenken konnte und trotzdem gespart hatte. Der Schuss ist dann aber vollkommen nach hinten losgegangen. Mein Doc wollte keine Geschenke mehr von mir. Leider hatte er keine Ahnung, wie mies ich mich in den ganzen letzten Monaten gefühlt hatte, weil ich nichts hatte, was ich als Gegenleistung vorbringen konnte. Es mag vielleicht viele Leute geben, denen es nichts ausmacht, ihr ganzes Leben als Schmarotzer durch die Welt zu laufen und immer auf Kosten anderer zu leben. Mir machte es aber etwas aus und ich litt sehr darunter.

Mittlerweile hatte ich die Unterlagen von der Klinik zugeschickt bekommen und bei der AOK eingereicht. Bei meiner Krankenkasse gab es einen sehr wohlwollenden Mann, der mir immer half, wo es nur ging. Er schien mich wirklich zu mögen, denn er sagte mal: „Ich habe Ihren Fall schon so lange verfolgt und es tut mir in der Seele weh, dass ich Ihnen nicht richtig helfen kann". Diesen guten Mann, Herrn Maschewski, möchte ich an dieser Stelle noch mal ausdrücklich erwähnen. Vor einigen Jahren ist er leider viel zu früh verstorben. Er war ein sehr lieber Mensch. Sehr nett, hilfsbereit und ein Inbegriff für menschliche Wärme und Verständnis in der kalten Welt der Bürokratie. Wenn ich etwas hatte, konnte ich jederzeit zu ihm kommen. Er versuchte immer Mittel und Wege für mich zu finden.

Jetzt machte ich mir langsam Sorgen um die Fahrt in die Schweiz. War ich doch zuvor noch nie im Ausland gewesen, bis auf eine 10-tägige Klassenfahrt nach Cornwall / England. Das war mittlerweile aber nun auch schon ein paar Jährchen her. Ich überprüfte noch meinen Personalausweis, weil man den ja braucht, und stellte dann zufrieden fest, dass ich jetzt alles für die große Reise beisammen hatte. Ich war schon ganz hibbelig, weil ich diesmal mit dem Zug fahren würde. Und das auch noch in der Nacht. Zuvor war ich erst einmal mit dem Zug gefahren. Wieder eine Klassenreise, nur diesmal in den Harz und noch länger her als die Fahrt nach Cornwall. Meine Eltern brachten mich am Samstag, dem 25. Januar 1997, zum Zug nach Hamburg in den Hauptbahnhof. Von dort aus sollte der City-Night-Line starten, der mich ohne Umsteigen bis nach Zürich fuhr. Dort würde ich noch einmal umsteigen müssen, damit ich nach St. Gallen komme. War das alles aufregend. Ich verabschiedete mich von meinen Eltern und stieg in den Zug. Ich hatte ein kleines Abteil mit Liegen, welches ich mir mit noch drei anderen Damen teilen musste. Wir kamen sofort ins Gespräch, weil ich jemand bin, der schnell auf andere Menschen zugeht. Die Fahrt war sehr interessant für mich. Weil ich nicht schlafen konnte, gönnte ich mir in der Bar noch ein kleines Bier. Dann ging ich zu Bett.

In Zürich angekommen, stieg ich in den Schnellzug nach St. Gallen. Alles klappte nach Plan. Dabei hatte ich vorher solche Angst, dass ich den Zug nicht finde und verpasse. Für mich war das Abenteuer pur. Wieder lernte ich im Zug ein paar nette Menschen kennen, mit denen ich mich bis zur Ankunft im St. Galler Hauptbahnhof unterhielt. Diesmal waren es Schweizer und ich war verblüfft, wie gut ich diesen Dialekt auf Anhieb verstand. Keine Probleme.

Auf dem Bahnhof in St. Gallen würde jemand aus dem Hotel, wo ich die nächsten drei Wochen wohnen würde, auf mich warten. Ich hatte extra ein Foto von mir geschickt, damit sie mich erkennen könnten, wenn ich ankomme. Der Hotelbesitzer kam persönlich und wir stiegen in seinen Wagen.

Im Hotel angekommen, sah ich als erstes in das Restaurant, wo noch einige Leute beim Frühstück saßen. Alle schauten ganz traurig drein. Ich hatte keine Ahnung, was mit denen los war. So sollte ich mich gleich zum Essen hinsetzen, sie würden mir etwas bringen. Durch die ganze Aufregung in den letzten Stunden hatte ich wirklich noch nicht viel gegessen, fiel mir dann auf. Ja, ich hatte einen schrecklichen Hunger. Die ganze Mannschaft, die dort am Tisch saß, war aber nicht sehr gesellig und ich kam mir irgendwie dumm vor. Eigentlich bin ich sofort lustig drauf und rede gleich drauf los. Aber irgendwas hielt mich jetzt davon ab. Irgendwann zwei Wochen später erfuhr ich dann von der Hotelbesitzerin, dass in der Nacht zuvor gerade eine Frau, die auch zur Behandlung in die nahegelegene Klinik ging, verstorben war. Sie war sehr schwer krank und hatte keine Überlebenschance mehr. Da hatte ich mir ja den richtigen Zeitpunkt für mein Eintreffen ausgesucht. Im Laufe des Tages besserte sich die Stimmung und ich lernte die Leute im Hotel besser kennen. Ein deutsches Ehepaar, die dort nebenbei als Freundschaftsdienst arbeiteten, kümmerten sich ganz besonders um mich. Die beiden kamen aus Friedrichshafen. Schon am ersten Tag fuhren die zwei mit mir los, um mir die Gegend zu zeigen. Diese beiden lieben Menschen haben bis heute eine große Bedeutung für mich. Seit dem ersten Tag in der Schweiz sind wir befreundet. Jedes Mal, wenn ich in die Schweiz komme, zeigen sie mir mehr vom Land. Die Schweiz ist wunderschön, stellte ich fest. Es war Liebe auf den ersten Blick, die bis heute angehalten hat.

Mein Hotelzimmer war nicht das schönste, aber das machte mir nichts aus. Ich fühlte mich dort richtig wohl, die Leute waren nett, was will man mehr. Die Toilette war zwar auf dem Flur, dafür hatte ich aber die Dusche im Zimmer. Ich hatte ohnehin nicht vor so viel Zeit in meinem Zimmer zu verbringen, denn es gab für mich Land und Leute zu entdecken.

Das Hotel war ein altes Appenzellerhaus. Das heißt, es gab dort sehr niedrige Räume, dafür aber eine Menge Stockwerke übereinander. Mein Zimmer befand sich im obersten Bereich des Hauses. Da ich aber schon sehr gut vorbehandelt war von meinem Doc, machten mir die vielen Treppen nicht mehr so viel Mühe. Natürlich war ich gesundheitlich noch nicht ganz wieder hergestellt, aber ich konnte schon gut mit meinen Beinen leben. Wenn ich schnell ging, wurden meine Muskeln in den Beinen immer schwächer, bis ich das Gefühl hatte, ich habe steinharte Beine. Aber dafür so gut wie keine Missempfindungen und Schmerzen mehr. Ich war jetzt hier in der Schweiz, um mir noch mal den letzten Schliff geben zu lassen, in der Hoffnung bald wieder arbeiten zu können, damit ich wieder richtiges Geld verdiene. Von meiner Krankenversicherung war ich schon lange ausgesteuert worden und das hieß für mich Arbeitslosengeld und danach Arbeitslosenhilfe. Was das bedeutet, kann sich jeder ausrechnen. Noch weniger Geld, aber dieselben Kosten. Und nebenbei darf man zur Belohnung auch noch 3 % mehr Steuern zahlen. Ja, so ist das Leben. Hart aber ungerecht. Oder wie hieß das noch gleich?

Der erste Tag in der Schweiz war wunderschön. Der Sonntag ging schnell vorbei und ich stellte mich gedanklich schon mal auf meinen ersten Behandlungstag in der Klinik ein. Morgen würde ich meinen ersten Termin bei Dr. Braun haben. Ich freute mich schon ihn wiederzusehen. Vor allem war ich gespannt auf seinen neuen Arbeitsplatz. Meine Trauer über seinen Weggang hatte ich langsam überwunden – jedenfalls dachte ich das bis dato – und freute mich mittlerweile sehr über seinen Erfolg. Noch niemals zuvor hatte ich mich so sehr für einen Menschen gefreut. Mein Doc hatte es sich wirklich verdient und hart dafür gearbeitet. Wie sehr ich ihn doch bewunderte.

Es wurde Montagmorgen, der 27. Januar 1997. Voller Elan sprang ich aus dem Bett und unter die Dusche. Meine Laune war auf dem Höchststand. Im Fernsehen hatte ich den Kanal MTV eingestellt und nun dröhnte Toni Braxton mit *„unbreak my heart“* durch das Zimmer. Jeden Morgen lief dieses Lied, wenn ich duschte, und es wurde für mich ein Lied mit sehr großer Bedeutung in Bezug auf die Erinnerungen an diese Zeit in der Klinik. Auch später noch hörte ich dieses Lied sehr oft.

Nach dem Frühstück wartete ich auf meinen Fahrer, der mich mit dem Klinikbus zur Behandlung bringen sollte. Ein schlanker Mann mit dunklen Haaren und einer übermäßig großen Brille betrat das Restaurant und fragte nach Frau Nietfeld. Aha, das war also der Fahrer. Er hieß Ernst und redete sofort drauf los. Ich muss sagen, wir verstanden uns auch von der ersten Sekunde an. Dieser Mann und seine Familie, die ich bei einem meiner nächsten Besuche in der Schweiz kennen lernte, bekommen später noch eine große Bedeutung in meinem Leben. Ich erfuhr, dass dieser Ernst bei allen Patienten sehr beliebt ist. Kein Wunder, dachte ich. Auf meinen etlichen Fahrten in die Klinik stellte er sich schnell als ein sehr kompetenter Seelsorger heraus.

Die Klinik war nicht weit von meinem Wohnort entfernt. Als wir den Parkplatz befuhren, sah ich Dr. Braun gerade, als er um die Hausecke kam. Schon von weitem winkte er mir zu. Stolz berichtete ich dem Fahrer, dass das da eben gerade der beste Doktor der Welt gewesen ist – mein Doc. Ich konnte es kaum noch erwarten ihn endlich zu sehen und zu begrüßen. Wie schön doch sein neuer Arbeitsplatz war.

Unten in der Anmeldung schickte man mich in den 3. Stock. Dr. Braun wartete schon auf mich und wir begrüßten uns. Es war schön für mich ihn dort an seinem neuen Arbeitsplatz zu sehen, weil ich ihm seinen Erfolg wirklich von ganzem Herzen gönnte. Außerdem milderte das meinen Schmerz über seinen Fortgang aus Deutschland. Wenn es meinem Doc gut geht, dann geht es mir auch gut.

Die Behandlungen in der Klinik bestanden zum größten Teil aus Neuraltherapie, MRT (so was wie Schröpfen, nur mit Gerät), Darmspülungen, Bioresonanz und Gespräche. Alles war auf Ausleitung und das Löschen von eingefahrenen Mustern ausgerichtet. Dr. Braun war fast ohne Ausnahme jeden Tag für mich da und schaute, wie es mir ging. Das war vielleicht ein Service. Nur einen Besuch bei der Darmspülung verbat ich mir. Das musste nun wirklich nicht sein. Ich liege da mit nacktem Hintern und er schaut durch die Tür. Nein, das wollte ich nicht. Aber ansonsten genoss ich seine Fürsorge. Ich fühlte mich in den ganzen drei Wochen sehr wohl behütet, muss ich sagen.

Neben meinen Behandlungen musste ich noch eine ganze Reihe an Mitteln einnehmen. Hier ein paar Tropfen und da noch ein Pulver. So langsam bekam ich schon alles durcheinander was ich wann nehmen muss. Dennoch, muss ich sagen, war ich bei der Einnahme meiner Medizin sehr konsequent. Es gab keinen Tag, wo ich auch nur eines meiner Mittel vergessen hatte. Fragen Sie mich nicht was das alles war. Ich habe keine Ahnung mehr. Es waren einige homöopathische Aufbereitungen dabei sowie mehrere Mittel für den Aufbau meiner Darmflora. Außerdem nahm ich ja noch Zink, Selen, Vitamin E... Jeden Morgen hatte ich eine ganze Handvoll Tabletten zu schlucken. Langsam hatte ich schon Übung im Einnehmen. Mein Rekord liegt bei 20 durchschnittlich großen Tabletten, die ich auf einmal schlucken kann, ohne dass sie mir im Hals stecken bleiben. Es wäre auch ein wahnsinnig großer Zeitaufwand, wenn ich alle einzeln nehmen würde.

Mir ging es langsam immer besser. Natürlich schlauchten die vielen Behandlungen mich. Außerdem spürte ich, wie so einiges in meinem Körper „in Gang" gebracht wurde. Das sollte auch so sein. Die Giftstoffe sollten gelöst und dann ausgeleitet werden. Wenn sich wieder Gifte, die abgelagert waren, gelöst hatten, merkte man das schnell daran, dass man sich schlechter fühlte. Das kannte ich jetzt schon in der Naturheilkunde. Man muss da wirklich erst mal lernen umzudenken. Als ich noch in schulmedizinischer Behandlung war, freute ich mich, wenn es mir nach der Gabe eines Mittels besser ging. Heute ist das alles anders. Heute freut es mich, wenn ich nach einer Ausleitungstherapie einen Haufen Pickel im Gesicht bekomme und es mir richtig schlecht geht. Dann weiß ich, es ist was bewegt worden und bald geht es mir besser. Für jemanden, der sich nicht mit der Naturheilkunde auskennt, muss sich das sehr merkwürdig anhören. Ich musste das alles auch erst lernen. Und ich kann Ihnen sagen, ich habe mich mitunter auch ganz schön doof angestellt. Es ist noch kein Meister vom Himmel gefallen. Wenn man sich ein wenig in die Materie hineinliest, dann hat man die Grundlagen bald verstanden.

Ich war mittlerweile schon etwas über die Grundlagen hinausgekommen. Das heißt, ich war kein blutiger Anfänger mehr. Alle Therapien, die bei mir angewandt wurden, las ich in Büchern nach, um deren Bedeutung zu verstehen. Für mich war alles so interessant. Ich war keiner dieser Patienten, die sich vor den Schreibtisch ihres Arztes setzen und sagen: *„So nun mach mal!"*. Bevor ich zu Dr. Braun kam, war ich vielleicht so, aber ich hatte ja jetzt einiges dazugelernt. Die Schulmediziner scheinen sich ihre Patienten dazu zu erziehen, dass sie voller Ehrfurcht zu ihren Ärzten aufblicken. Die Patienten sollen bei dieser Sorte von Arzt das bleiben, was sie sind. Unmündige, unwissende, leidende Menschen. Vollkommen abhängig von ihrem Arzt. Mit mir nicht mehr. Gut, bei Dr. Braun brauche ich mich nicht zu behaupten. Er behandelt seine Patienten eh *„wie Menschen"*, was man nicht von allen Ärzten behaupten kann. Aber wenn ich mal zu einem dieser Amtsärzte muss oder mein Hausarzt mir irgendetwas auf's Auge drücken will, was ich nicht möchte, dann wehre ich mich heute dagegen. Kein Arzt wird mehr eine Freude an mir haben. Ich lasse mir alle Untersuchungsmethoden, Medikamente und Behandlungen genauestens erklären. Außerdem fordere ich immer Akteneinsicht und eine Kopie meiner Untersuchungsergebnisse. Das steht mir als Patient zu und darum fordere ich es auch. Unbequem sein ist meine Devise heute. *„Seid Sand, nicht Öl im Getriebe der Welt."* Wehrt euch Patienten! Und wenn Ihr nicht mit dem durchkommt, was ihr wollt, dann macht es öffentlich. Die Öffentlichkeit ist das beste Druckmittel, um eure Forderungen durchzusetzen. Auf diese Art und Weise hatte ich es mir schon mit so manchem Arzt verscherzt. Aber was soll's? Es geht um meine Gesundheit und dafür nehme ich es in Kauf.

Die Tage in der Klinik vergingen wie im Flug. Die zweite Woche war noch nicht angebrochen, trotzdem machte sich bei mir schon so langsam die Abschiedsstimmung breit. Immer öfter dachte ich an die Zeit, wenn ich wieder gehen musste und völlig allein auf mich gestellt ohne Dr. Braun in die Welt hinaus geschickt wurde. Ich wollte so viel Zeit wie möglich mit meinem Doc auskosten und alle Fragen stellen, die mir noch so auf den Nägeln brannten. Wer weiß, ob ich ihn so schnell wiedersah.

Am Montag, den 3. Februar 1997, hatte ich einen Termin zur Neuraltherapie bei Dr. Braun. Ich kannte das schon, denn diese Therapie bekam ich fast jeden zweiten Tag. Er stach dann immer mit einer Spritze, die mit einem Lokalanästhetikum gefüllt war, meinen Rücken rauf und runter und setzte Quaddeln oder unterspritzte Narben, die den Energiefluss stören könnten, weil sie mitten auf einem Meridian lagen. An diesem besagten Montag sollte es aber anders sein. Ich beschreibe diesen Vorgang jetzt etwas genauer, weil die Auswirkungen dieser Behandlung noch zu einem späteren Zeitpunkt in diesem Buch zum Tragen kommen.

Wie immer betrat ich fröhlich das Sprechzimmer meines Arztes, nichts Böses ahnend. Als ich gerade saß, betrat eine mir bekannte Ärztin das Zimmer. Wir kannten uns schon von dem Hotel, wo ich wohnte, denn sie war mit der Hotelbesitzerin befreundet. Mit dieser Ärztin war ich schon per Du, weil wir auch schon einige Male gemeinsam beim Einkaufen waren. Als Doc Braun sie mir vorstellen wollte, meinte ich zu ihm, dass ich sie schon kennen würde. Ich wurde von Braun gefragt, ob sie denn mit dabei sein dürfte, wenn er diese Behandlung durchführt. Ich dachte mir nichts dabei, und weil diese Ärztin mir sehr sympathisch war, hatte ich auch keine Einwände.
So sollte ich mich dann auf die Liege setzen, mit dem Rücken zum Doc, wie immer. Diesmal sollte ich mich vornüber beugen. Er setzte die Spritze an und stach mir im Lendenwirbelbereich ganz tief in den Rücken. Es dauerte gar nicht lange, bis mir sehr schwindelig wurde und meine Beine ganz taub waren. Irgendwas war diesmal anders als sonst. Dass mir schwindelig wurde. *„das könne schon sein“,* meinte der Doc, *„Sie haben gerade DMPS bekommen“*. DMPS ist ein Mittel, welches Schwermetalle im Körper an sich binden kann, um sie dann auszuleiten, ganz einfach dargestellt. Das könnte schon Kreislaufprobleme machen. Weil ich gar nicht wusste, was da mit mir passiert, sagte ich Dr. Braun, dass meine Beine ganz taub sind. Er nickte nur und sagte *„ja“*. Na toll, kann mir mal einer sagen, was hier los ist, dachte ich. Ich hatte keine Ahnung. Weil ich aber so großes Vertrauen zu meinem Doc hatte, ließ ich ihn gewähren. Bei ihm hatte ich vor nichts Angst, weil ich wusste, was er tut ist schon richtig so.

Die Betäubung meiner Beine sollte nicht so lange anhalten. Das war wohl nichts. Meiner Meinung nach muss ich mindestens vier Stunden dort gelegen haben. Genau weiß ich es aber nicht mehr. Das war vielleicht ein Gefühl. Die Beine konnte ich gar nicht mehr spüren und als ich da so lag, meinte ich immer zu fühlen, dass ich in die Hose machte. Stimmte aber nicht, war nur so ein Gefühl. Mein Hintern war noch nicht ganz wieder der alte, da musste ich schon wieder aufstehen und ins Hotel zurück.

Als ich dort ankam, ging es schon wieder etwas besser und meinen Allerwertesten spürte ich auch wieder. Dafür wurde mir nun schrecklich schlecht und mein Kopf fing an zu schmerzen. Solche Kopfschmerzen hatte ich in meinem ganzen Leben noch nie gehabt. Was war bloß los. Als ich gefragt wurde, was ich denn essen wolle, erwiderte ich nur, dass ich nichts essen kann und ich mich sofort in mein Bett begeben wolle. Es war gerade erst 18.00 Uhr, da lag ich schon in den Federn. Zum Schlafen kam ich allerdings nicht, weil ich mich ständig übergeben musste. Getrunken hatte ich seit Stunden nichts mehr, weil es auch einfach nicht drin blieb. Und dann diese Kopfschmerzen, es war nicht zum Aushalten. Als ich mich im Restaurant nicht wieder meldete, kam die Hotelbesitzerin zu mir rauf und fragte, wie es mir geht. *„Schrecklich“*, gab ich zur Antwort. Sie machte sich Sorgen um mich und versuchte daher meinen Arzt anzurufen. Seine Privatnummer hatte ich im Kopf. Leider war dort niemand zu erreichen, weil Dr. Braun keinen Bereitschaftsdienst hatte. Die Frau vom Hotel versuchte es immer wieder, doch niemand meldete sich. Nun ja, ein Arzt hat auch mal Feierabend. Da hatte die Hotelbesitzerin die Idee, den Chef der Klinik anzurufen, damit er mir hilft. War mir gleich wer kommt, Hauptsache es kommt überhaupt jemand, der mir hilft. Mittlerweile konnte ich die Schmerzen nämlich kaum noch ertragen. Der Chef der Klinik erklärte sich mit einem Hausbesuch einverstanden. Gott sei Dank!

Es dauerte noch eine Weile, dann hörte ich jemanden reden und die Treppe hinauf steigen. Die Tür ging auf und Dr. Braun stand in der Tür. Oh Mann, war ich froh. Wie gut es tat ihn zu sehen. Er erzählte mir, während er ein paar Spritzen aufzog, warum er denn nun doch hier wäre und nicht der Chef der Klinik. Nachdem ich ein Schmerzmittel und ein homöopathisches Mittel gegen Übelkeit und Erbrechen bekommen hatte, wollte mein Arzt sich wieder verabschieden. Es war ja nun auch schon nach 23.00 Uhr. Einmal musste ich noch spucken, als Dr. Braun weg war, danach schlief ich dann ein. Am nächsten Tag ging es mir schon etwas besser. Zwar hielten sich die Kopfschmerzen noch hartnäckige 14 Tage, aber so schlimm wie am Montag kamen sie nicht wieder.

In der Schweiz lernte ich noch in den nächsten 14 Tagen viele, viele Leute kennen. Es entstanden sogar richtige Freundschaften, die teilweise bis heute anhalten. In diesen Tagen konnte ich sogar mein Englisch wieder auffrischen, weil in meinem Hotel einige Amerikaner untergebracht waren. Natürlich auch Patienten aus der Klinik. Die Amis fliegen extra wegen der Ärzte in die Schweiz. Heute gibt es in Amerika auch eine Klinik, die so arbeitet wie die in der Schweiz, und trotzdem kommen noch viele von drüben, um sich in den Bergen behandeln zu lassen.

Die Tage in der Klinik flogen nur so dahin und der Tag des Abschieds kam, denn die drei Wochen waren um. An einem Donnerstag sollte mein Zug zurück nach Hause fahren. Nebenbei erfuhr ich, dass mein Doc auch mit diesem Zug fahren würde, denn seine Familie lebte noch in Deutschland. So fuhr er alle 14 Tage für ein Wochenende nach Hause. Der Hotelbesitzer wollte mich zum Bahnhof bringen und schlug vor, Dr. Braun von zu Hause abzuholen und ihn mit zum Bahnhof zu nehmen.
Wir fuhren also zu meinem Doc, um ihn abzuholen. Als wir klingelten, schaute er oben aus dem Fenster und meinte: *„Ich komme gleich“*. Einen Augenblick später saßen wir schon im Auto Richtung St. Gallen / Bahnhof. Das war ein Service. Die beiden Männer schleppten meine Koffer bis zum Bahnsteig. In diesen drei Wochen war mein Gepäck von zwei Taschen auf vier Taschen angestiegen. Allein hätte ich das Tragen nie geschafft, das bemerkte auch mein Doc. Wir stiegen in den Zug und ich verabschiedete mich vom Hotel-

besitzer. Dr. Braun und ich verabschiedeten uns auch voneinander und sagten: *„Bis September“* und jeder ging in sein Abteil, weil es ja ein Nachtzug war, und legten uns zum Schlafen hin, denn es war nun schon nach 22.00 Uhr. Dr. Braun musste früher aussteigen, deshalb sah ich ihn gar nicht mehr.

Die Krise

Zu Hause wieder angekommen, muss ich sagen, ging es mir von Tag zu Tag besser. Die Wochen in der Klinik hatten mich ganz schön mitgenommen, weil so viele Behandlungen bei mir durchgeführt wurden. Doch so langsam erholte sich mein Körper von diesen Strapazen. Mit jedem Tag entdeckte ich, dass ich immer mehr leisten konnte. Es fing damit an, wie ich bemerkte, dass ich jetzt endlich die Getränkekisten selbst aus dem Kofferraum unseres Autos heben konnte, ohne dass es mich schmerzte oder ich schlappe Muskeln bekam. Auch beim langen Gehen hatte ich nun so gut wie keine Probleme mehr. Ich war total begeistert. Die Investition in meinen Klinikaufenthalt hatte sich wohl gelohnt.

Ab 1. März 1997 hätte ich kein Arbeitslosengeld mehr bekommen und wäre auf eine noch tiefere Stufe gerutscht – die Arbeitslosenhilfe. Gott sei Dank hatte ich gerade noch die Kurve gekriegt, durch meine Behandlung, so dass ich ab Anfang März wieder in meinem alten Betrieb, der Druckerei, arbeiten konnte. Meine Firma hatte mich ohne Schwierigkeiten wieder bei sich aufgenommen. Leider in einer anderen Abteilung, doch das war mir bis dahin noch egal. Ich sage extra „bis dahin“, denn ich landete in einer regelrechten Mobbing-Abteilung, der Buchbinderei. Ein Haufen Frauen und nur zwei Männer, die sich nicht durchsetzen konnten. Was das bedeutet, wenn so viele Frauen auf einem Haufen zusammen sind, kennt sicher jeder aus eigener Erfahrung. Männer kennen dieses Problem nicht so sehr, aber die Frauen unter Ihnen wissen, was ich damit meine. Frauen sind zickig, eklig, hinterlistig und gemein untereinander. Besonders drei Frauen machten dem Rest der Mitarbeiterinnen das Leben zur Hölle. So viel Bösartigkeit traut man fast niemandem zu. Die Zeit dort war unerträglich. Und das nicht nur für mich. Es gab dort noch mehrere Frauen, die unter diesen Arbeitsbedingungen litten, doch sich nicht trauten, etwas gegen diese „*Weiber*" zu unternehmen. Sogar der Chef der Druckerei schaute weg, weil er keine Ahnung hatte, was Mobbing überhaupt ist, geschweige denn, wie man es schreibt. Das Schlimmste daran war ja, dass Mitarbeiter, die längere Zeit krank waren und wieder eingegliedert werden sollten, fast ausnahmslos in dieser Buchbinderei landeten, weil dort die körperliche Arbeit nicht so schwer war. So kam dann jeder ehemalige Kranke vom Regen in die Traufe. Mir ging es ebenso, weil ich mich psychisch nicht mehr so für auf der Höhe hielt, wie ich es noch vor dem Schweizaufenthalt war. Irgendwie ging es mir physisch wieder gut, aber psychisch war irgendetwas passiert, was ich so noch nicht einordnen konnte. Normalerweise hätte ich mich ohne Schwierigkeiten gegen solche Gemeinheiten, wie sie dort abliefen, wehren können. Aber nichts. Es begann eine Zeit für mich, die ich in diesem Rahmen noch nie zuvor erlebt hatte. Jeden Tag plagten mich schwerste Depressionen wegen nichts und wieder nichts eigentlich. Ich weinte jeden Tag und zweifelte an mir selbst. Schon morgens im Bett hätte ich meine Decke am liebsten wieder über den Kopf gezogen und wäre liegen geblieben, wenn meine Arbeit nicht gewesen wäre. Ich musste doch Geld verdienen und freute mich auch, dass ich wieder zum Lebensunterhalt beitragen konnte. Normal hätte es mich glücklich machen müssen. Was war nur passiert? Wo war meine große Klappe geblieben, mit der ich mich immer so gut wehren konnte? Jeden Tag schossen mir Dinge durch den Kopf, über die ich schon seit Jahren nicht mehr nachdachte. Oder besser gesagt, die ich schon vergessen hatte. In meinem Kopf kreisten Gedanken um vergangene Beziehungen, alte Verletzungen und Kindheitserlebnisse. Sie schienen plötzlich aus den abgelegensten Winkeln meiner Seele aufzutauchen.

Zu dieser Zeit war ich sehr ängstlich, anhänglich und liebebedürftig, muss ich sagen. Ich glaube, damit ging ich meinem Dr. Braun auch ganz schön auf die Nerven. Gerade weil ich ihn sehr mochte und sehr viel Vertrauen zu ihm hatte, „*missbrauchte*" ich ihn förmlich als meinen seelischen Abfalleimer und rief ständig wegen irgendwelcher Belanglosigkeiten bei ihm an. Für ihn waren es sicher Belanglosigkeiten, für mich war alles sehr ernst und lebenswichtig in dem Moment. Wenn ich heute darüber nachdenke, was ich ihm alles von mir erzählt hatte, dann wird es mir heute noch schlecht. Darüber hätte ich sonst niemals mit einem anderen Menschen gesprochen.

Über Monate wurde mein psychischer Zustand immer schlechter. Es wurde Mai 1997. Mittlerweile hatte ich schon über zwei Monate gearbeitet und mein neuer Aufgabenbereich in der Buchbinderei machte mir sehr viel Spaß. Morgens stand ich manchmal auf mit einem Gefühl der Freude über die Arbeit und gleichzeitig einem unbegründeten Gefühl der Angst. So langsam verlagerte sich die Angst auch auf das Autofahren. Mir war, als würde ich durch einen engen, dunklen Tunnel fahren. Die Straßen wurden immer enger und ich hatte Panik, mich nicht mehr auf der Straße halten zu können. Mein Blickwinkel war so sehr eingeschränkt, dass ich mich kaum mehr traute selbst zu fahren. Sie müssen wissen, ich bin eigentlich ein leidenschaftlicher Autofahrer. Große Strecken oder knifflige Verkehrsführungen machen mir normalerweise keine Angst. Ganz im Gegenteil, ich fuhr gerne und überall. Deshalb beunruhigte mich diese ganze Situation sehr. Was war nur mit mir geschehen? Als Depression hatte ich es für mich noch gar nicht realisiert zu diesem Zeitpunkt. Jeden Morgen, wenn ich in der Druckerei an der Stempeluhr stand, dachte ich immer darüber nach, wie viel Geld ich in der Tasche habe, wo meine Schecks sind, wie viel Geld auf dem Konto ist und ob der Wagen vollgetankt ist. Ich wollte abhauen, doch kurz vorher verließ mich immer der Mut.

Jeden Morgen dasselbe Spiel. Ab da wusste ich, was in Menschen vorgeht, die plötzlich und unerwartet verschwinden und nie wieder gefunden werden. Ja, genau so muss es sich anfühlen, wenn man einfach nur aussteigen will. Endlich raus aus dem alten Trott und etwas anderes probieren. Einfach nur weg, egal wohin. Während meiner langen Krankheitszeit hatte ich so viele Erfahrungen und Eindrücke gesammelt. Hatte Menschen gesehen, die dem Tod schon so nahe waren und gesehen wie sie damit umgehen. Diese Menschen hatten eine wunderbare Art, den Rest ihres Lebens sinnvoll zu nutzen. Man konnte viel von ihnen lernen. Ich spürte damals, wie unwichtig viele Dinge für mich geworden waren, die mir früher heilig waren. Meine ganze Einstellung dem Leben gegenüber hatte sich verändert. Ich konnte einfach nicht mehr verstehen, wie sich die Leute um mich herum ständig über Belanglosigkeiten aufregen konnten. Auch in der Firma ging es mir so. Ich ertrug das ganze Umfeld nicht mehr. Während meiner Krankheitszeit war ich wohlbehütet, musste mich nicht mit solchen Leuten auseinandersetzen. Da, wo ich war, verstand mich jeder. Jetzt, in der Druckerei, schien plötzlich alles auf mich einzustürzen. Ich kam mit meinem alten Leben nicht mehr klar. Schließlich kann man ja sagen, war ich zwei Jahre und sieben Monate von allem abgeschirmt.

Mit den besten Vorsätzen fing ich wieder in der Firma an und bemerkte bald, dass nur ich mich verändert hatte, nicht aber meine Kollegen. Niemand hatte mich auf das Leben *„da draußen“* vorbereitet. Neulich sah ich einen amerikanischen Gefängnisfilm im Fernsehen, der handelte von einer Gruppe von Männern, die alle zu lebenslänglicher Haft verurteilt wurden. Diese Männer lebten über teilweise 20 Jahre in ihrer eigenen Welt zusammen. Zur Mitte des Films wurde gezeigt, wie ein sehr alter Mann, der schon 30 Jahre in diesem Gefängnis verbracht hatte, plötzlich entlassen wurde. Er fing an, sich gegen die Entlassung zu sträuben und versuchte jemanden umzubringen, nur damit er nicht entlassen wird. Der Mord gelang ihm nicht, weil seine Mitinsassen ihn davon abhielten. So wurde er dann entlassen und sollte ein neues Leben beginnen. Er bekam eine Arbeit sowie ein Zimmer zugewiesen. Sein Leben in der Freiheit währte nur kurz. Er erhängte sich in seinem Hotelzimmer. Ins Gardinenbrett schnitzte er zuvor die Nachricht: *„Ich war hier“*, mit seinem Namen darunter. Das war alles, was er der Nachwelt hinterließ.

Mit dieser Geschichte möchte ich ausdrücken, wie ich mich gefühlt habe, als ich plötzlich in mein altes Leben zurückgeschmissen wurde. Damals hatte ich keine Ahnung, was auf mich zukommen würde, und es begann wieder eine lange Reise für mich.

Noch verstand ich mich ganz gut mit meinem Doc und telefonierte viel mit ihm, denn ich versuchte, meinem Leben eine neue Richtung zu geben. Vieles war für mich noch unklar und ich hatte keine Ahnung, was ich denn eigentlich wollte. Irgendwann überlegte ich für mich, dass ich mal von allem weg müsste, um wieder zu mir zu finden. Außerdem wollte ich gerne meinen Beruf wechseln. Am liebsten wollte ich Heilpraktikerin werden. Diese Dinge besprach ich mit meinem Arzt am Telefon. Er machte mir immer sehr viel Mut und daher brauchte ich nachher schon seine guten Zusprüche.

Bei der Arbeit hielt ich es langsam nicht mehr aus und beschloss im Mai 1997 eine Woche Urlaub zu nehmen. Mit dem Hotel in der Schweiz, wo ich während meines Klinikaufenthaltes wohnte, besprach ich, dass ich dort für diese eine Woche kostenlos wohnen könnte, wenn ich dort arbeite. Darauf ließ ich mich gerne ein, denn ich wollte einfach nur weg von zu Hause. Kurz bevor ich abfuhr, bekam ich endlich die Rechnung von der Klinik, in der mein Doc arbeitete. Im Februar hatte ich dort meinen letzten Behandlungstag, und jetzt im Mai kam die Rechnung. Die hatten sich ganz schön viel Zeit gelassen. Na ja, Schweizer eben. Die Rechnung fiel viel höher aus, als von mir gedacht. Ich hatte wohl sehr viele Medikamente gebraucht. Mein Doc hatte mir damals schon einen ordentlichen Rabatt gewährt, über den ich sehr froh war. Trotzdem machte mir die Rechnung Angst, weil ich noch immer nicht die Zusage der Krankenkasse hatte. Außerdem hatte ich sehr große Angst vor der Reaktion meiner Eltern, die dann ja für mich einspringen müssten, falls die Kasse nicht zahlt. Mir war richtig schlecht, als ich daran dachte, wie ich meinen Eltern beibringen sollte, dass die Rechnung noch höher ist als gedacht. Ich hatte eine wahnsinnige Angst vor deren Reaktion. Mit meiner Mutter besprach ich die Situation zuerst, weil sie sehr verständnisvoll ist. Schon meine Mutter war sehr geschockt über diese hohe Rechnung. Sie trug mir auf, meinen Doc anzurufen, wenn ich denn im Mai in der Schweiz bin. Ich solle ihn fragen, ob das mit der Rechnung denn wirklich so stimmt oder ob sich in der Buchhaltung ein Fehler eingeschlichen hätte. Mit der Bezahlung würden meine Eltern noch so lange warten, bis ich herausgefunden hatte, ob alles so in Ordnung ist.

So, jetzt saß ich genau zwischen zwei Stühlen und wusste nicht was ich tun sollte. Mir war es unangenehm meinen Doc anzurufen. Nun gut, ein wenig Zeit hatte ich ja noch um nachzudenken. Mir stand es eigentlich gar nicht zu irgendwelche Forderungen zu stellen. Weder bei meinen Eltern noch bei meinem Doc, der doch auch so viel für mich getan hatte. Jetzt stand ich zwischen Dr. Braun und meinen Eltern, um etwas zu regeln, womit ich eigentlich nichts zu tun habe. Wenn ich das Geld selbst gehabt hätte, hätte ich es wortlos überwiesen, weil ich wusste, wie günstig ich die Behandlungen bekam. Außerdem war mein Doc jeden Tag für mich da, das war bei anderen Patienten nicht so.

Als ich im schweizerischen Hotel ankam, rief ich am nächsten Morgen sofort bei Dr. Braun an, um diese unangenehme Sache sofort hinter mich zu bringen. Mittlerweile war mein Doc schon etwas genervt von meinen Anrufen, denke ich. Schon gleich am Anfang des Gesprächs hatte ich dieses Gefühl. Ich schilderte ihm mein Anliegen, worauf er sehr böse reagierte. Damit hatte ich gerechnet. Ich wäre auch böse geworden, wenn sich jemand über eine Rechnung beschwert, die ich sowieso schon so niedrig wie möglich gehalten hatte, weil ich demjenigen helfen wollte. Jetzt hatte ich den Salat, genau wie von mir vorhergesagt. Weitere Erklärungen hätten nichts genutzt. Ich wusste genau, wie er sich jetzt fühlte. Mir ging es aber auch nicht besser. Als er richtig in Rage war, bekam ich plötzlich Angst, er könne meine Behandlung im September diesen Jahres absagen. Eigentlich hatten wir einen weiteren Klinikaufenthalt von mir im September geplant. Jetzt sah ich plötzlich alles infrage gestellt. Aus lauter Ratlosigkeit und nicht mehr fähig, noch ein vernünftiges Wort herauszubringen, fragte ich meinen Doc: *„Ist denn jetzt Schluss?“*. Ich hörte nur noch ein unbeherrschtes: „Da war nie was!“ von ihm. Jetzt war ich vollkommen verwirrt. Vielleicht hatte ihn mein ganzes Verhalten in den letzten Wochen verunsichert. Das Gespräch wurde beendet, ohne dass etwas dabei herausgekommen ist, was mir in irgendeiner Weise weiterhalf.

Lange Rede, kurzer Sinn. Es kam also so, dass wir uns ab dem Zeitpunkt ziemlich in die Haare bekamen. Es gingen noch etliche Briefe hin und her, in denen es Vorwürfe hagelte und die nicht gerade freundlich waren.

Man muss doch wenigstens vernünftig wie erwachsene Leute über alles reden können und immer auch die andere Seite hören, bevor man sich ein Urteil bilden kann. Leider hatte mein Doc aber völlig zugemacht und ließ nicht mehr mit sich reden. Jedenfalls nicht über unsere Unstimmigkeiten. Zum Schluss möchte ich noch anmerken, dass es dann Wochen später zu einem endgültigen Bruch zwischen ihm und mir kam, weil dies sehr wichtig für den weiteren Verlauf meiner Geschichte ist. Mein Doc teilte mir schriftlich mit, dass er eine weitere Behandlung meiner Person ablehnt. In welch tiefes Loch ich dadurch stürzte brauche ich hier wohl nicht mehr näher zu erläutern. Mehr möchte ich über diese Auseinandersetzung nicht schreiben. Die Erwähnung ist nur wichtig für das Verständnis des späteren Verlaufs meiner Behandlung, die in späteren Kapiteln noch ausführlich besprochen wird. Mit der Beschreibung unseres Disputs möchte ich aufzeigen, dass es auch unüberwindliche Probleme in einem Arzt-Patienten-Verhältnis geben kann, die sicherlich nicht selten vorkommen. Wenn ein Arzt und ein Patient über so viele Monate eng zusammenarbeiten, dann kann dies schon mal zu Problemen führen. In meinem Fall war es meine extreme Anhänglichkeit und starke Bezogenheit auf meinen Arzt, die mich in meiner Persönlichkeit stark veränderte. Es war ein übermäßiges Abhängigkeitsverhältnis entstanden, ohne dass ich es bemerkte. Ich fühlte nicht mehr, dass ich mittlerweile gar keine eigene Persönlichkeit mehr hatte, sondern mich völlig mit meinem Arzt identifizierte und mich nur noch auf ihn fixierte. Es wurde höchste Zeit, dass Dr. Braun mich von der Nabelschnur trennte und mich meinen eigenen Weg gehen ließ. So sehe ich es heute, doch damals war ich am Boden zerstört und wusste mit mir und der Welt nichts mehr anzufangen. Ich stand jetzt auf der Straße, ohne einen Arzt und mit Depressionen. Aus damaliger Sicht, war mein Leben an dieser Stelle zu Ende.

Jetzt bin ich aber von meinem Thema mal wieder völlig abgekommen. Ich war also nun für eine Woche in diesem Hotel in der Schweiz, um dort zu arbeiten. In dieser einen Woche sollte sich herausstellen, ob es mir dort gefiel zu arbeiten. Seit einiger Zeit spielte ich mit dem Gedanken, für ein halbes Jahr dort zu bleiben, um neue Eindrücke zu sammeln. Diese Woche war für mich die Hölle und brachte mich schnell von meinem Vorhaben ab. Zunächst einmal waren die Friedrichshafener nicht mehr da, die damals für das Hotel arbeiteten. Es waren Freunde der Hotelbesitzer. Ich betone, waren! Ich erfuhr von den Friedrichshafenern, dass sie im Hotel nur ausgenutzt wurden und weder etwas Vernünftiges zu essen bekamen noch dass sie ordentlich behandelt wurden. Schließlich arbeiteten sie dort freiwillig und nur für Kost und Logis. So hatte ich es auch vor. Irgendwie konnte ich gar nicht glauben, was ich da gehört hatte, und wollte meine eigenen Erfahrungen machen. Als ich im Januar / Februar dort war, kümmerten sich alle sehr um mich und waren auch alle ganz nett.

Schnell bemerkte ich, dass sich das Blatt für mich auch gewendet hatte. Zwar rechnete ich damit, dass man als „Angestellte" dort anders behandelt wird, doch dass ich nun jeden Tag von 6 Uhr bis nächsten Morgen um 3 Uhr auf den Beinen sein würde, keine frische Luft mehr bekam, so gut wie keinen Schlaf und dann nicht mal etwas zum Essen für mich übrig war, damit hatte ich nicht gerechnet. Ich wurde dort behandelt wie der letzte Dreck. Nun wusste ich, was meine Freunde meinten. Ich erkundigte mich bei anderen Bekannten aus dem Ort über diese Hotelbesitzer und hörte eigentlich nur Schlechtes. Die Menschen aus dem Ort hielten nichts von diesen Leuten und hatten sich schon zum Großteil von ihnen abgewandt. Als die Hotelbesitzer mich bei meinem ersten Besuch nach meinen Eltern befragten und sie dann nach langem Fragen aus mir herausgequetscht hatten, dass mein Vater so viele Häuser hat, dachten sie, ich hätte eine Menge Geld. Sie sprachen eigentlich nur über Geld. Als sie dann später erfuhren, dass ich gar nichts habe, ließen sie mich fallen wie eine heiße Kartoffel. Man ließ es mich sichtlich spüren.

Über jeden Patienten, der in diesem Hotel ein und aus ging, hatte die Hotelbesitzerin etwas zu sagen. Meistens sagte sie: *„Die haben viel Geld"*. Das war für sie das einzig Wichtige. Einmal sagte sie zu mir:

„Die Leute im Dorf werden sich noch wundern, wenn hier erst mal die Schauspieler ein und aus gehen“. Wenn die Hotelbesitzerin die Zimmer sauber machte, schnüffelte sie in den Sachen der Patienten herum und redete mit anderen darüber. Das hatte mich schon alles schrecklich schockiert. Vor allem, als sie mal erzählte, dass eine schwer krebskranke Patientin sich in ihrem Zimmer einen Altar aufgebaut hatte. Das erzählte sie dann überall herum. Ich fand es schrecklich, wie jemand so über diese persönlichen Dinge eines anderen Menschen redet. Sie machte sich nicht lustig darüber, nein, aber es gehört sich einfach nicht, persönliche Dinge von anderen auszuplaudern.

Als die eine Woche herum war, stand für mich fest, dass ich niemals in diesem Hotel arbeiten würde. Für kein Geld der Welt. Apropos Geld. Für meine harte Arbeit von fast 20 Stunden täglich, mein kleines Zimmer und die paar Brotreste, die ich zu essen bekam, musste ich am Ende der Woche pro Tag auch noch 10,– Sfr. zahlen. Was ich von diesem Hotel halte, können Sie sich denken. Es ist traurig, dass dort immer noch die meisten Patienten aus der Klinik untergebracht werden. Die Chefs des Hotels sind aber so gerissen und hinterlistig, dass man ihnen diese Art gar nicht anmerkt, wenn man sie nicht genauer kennt. Kein Wunder, dass in der Klinik niemand etwas merkt. Vor dem Büro des Klinikchefs zieht sich eine riesig lange Schleimspur der Hotelbesitzer, die durch das Hochkriechen der Darmwände im Verdauungskanal des Klinikchefs entstanden sein dürfte, wenn ich es mal ganz vorsichtig ausdrücke.

Diese Reise war also ein riesengroßer Flop, was meinen Depressionen noch mehr Nahrung gab. Irgendwie schien im Moment nichts mehr zu klappen, was ich anpackte. Wieder zu Hause angekommen, hatte sich für mich nichts verändert, wie ich gehofft hatte. Alles war so wie vorher. Im Hotel hatte ich gar keine Zeit, meine Gedanken zu ordnen, wie ich es eigentlich vorgehabt hatte. Jetzt stand ich wieder vor denselben Problemen. Nein, mehr noch. Ich hatte jetzt noch mehr Probleme als vor der Reise. Mein Wunsch, ins Ausland zu gehen, erfüllte sich nicht und nebenbei hatte ich auch noch meinen besten Arzt verloren. Nun war ich richtig am Ende und sah in meinem Leben auch keinen rechten Sinn mehr. Die Heilpraktikerschule hatte ich mir auch schon so gut wie abgeschminkt. Erst mal hatte ich nicht einen Pfennig, um sie überhaupt finanzieren zu können, und andererseits fühlte ich mich psychisch nun schon so schlecht, dass ich mich gar nicht mehr aus dem Haus traute. Jeder Gang zum Briefkasten wurde schon zur Qual. Nicht nur, weil ich Angst hatte, mal wieder einen bitterbösen Brief von meinem Ex-Arzt zu bekommen, sondern auch, weil meine Angstzustände täglich zuzunehmen schienen. So meldete ich mich in der Firma immer öfter krank, was meinen Arbeitskollegen wiederum Stoff gab, um über mich herzuziehen. Ich war in eine Mühle geraten, wo ich alleine nie wieder herausfinden würde. Selbstmordgedanken beherrschten mein ganzes Denken in jener Zeit.

Im August würde ich wieder in die Schweiz fahren. Dort kannte ich mich mittlerweile ganz gut aus, deshalb schien es mir der beste Ort zu sein, um meinem Leben ein Ende zu setzen. So schnell würde man mich dort nicht finden. Alles war von mir schon genauestens geplant. Ich wollte mich noch einmal mit meinem Ex-Doc treffen, um zu versuchen ihn umzustimmen, was seine Meinung über mich betraf. Und wenn das nicht hinhaut, wollte ich mich am nächsten Tag in den Bergen verkriechen, um meinem leidlichen Dasein ein Ende zu bereiten.

Die Vorfreude auf diese Reise ließ mich die nächsten Monate in der Firma einigermaßen überstehen. Ich wusste, es ist bald vorbei und das beruhigte mich auf eine unerklärliche Art und Weise. Ja, es war eine richtige Vorfreude auf das Ende allen Schmerzes. Ich wollte nicht mehr den ganzen Tag weinend im Bett liegen und nachts von Albträumen geplagt werden, die mich schwitzend und schreiend aufschrecken ließen. Mit der Psychotherapie, die ich vor ein paar Wochen anfing, hatte ich einen nicht sehr durchschlagenden Erfolg. Es brachte gar nichts. Ganz im Gegenteil, mein Psychotherapeut stocherte so viel in meinem Leben herum, bis es mir richtig schlecht ging.

Der August kam und ich fuhr wieder in die Schweiz. Diesmal zum Fahrer der Klinik, den ich bei meinem ersten Klinikaufenthalt kennen gelernt hatte. Wir hatten uns sehr gut angefreundet. Und als ich im

Fahrer der Klinik, den ich bei meinem ersten Klinikaufenthalt kennen gelernt hatte. Wir hatten uns sehr gut angefreundet. Und als ich im Mai im Hotel arbeitete, sprachen wir oft miteinander, wenn er kam, um Patienten abzuholen. Er sagte mir damals, dass die Klinik ihn gefeuert habe und klagte mir sein Leid. Als ich ihm erzählte, dass ich gerne in die Schweiz kommen möchte für 3 Wochen, aber welch schlechte Erfahrungen ich mit dem Hotel gemacht hatte, bot er mir an, doch bei ihm und seiner Familie zu wohnen. Ich nahm dankend an. So kam es dann, dass ich genau gegenüber der Klinik eine Unterkunft fand. Drei Wochen wollte ich ja ohnehin nicht mehr am Leben bleiben, so dachte ich mir damals. Und die kurze Zeit werden die es schon mit mir aushalten. Es ging ja jetzt erst mal nur um den Termin bei Dr. Braun. Wenn ich den hinter mir hatte, wäre sowieso alles vorbei.

Der ehemalige Fahrer, Ernst hieß er, Sie erinnern sich, fragte, was denn mit mir los sei. Er meinte, er würde mich gar nicht wiedererkennen. Als er mich kennen lernte, war ich eine so lebenslustige Frau und jetzt ein Häufchen Elend. So kam es dann dazu, dass ich mein Herz mal so richtig ausschütten konnte. Ernst und seine Frau beschäftigten sich von da an viel mit mir. Wir gingen sehr viel zum Wandern, um mich auf andere Gedanken zu bringen. Mit sanfter Gewalt schleiften sie mich mit. Ich glaube, sie ahnten, dass ich etwas vorhatte. Den ganzen Tag lag ich herum und weinte und weinte. Nachts immer wieder diese Albträume, die, wenn ich erwachte, noch so lebendig waren, dass ich total die Orientierung verlor. Es waren unendliche psychische Qualen für mich, die endlich ein Ende haben sollten. Leider – oder heute muss ich sagen, Gott sei Dank – hat mich meine Gastfamilie so sehr bemuttert und behütet, dass es nicht zu meinem geplanten Selbstmord kam. Sie hätten mich alleine auch gar nicht losgelassen. Das Gespräch mit meinem Ex-Doc kam zwar noch zustande, fruchtete aber nichts, wie ich es mir dachte. Mein damaliger Psychotherapeut – ich nenne ihn jetzt mal Herrn Franck (Name geändert) – wusste von diesem Treffen mit Dr. Braun und unterstützte auch eine Aussprache mit ihm, weil er wusste, wie sehr mich die ganze Situation belastete. Nach dieser Aussprache, sollte ich den Psychodoc anrufen, weil er wissen wollte, wie ich die ganze Sache verkrafte. Ich rief Herrn Franck an, wie befohlen, und er ließ mich abblitzen. Er meinte, er hätte jetzt keine Zeit und er könne ja nicht ständig mit seinen Patienten telefonieren, wenn es mal Probleme gab. Das war der größte Hammer. Erst sollte ich ihn anrufen und dann das. Dieses Telefonat gab mir dann den Rest. Mein Vertrauen in die Ärzte hatte ich nun endgültig verloren. Wenn er gewusst hätte, wie gefährlich sein Verhalten gewesen ist, dann hätte er sicher anders reagiert. Ihm gegenüber hatte ich meine Selbstmordgedanken nie erwähnt und auch sonst hatte niemand eine Ahnung von meinem Vorhaben. Vielleicht hätte Herr Franck mit diesen gemeinen Äußerungen einen Selbstmord herbeigeführt, ohne es zu wissen. Wer letztendlich diesen endgültigen Schritt aus dem Leben verhindern konnte, waren meine Freunde, die Höheners, die mich so freundlich bei sich aufnahmen und die Zeit für viele unendliche Gespräche nahmen. Dafür bin ich noch heute sehr dankbar. Nur durch diese lieben Menschen fasste ich dann später den Mut, meine Psychotherapie abzubrechen und mir etwas Neues zu suchen.

Salzburg

Noch ein langes hartes Jahr zog ins Land, indem ich unter meinen Depressionen litt. Dazu kam dann in den letzten Wochen noch, dass ich so eine Art *„Dermographismus“* bekam. Jede Art von Druckbelastung auf meiner Haut ließ dicke weißliche Blasen auf meiner Haut entstehen. Wenn ich mich in der Firma beim Maschineumbauen aufstützen musste, bekam ich an genau den Stellen riesige Blasen. Auch der ganze Rücken war mitunter davon betroffen (im Fachchinesisch heißt das dann URTICARIA). Und die juckten dann wie verrückt. Sah aus, als wäre ich in einen Haufen Brennnesseln gefallen. Irgendwann hielt ich es nicht mehr aus und rief aus lauter Verzweiflung meinen Baubiologen von damals an. Jetzt schilderte ich ihm meine Symptome, obwohl er kein Arzt ist, doch er hörte sich alles ganz geduldig an. Dann meinte er zu mir, es würde sich so anhören, als wenn bei meiner Behandlung in der Schweiz etwas schief gelaufen sei. Ob ich schon mal darüber nachgedacht hätte, dass bei diesen Behandlungen nur etwas in meinem Körper zum Wirbeln kam, diese Schlacken oder Gifte aber nicht vollständig ausgeleitet wurden. Er meinte, es gäbe so etwas. Und wenn die Gifte dann ins Gehirn gelangen, könnte man solche Beschwerden bekommen wie ich sie hatte. Daran hatte ich noch gar nicht gedacht, aber wo er es jetzt so sagte, klang es plötzlich ganz logisch. Der Baubiologe empfahl mir einen Arzt in Österreich, der eine neue Technik anwandte, die angeblich aus der russischen Raumfahrttechnik kommt. Das hörte sich alles ganz spannend an bis dahin. Österreich ist natürlich ganz schön weit weg, warf ich ein. *„Na ja“*, meinte er, *„dafür ist der Arzt auch der beste auf diesem Gebiet“*. Es würde wohl noch andere geben, sogar in meiner Umgebung, doch sollten sie nicht so gut sein wie der Salzburger Arzt. Nun gut, dann fahre ich halt nach Österreich. Der Biologe versprach mir, für mich bei diesem Arzt vorzusprechen und für mich einen Termin zu besorgen. Er würde ihn sowieso in den nächsten Tagen auf einem Seminar treffen. Fand ich richtig lieb von ihm, dass er mir diesen Gefallen tat.

Jetzt wurde es auch wirklich Zeit etwas zu tun, sonst würde ich mich doch noch irgendwo hinhängen. Ein ganzes Leben lang würde ich es mit diesen Beschwerden nicht aushalten. Und dieser Doktor war jetzt meine große Chance. Eigentlich wollte ich ja keinem Arzt mehr vertrauen, doch es blieb mir nichts anderes übrig. Die Kosten für die Untersuchung waren nicht so hoch, wie ich erfuhr. Nur 300,- DM für die Messungen mit diesem Gerät, dann die Therapievorschläge und ein eingehendes Gespräch vorher und nachher. Das ist wahrhaftig nicht teuer. Da hatte ich an anderen Stellen schon viel mehr für viel weniger bezahlt.

Die Reise war das teuerste an der Geschichte, aber was tut man nicht alles für seine Gesundheit. Da ich jetzt wieder etwas Geld verdient hatte, konnte ich mir diese Fahrt leisten. Wenn man mal von den Schulden absieht, die ich in meiner gesamten Krankheitszeit gemacht hatte und noch lange nicht abbezahlt sein würden. Das Geld war mir aber mittlerweile völlig egal, ich wollte nur noch wieder gesund werden.

Jetzt hatten wir schon April 1998 und mir ging es immer noch mies, ich musste also etwas tun. Zwar hatte ich eine Menge Freunde in der

Schweiz gefunden, die hauptsächlich im therapeutischen Bereich tätig waren, doch niemand konnte mir richtig helfen. Mein befreundeter Heilpraktiker aus der Schweiz brachte mich mal eines Tages mit einem anderen Heilpraktiker aus der Schweiz zusammen, der Ausbildungen im Bereich der Wirbelsäulentherapie anbietet. Für mich wäre das schon mal ein Anfang, dachte ich. Weil ich nun eine Freundin von seinem ehemaligen Schüler war und meine Geschichte ihn sehr interessierte, schenkte er mir damals einen einwöchigen Einführungskurs bei ihm im Institut. Meine Freude war riesig groß. Im Juni 1998 sollte es losgehen. Das passte mir gut ins Konzept, und ich sagte zu meinem Baubiologen, ich könnte im Juni auch nach Salzburg zur Behandlung fahren. In dieser Zeit sollte er einen Termin für mich machen. Da ich drei Wochen Urlaub hatte und mein Mann ja mit mir fuhr, dachte ich, könnten wir von St. Gallen aus nach Salzburg fahren.

Extra für diesen Lehrgang fuhren mein Mann und ich in die Schweiz und ich war mächtig stolz darauf, was ich da nun alles lernen würde. Außerdem freute ich mich auf den Tag in Salzburg, der meine letzte Hoffnung war. Unterwegs mit dem eigenen Wagen in die Schweiz, hatten wir noch einen Autounfall und mussten mit einem Leihwagen weiterfahren.

Nicht mehr bei Ernst und seiner Familie wohnend, aber dennoch in ständigem Kontakt mit ihnen, wohnte ich jetzt die meiste Zeit bei einem befreundeten Heilpraktiker, ganz in der Nähe meiner Freunde im Kanton Appenzell Ausserrhoden. Mit diesem Heilpraktiker philosophierte ich von morgens bis abends, wenn er Zeit hatte. So langsam kristallisierte sich für mich etwas he-raus und ich wusste nun langsam was ich wollte. Unser eigenes Haus, welches mein Mann und mein Vater für uns gebaut hatten, hing mir wie ein Klotz am Bein. Ich wollte es nicht mehr haben. Man lebte nur noch für dieses Haus. Alles Geld floss in dieses *„Mausoleum"*, wie ich es nachher immer nannte. Für mich war es ein offenes Grab. Ich fühlte mich darin, als wäre mein Leben schon vorbei. Zu dieser Zeit wusste ich schon ungefähr, was ich wollte, doch ich hatte noch Angst dies alles zu realisieren.

Der Kurs in der Schweiz begann. Es war sehr anstrengend für mich, denn ich hatte noch gar keine Erfahrungen mit dem Selbstbehandeln, ich wurde bis dato ja nur behandelt. Mein Freund, der Heilpraktiker, hatte die Kurse in Schaffhausen alle schon belegt. Leider, kann man da nur sagen, denn immer wenn ich nach einem anstrengenden Tag vom Seminar *„nach Hause“* kam, überprüfte er mein Wissen sofort. Ich sollte ihm immer zeigen, was ich denn schon alles gelernt hatte. Ich lernte dort den Wirbelsäulen-Basis-Ausgleich, Akupunkt-Massage und Ohr-Reflexzonen-Test. Es war hochinteressant. Nach diesem Seminar stand für mich fest, ich würde Heilpraktikerin werden wollen. Egal wie. Leider kamen mir meine Depressionen immer wieder dazwischen. Dieses Seminar brachte ich trotz allem sehr gut hinter mich. Zwar hatte ich einige Konzentrationsstörungen, doch dagegen kämpfte ich tapfer an, auch wenn es mir kaum gelang. Wenn ich etwas nicht so schnell verstand, fragte ich einfach so lange nach, bis ich es verstand. Mein Dozent kannte meine Probleme und half mir deshalb so gut er konnte. Am Ende des Seminars stellte sich dann heraus, dass ich mit zu den Besten in unserem Kurs zählte. 1999 würde ich den Weiterbildungskurs I belegen wollen, das stand für mich damals schon fest.

Weil unser Auto wegen der Reparatur nach unserem Unfall noch in einer Werkstatt bei Aalen stand – das liegt ca. 200 km von St. Gallen entfernt – mussten wir mit dem Leihwagen diesen ganzen Weg zurückfahren, unser Auto abholen und dann wieder zurück nach St. Gallen. Mein Mann und ich wollten doch mit unserem eigenen Wagen nach Salzburg fahren. Ein paar Tage nach dem Seminar ging es los. Es war ein sehr heißer Tag, so um die 33° C im Schatten. Leider hatten wir auf der ganzen Fahrt keinen Schatten. Bis nach Salzburg war es eigentlich kilometermäßig gar nicht so weit, doch auf der Fahrt dorthin kamen wir einfach nicht voran. Ständig Baustellen oder irgendwelche Pässe, auf denen der Verkehr stockte. Einmal sind wir durch einen 17 km langen Tunnel gefahren. Als wir wieder heraus kamen, dachte ich, das Sonnenlicht würde mir die Augen verblitzen. Wow, ohne Sonnenbrille ging da gar nichts mehr. Ich hasse diese Tunnel. Vor allem, weil sie sehr gefährlich sind, wie sich in den letzten Jahren mehrfach herausstellte.

Wir irrten durch Österreich, weil wir dieses Land gar nicht kannten. Die Beschilderung war ziemlich schlecht, doch irgendwann, schon viel zu spät, kamen wir in Salzburg an. Meinen Termin bei Dr. D. hatte ich um 15.00 Uhr. Jetzt war es schon nach 15.00 Uhr und wir hatten noch nicht einmal die richtige Abfahrt gefunden, um in die Stadt zu kommen. Ich rief den Doktor ganz nervös an, weil ich Angst hatte, er wäre nicht mehr da, wenn ich denn mal irgendwann bei ihm ankomme. Dr. D. schien etwas böse zu sein wegen der Verspätung. Was konnte ich denn dafür, wenn ich wegen der ca. 300 km 7 Stunden brauche. Meine Nerven lagen blank, weil ich immer mehr dachte, wir kommen gar nicht an. Endlich in der Innenstadt angekommen, trieb uns der Verkehrsfluss in einem Tempo durch die Stadt, dass wir gar nicht recht schauen konnten, wo wir hin mussten. Schon waren wir durch die Stadt durchgesaust, ohne auch nur einen Anhaltspunkt zu haben. Irgendwann blieben wir einfach auf der großen Durchgangsstraße stehen, um jemanden zu fragen. Die Dame, die wir ansprachen war sehr unfreundlich zu mir und meinte nur: *„Hier sind Sie auf jeden Fall falsch!“*. Na, das war doch mal eine Aussage. Wir fuhren in eine Seitenstraße, denn dort las ich ein Schild „Paracelsus Klinik“. Na, dachte ich, so falsch kann das doch nicht sein. Vielleicht würde man uns hier etwas über Dr. D. sagen können. Mein Mann und ich gingen hinein und fragten an der Information nach. Wieder keine Auskunft. Niemand kannte diesen Arzt. Langsam verzweifelte ich wirklich. Ich fing an in der Halle der Klinik herumzuschreien, sodass plötzlich ein älterer Herr auf uns aufmerksam wurde. *„Wen suchen Sie?“*, fragte er freundlich. Ich nannte ihm den Namen des Arztes und die Straße. Zu meiner Verwunderung meinte er: *„Kommen Sie mit, ich habe gerade ein wenig Zeit und bringe Sie zu Fuß zur Straße. Es ist nicht weit. Nur schnell durch den Park, dann an der Kirche vorbei...“*. Toll, jetzt war ich etwas beruhigter. Dieser Mann war sehr freundlich und brachte uns tatsächlich bis vor das Haus dieses Arztes. Langsam konnte ich auch nicht mehr. Die sieben Stunden Fahrt und dann noch die nervliche Belastung durch diese Sucherei machten mich wahnsinnig. Meine Nerven waren zum Zerreißen gespannt. Mittlerweile war ich schon so nörgelig, dass mein Mann mich am liebsten in der Stadt ausgesetzt hätte. Ist ja auch kein Wunder, bei meiner gesundheitlichen Verfassung.

Jetzt stand ich vor der Praxistür meines neuen Arztes und musste klingeln. Das kannte ich doch noch woher. Die Tür ging auf und ein Blonder oder war es ein Blonder, der fast weißhaarig war, öffnete mir die Tür. Er trug einen weißen Kittel, daher fragte ich sofort: *„Sind Sie Dr. D.?“*. *„Ja“*, meinte er. Da war ich erleichtert. Ich wäre ihm am liebsten um den Hals gefallen. Jetzt musste ich noch etwas warten, weil Dr. D. mittlerweile andere Patienten vorgezogen hatte. Das war mir egal, Hauptsache ich war endlich da.

Ich schaute mich ein wenig in der Praxis um. Schön eingerichtet war es hier nicht. Das, was ich sah, sah sehr alt aus. Ein Sofa stand im Flur, der den Wartebereich darstellte. Im Regal daneben eine Menge Bücher und Zeitschriften, die allesamt mit Naturheilkunde zu tun hatten. Auf dem Regal ein Kassettenrekorder, der Entspannungsmusik spielte. Gerade hatte ich mir ein Buch aus dem Regal gezogen, als ich auch schon aufgerufen wurde. Man führte mich in ein Sprechzimmer, in dem der Arzt schon auf mich wartete. Als ich gefragt wurde, wie er mir helfen kann, schilderte ich ihm meine Problematik. Mein Mann wartete unterdessen draußen auf dem Flur. Dr. D. schrieb sich alles genau auf. Ich glaube, am Ende der Besprechung hatte er 2 DIN-A-4 Seiten vollgeschrieben. *„Jetzt wird Frau XY* – (ich weiß nicht mehr wie sie hieß) – *die Messungen bei Ihnen durchführen“*, meinte der Doc und führte mich in ein Nachbarzimmer in dem das PROGNOS-Gerät stand. Es handelt sich da um ein kleines Gerät, so groß wie ein Autoradio vielleicht, das an einen Computer angeschlossen ist. Zur Messung dient ein kleiner Stift, der vielleicht so dick ist wie ein durchschnittlicher Daumen. Am Ende dieses Stiftes schaut ein kleiner metallener Pin heraus, der federnd gelagert ist, um den Druck abzufangen. Ich musste mich auf eine Liege legen und bekam noch eine Elektrode ans Handgelenk. Danach ging die Messung los. An allen Anfangs- und Endpunkten der Meridiane, also an Händen und Füßen, wird einmal der Stift angesetzt, um den Hautwiderstand zu messen. Es handelt sich da um 24 Punkte, jeweils sechs an den Händen und sechs an den Füßen. Das war die Basismessung. Der Computer errechnet daraus seine Werte und schickt sie als Grafik auf den Bildschirm. Je höher der Hautwiderstand, desto schlechter der Wert.

Nach dieser Basismessung wurde begonnen mit einer Magnetfeldtherapie. Diese Matte befand sich schon unter mir, was ich nicht wusste. Das Gerät wurde angeschaltet, woraufhin es mir ziemlich schlecht ging. Es wurde eine erneute Messung durchgeführt, die auch bestätigte, dass es mir nicht besonders gut tat. Alles wurde wieder als Grafik festgehalten und abgespeichert. Jetzt ging es um die Austestung der einzelnen Mittel, die der Doktor zuvor aufgeschrieben hatte. Anhand meiner Symptome suchte er diese Mittel aus, um jetzt bei der Messung festzustellen, welches denn nun für mich infrage kommt. Dabei waren Ausleitungsmittel für Schwermetalle, verschiedene Allergene, Amalgamnosoden in verschiedenen homöopathischen Potenzen, Psychopharmaka usw. Über eine Stunde wurde an mir herumgemessen. Als ich fertig war, wurde ich wieder in das Sprechzimmer des Arztes geschickt. Dort wurden mir die fertigen Auswertungen des PCs vorgelegt und erklärt. Dr. D. erklärte mir, dass ich keine Psychotherapie brauche und fragte mich, wer mich denn dazu angeregt hätte. Ich erzählte ihm die ganze Geschichte und er lachte nur. Psychisch gäbe es bei mir keinerlei Auffälligkeiten. Bei mir läge eine Schwermetallbelastung vor, vor allem des Gehirns. Amalgam schien es nicht unbedingt zu sein, nach seinen Messungen. Der Doktor fragte mich nach vorangegangenen Behandlungen und kam dann auf eine Art Symptomverschiebung, wie mein Baubiologe ja auch schon vermutet hatte.

Meine Amalgamfüllungen waren doch schon lange raus, dachte ich so bei mir. Wo kamen denn diese Metalle her? Davon, dass diese Gifte sich auch im Körper ablagern, wusste ich zu der Zeit noch gar nichts. Die Schwermetallbelastung schien das Hauptproblem zu sein. Hinzu kamen Störungen durch elektromagnetische Felder, geopathische Störungen (durch Erdstrahlen oder Wasseradern) am Schlafplatz und Parasiten im Darm. Nebenbei hatte ich noch eine Kuhmilchunverträglichkeit, eine leichte Herzschwäche und eine Lösungsmittelallergie. Alle Mittel, die bei mir positiv testeten, bekam ich samt Dosierung auf ein Privatrezept geschrieben. Wenn die Ausleitung dann fortgeschrittener wäre, sollte ich darüber nachdenken, mir ein Magnetfeldgerät für zu Hause zuzulegen. Er gab mir noch einen Prospekt mit und dann verabschiedete er sich von mir.

Von dieser Art der Behandlung war ich völlig fasziniert. Wegen der psychischen Störungen hatte ich wieder begonnen zu rauchen und sagte es auch zu Dr. D., woraufhin er bei der Testung auch eine Zigarette meiner Marke mit einbezog. Sie testete positiv. Nach Auskunft des Doktors hielt er es im Moment nicht für sinnvoll mit dem Rauchen aufzuhören. Die Lunge wäre zwar nicht begeistert, dennoch würde sich meine gesamte Energiebilanz durch diese Zigaretten verbessern. Das war ja mal was ganz Neues. Eigentlich dachte ich, der Doc würde mich beschimpfen, wenn ich ihm erzähle, dass ich Raucherin bin. Nichts!

Mein Mann und ich traten den Rückweg nach St. Gallen an, weil wir dort noch einige Zeit Urlaub machen wollten. Als die Woche um war, fuhren wir wieder gen Heimat.

So begann ich dann zu Hause diese ganzen verordneten Mittel aus der halben Welt zusammen zu bestellen. Es waren österreichische Produkte dabei, aber auch welche aus Holland und Amerika. Die homöopathischen Mittel bekam ich ganz normal in der Apotheke. Jetzt hatte ich wieder den ganzen Wohnzimmertisch voll mit Schachteln und Flaschen. Dort standen meine Chlorella-Algen, Koriandertinktur, Melatonin, DHEA, NADH, Vitamintabletten, Phosphorus, Quarz, Calcium carbonicum, Basicin A, Pentatop, Gelbwurz, Weihrauch, Zinnkrautfluid, Milgamma, Folgamma, Histamin... Dies habe ich jetzt nur für die Fachleute unter Ihnen geschrieben. Koriander und Chlorella nimmt man gegen die Schwermetalle, Phosphorus und Quarz bei bekannter Belastung gegen E-Smog, DHEA für die Nebennieren und NADH für das Gehirn, Melatonin ist ein Hormon, welches den Schlaf-Wach-Rhythmus regelt, Zinnkraut zum Ausleiten, Pentatop gegen die Allergie, Milgamma und Folgamma sind Folsäure und Vitamin-B-Komplexe zum Injizieren usw. Ich möchte hier keinen Fachvortrag halten, deshalb habe ich diese Mittel hier nur ganz laienhaft beschrieben, damit man sich ein kleines Bild davon machen kann, was das alles denn so ist, was ich da nehmen musste. Was ja das Schöne an diesen ganzen Pillen und Pülverchen ist, man hat keine Nebenwirkungen, so wie man sie von anderen Hammermitteln kennt. Deshalb sollte einem auch die Anzahl der Mittel nicht komisch vorkommen. Ich kannte das schon, dass man so viele Mittel bekommt, bis man nicht mehr weiß, wozu das alles gut ist und wann man das alles einnehmen soll.

Wie es mir dann mit diesen Arzneien in den nächsten Wochen ging, ist schnell beschrieben. Ich bekam zwischendurch kurzzeitig einige Erstverschlimmerungen, die aber positiv zu bewerten sind. Es hieß für mich einfach, die Mittel fangen an zu wirken. Da wären Beschwerden wie vermehrte Depressionen, Herzstolpern, und was das Schlimmste für mich war, ich bekam zeitweise eine ganz verwaschene Aussprache und extreme Wortfindungsstörungen. Das führte ich auf die Schwermetallbelastung im Gehirn zurück. All diese Symptome beunruhigten mich aber nicht, sondern bestärkten mich in dem Glauben, dass es jetzt bald besser werden würde. So kam es dann auch. Sie werden es nicht glauben, aber nach sage und schreibe 6 Wochen waren meine gesamten Beschwerden so weit zurückgegangen, dass ich wieder unbeschwert am Leben teilhaben konnte. Natürlich machte ich noch einige Kontrollbesuche bei Dr. D., damit ich meinen Standart halte, so wie er jetzt war. Das war aber alles nicht mehr so gravierend, wie noch vor meiner ersten Behandlung in Salzburg. Endlich hatte ich wieder Lebensmut gefasst und konnte mich jetzt ganz und gar meinen Planungen in Sachen Haus und Beruf widmen. Was war ich froh, endlich wieder einen Arzt für mich gefunden zu haben, der mir helfen konnte. Auch wenn er im Ausland saß, das war mir egal. Für meine Gesundheit ist mir kein Weg zu weit. Wer diese Strapazen nicht auf sich nehmen will, ist noch nicht krank genug, denke ich.

Der Neuanfang

Im Sommer 1998 war mein erster Besuch bei Dr. D., und im Herbst diesen Jahres beschloss ich endlich, unser eigenes Haus zu verkaufen. Jetzt hatte ich den Mut dazu gefunden mich auch in dieser Angelegenheit durchzusetzen. Jetzt, so ohne Depressionen, war es wie ein neues Leben für mich und es sollte sich etwas ändern. Meinen Eltern – die auch beim Hausbau mitwirkten – und meinem Mann erklärte ich, wie ich mir mein weiteres Leben vorstellte. Und das sollte sicherlich nicht aus kochen, waschen, putzen und Fernsehen bestehen. Es hat wirklich eine ganze Zeit gedauert, bis alle verstanden, dass es sich bei meinen Anwandlungen nicht um eine plötzliche Laune handelt, sondern dass ich es ernst meine. Ab Herbst des Jahres 1998 versuchten wir, unser Haus zu verkaufen. Die Hauspreise waren deutlich im Keller, doch das war mir schon fast egal. Hauptsache dieses Ding ist bald weg und ich kann zur Heilpraktiker-Schule gehen. Weil ich mich darüber schon informiert hatte, wusste ich, dass im April 1999 ein neuer Kurs in einer Bremer Schule stattfinden würde. Ich wollte unbedingt Heilpraktikerin werden, mit aller Gewalt. Natürlich habe ich auf meinem Egotrip einige meiner Lieben verletzt, so auch meinen Mann, doch es half nichts. Jetzt musste ich einfach mal an mich denken. Mein ganzes Leben lang habe ich immer nur getan, was andere von mir wollten. Jetzt wollte ich auch mal was. Außerdem konnte das Leben so schnell zu Ende sein, das hatte ich jetzt gelernt. Man muss den Tag nutzen. Was hatte ich vorher für eine Angst davor, wie meine *„Leutchen"* reagieren. Am Ende war es gar nicht so schlimm. Niemand hat mir den Kopf abgerissen. Man muss nur mal den Mut aufbringen etwas zu ändern, dann geht plötzlich alles von allein.

Alles ging Schlag auf Schlag ab jetzt. Unser Haus wurde sehr schnell verkauft, weil es auch ein besonders schönes war. Zum 1. Januar 1999 wollten wir raus sein. Mein Vater war gerade zu dieser Zeit dabei, in einer benachbarten Straße ein Neues zu bauen. Es wurde ein Zweifamilienhaus mit separaten Eingängen. In genau so einem wohnten wir damals auch in der Stadt. Derselbe Grundriss, dieselben Steine, einfach alles. Nur, dass ich diesmal in der unteren Wohnung wohnen wollte. Sie wissen ja, die Treppe. Es konnte ja immer mal wieder etwas mit meinen Beinen passieren und dann wollte ich nicht wieder die Treppe herauf müssen.

Im Februar 1999 plante ich meinen Weiterbildungskurs I des Wirbelsäulen-Basis-Ausgleichs in Schaffhausen / Schweiz, der im Mai diesen Jahres stattfinden sollte. Für diese Gelegenheit bat ich in meiner Firma um Urlaub, weil ich diesen Kurs unbedingt machen wollte. Unser Abteilungsleiter stellte sich total quer und meinte, zu der Zeit hätten schon so viele Leute Urlaub, da könne ich nicht auch noch verschwinden. Weil ich aber, seitdem ich keine Depressionen mehr hatte, jetzt viel selbstbewusster war und mich nicht mehr so leicht unterkriegen ließ, beschloss ich einfach zu kündigen. Irgendwie hielt ich plötzlich die Zeit dafür gekommen, um meinem Wunsch nach Freiheit nachzugeben. Ich wusste zwar noch nicht, wie es in der nächsten Zeit weitergehen sollte, doch darüber machte ich mir gar keine Gedanken. Einfach frei sein, unabhängig und machen können was ich will. So ging ich schon am nächsten Tag gar nicht mehr zur Arbeit. Keine Lust mehr. Wenn die Leute in der Firma meinen, dass ich keinen Urlaub bekommen kann, weil zu wenig Mitarbeiter da sind, dann sollten sie doch ganz und gar ohne mich auskommen. Mir war das egal. Es gab für mich wichtigere Dinge als diese blöde Arbeit, die mich sowieso nur stumpfsinnig machte.

Im März 1999 gab es bei mir gesundheitlich noch mal wieder einen kleinen Einbruch, der aber diesmal wieder meine Beine betraf. Wieder dieses alte *„Golfkriegsyndrom“*, wie ich es manchmal nenne. Also Nervenschmerzen und Missempfindungen. Machte aber nichts. Ich fuhr wieder nach Salzburg und ein paar Wochen später war alles wieder vergessen, sodass ich unsere neue Wohnung tapezieren konnte. Leiter rauf, Leiter runter, alles kein Problem mehr.

Im April 1999 begann ich dann die Heilpraktiker-Schule in Bremen. Diese Schule, in die ich ging, gefiel mir sehr gut. Es war keine von diesen riesigen Dingern, wo jeder Schüler nur eine Nummer ist. Nein, bei uns ging alles ganz persönlich zu und wir duzten uns alle. Da ich weder eine medizinische noch eine lateinische Vorbildung hatte, musste ich mich sehr anstrengen, um im Unterricht mitzukommen. So schlimm war es aber auch nicht. Wenn es Spaß macht, fällt einem alles viel leichter. Viele unter Ihnen wissen sicher nicht, wie eine solche Heilpraktikerausbildung abläuft und daher möchte ich es anhand meines Falles einmal schildern. In diesem Ausbildungszentrum war es so, dass man ohne Vorkenntnisse am besten den Grundkurs belegt. Da lernt man dann die Grundkenntnisse der Anatomie und ein wenig Physiologie. Dienstags und freitags hatte ich jeweils 3 Stunden Unterricht. Am Dienstag lief nur der Grundkurs, und am Freitag wurde der Grundkurs mit dem Aufbaukurs zusammengelegt. An den Tagen wurden schon einige wenige Erkrankungen durchgesprochen. Wir Grundkursler waren freitags eigentlich nur zum Zuhören da, weil die Themen noch sehr schwierig für uns waren. Natürlich durften wir auch Fragen stellen, doch meistens traute sich keiner, weil wir Angst hatten, die aus dem Aufbaukurs könnten uns auslachen. Ist zwar nie passiert, aber die Angst ist dennoch da.

Im April 1999 begann für mich also der Unterricht mit dem Thema *„Verdauungsorgane"*. Jeden Tag habe ich gelernt wie eine Verrückte. Diese ganzen Fremdwörter machten mir noch ein paar Schwierigkeiten. Es ist nicht leicht, diese ganzen lateinischen Fachbegriffe zu behalten, doch so mit der Zeit wird es dann immer besser. Immer, wenn wieder ein neues Thema anfing, sagte ich zu meinem Mann: *„Die Leber ist aber doof, das lerne ich nie"*. Wenn dann wieder ein neues Thema kam, sagte ich wieder dasselbe darüber. Die Niere war für mich ein Gräuel, ebenso wie das Herz. Na ja, wenn ich an das Nervensystem denke, dann war das auch nicht leichter. Trotzdem schaffte ich es irgendwie fast alles zu behalten. Neben unserem normalen Unterricht, der ja nicht so lang war, mussten wir viel zu Hause lernen. Am Anfang wurde uns gesagt, wir sollten uns pro Woche 10 Stunden vornehmen. Wenn es dann nur 6 werden, ist das auch noch in Ordnung. An diese Anweisung hielt ich mich auch. Es wurden so gut wie nie 10 Stunden. Mit den Monaten lässt der Lerneifer auch kräftig nach. Nicht nur bei mir, sondern bei allen meinen Mitschülern. Die meisten von ihnen waren berufstätige Frauen und hatten Kinder.

Gerade in der Grundkurszeit meldete ich mich oft für Seminare außerhalb der Unterrichtszeiten an. Diese fanden dann am Wochenende statt. Von der Schule wurden pro Kurs 4 kostenlose Zusatzkurse angeboten, die dem Wissensstand der Schüler angemessen waren. So belegte ich im ersten Jahr Seminare wie *„Ausleitungsmethoden nach Aschner“*, wo ich das blutige und unblutige Schröpfen, das Baunscheidtverfahren und die Blutegelbehandlung erlernte. Dann machte ich noch ein größeres Seminar, welches über mehrere Wochenenden lief – die Augendiagnose. In der gesamten Schulzeit belegte ich folgende Seminare: Diätetik, Biochemie nach Dr. Schüssler Teil I und II, Psycho-Physiognomik, Laborpraktikum, Praktikum der Injektions- und Infusionstechnik, Praxisambulatorium und akute Notfälle in der Praxis. Das reichte mir für den Anfang. Wenn man so viel schulmedizinisches Wissen für die Prüfung in sich reinpaukt, dann möchte man sich zwischendurch auch mal den schönen Seiten zuwenden, daher machte ich diese Ausbildungen. Es ist wichtig, sich zwischendurch mal von dem trockenen Stoff abzulenken, der zwar wichtig ist, aber dennoch müde macht, wenn man sich ausschließlich damit beschäftigt. Schließlich wollte ich Heilpraktikerin werden und kein Arzt. Entgegen aller Annahmen ist die Heilpraktikerausbildung heutzutage ziemlich schwer geworden. In der Überprüfung wird ein immens großes Wissensgebiet abgefragt, ganz im Gegenteil zu früheren Zeiten.

Im April 1999 meldete sich mein Baubiologe von damals und berichtete mir, dass der Doktor D. ein Wochenendseminar in Rerik an der Ostsee abhält. Rerik liegt im Bundesland Mecklenburg-Vorpommern und ist ca. 250 km von mir entfernt. Müsste ungefähr hinkommen. Das war nicht so weit für mich. Gerne wollte ich auch mit dorthin für 3 Tage. Eigentlich hatte ich gar kein Geld mehr für solche Geschichten, aber ich hatte mir ausgerechnet, wenn ich mich dort als Versuchskaninchen zur Verfügung stelle, hätte ich noch eine Messung inklusive. Und nebenbei würde ich mich noch weiterbilden können. Mein Baubiologe meldete mich bei der Firma an, die das Seminar veranstaltete. Man war mit mir als Patientin einverstanden, weil erstens mein damaliger Hausarzt ein PROGNOS-Gerät besitzt und auch an diesem

Seminar teilnehmen würde und zweitens war ich Patientin von Dr. D.. Er hatte schon genügend Messungen von mir, die er bei den erneuten Messungen während der Ärztetagung auch noch vorführen konnte.

Es war Ende April 1999, als das Seminar in Rerik begann. Die Tagung sollte über den 1. Mai gehen. Mir war das nur recht, denn mein Mann war sowieso mit dem Spielmannszug unterwegs und dann wäre ich allein zu Hause gewesen. Die Fahrt nach Rerik dauerte nicht so lange. Der Anfahrtsplan der Firma war sehr gut, sodass ich meine Unterkunft schnell fand. Als ich ankam, sah ich schon eine Tür des Seminarraums offen stehen und schaute hindurch. Dr. D. war schon da und schaute sich mit ein paar anderen Leuten einen Videofilm an, der, wie sich später herausstellte, eine Fernsehaufzeichnung aus dem Bayrischen Fernsehen war und von PROGNOS handelte. Ich erfuhr, dass das Seminar um 17.00 Uhr losgehen sollte, und weil es erst 14.00 Uhr war, wollte ich mich noch ein wenig hinlegen. Die Unterkunft war kein Hotel im eigentlichen Sinne, sondern eine Ferienanlage mit vielen einzelnen Häusern der Arbeiterwohlfahrt, die vom Land gefördert wurde. Der ganze Komplex schien noch ganz neu zu sein. Ich ging über den großen Platz zu meinem Haus und hielt währenddessen Ausschau nach meinem Hausarzt, der in der nächsten Zeit auch noch auftauchen würde. Es war niemand zu sehen und so ging ich ins Haus, um mich hinzulegen. Es war ein schönes Ferienhaus mit zwei Etagen, vielen Zimmern, zwei Bädern, einem Wohnraum und einer Kochnische. Es sah so aus, als sollten im Laufe der nächsten Stunden noch mehrere Mitbewohner zu mir stoßen. So kam es dann auch, als ich schon im Bett lag.

Um 16.00 Uhr stand ich wieder auf, weil ich auf gar keinen Fall etwas verpassen wollte. Ich machte mich noch etwas frisch und dann ging ich ins Haupthaus rüber, in den Seminarraum. Mein Hausarzt war noch immer nicht da. Die Tagung hatte schon begonnen, als er endlich eintrudelte. Freundlich begrüßte ich ihn, doch er schien sehr kurz angebunden. So als wolle er sich hier nicht mit mir abgeben. Ganz demonstrativ setzte er sich dann auch auf eine ganz andere Seite des Raumes. Niemand kümmerte sich um ihn, auch nicht beim späteren

Kaffeetrinken. Wie du mir, so ich dir, dachte ich und setzte mich nicht zu ihm an den Tisch. Von weitem beobachtete ich, wie er ganz einsam sein Essen in sich reinschaufelte. Der Mann tat mir nicht Leid, hatte er doch selber Schuld, wenn er so allein war. Er hätte sich ja mit mir unterhalten können. Na ja, Ärzte eben, was will man machen? Der erste Tag war schon mal sehr interessant. Es wurden Neuerungen des PROGNOS durchgesprochen und verschiedene Behandlungsansätze bei verschiedensten Erkrankungen.

Ich wurde durchgemessen und meine Ergebnisse wurden für jedermann sichtbar an die Wand geworfen, damit die Ergebnisse durchgegangen werden können. Mein Hausarzt hatte seinen Laptop mit meinen alten Messungen, die er durchgeführt hatte, bei sich und verglich alles miteinander. Bei einigen Ergebnissen war er noch etwas unsicher und fragte dann nach. So alles in allem war es ein erfolgreicher Tag. Nach dem Abendessen trafen sich einige Seminarteilnehmer noch zu einem Umtrunk in der Bar. Natürlich war ich auch dabei, denn zum Schlafengehen war es jetzt noch zu früh. Außerdem hatte ich schon am Nachmittag vorgeschlafen. Diese Nacht wurde dann ziemlich lang und am nächsten Morgen kam ich kaum aus dem Bett. Hatte wohl ein paar Bier zu viel getrunken. Mittlerweile vertrug ich den Alkohol wieder ganz gut und das nutzte ich auch aus, weil ich dazugehören wollte. An diesem Abend lernte ich einen gutaussehenden, jungen Mann aus Österreich kennen, der in Linz eine eigene Vertriebsfirma mit medizinischen Geräten hatte. Wir verstanden uns ganz gut und verbrachten ab da die ganze Zeit miteinander, weil es mich interessierte, was er da verkaufte. Es ging hauptsächlich um Magnetfeldgeräte, PROGNOS, Akupunkturzubehör, Nahrungsergänzungsmittel und Softlaser. Wir tauschten unsere Karten aus, weil wir auch später noch in Kontakt bleiben wollten. Diese Begegnung wurde für mich später bei der beruflichen Orientierung noch sehr wichtig.

Am nächsten Morgen, als ich wieder im Seminarraum auf meinem Platz vom Vortag saß, kam mein Hausarzt herein und siehe da, er setzte sich neben mich. Ich konnte es kaum glauben. Hatte unser gemeinsamer, gemütlicher Abend bei den Finnen, die auch auf diesem Seminar waren, seine Meinung über mich geändert? So saßen wir dann die nächsten beiden Tage nebeneinander und erzählten uns auch viel. Die meiste Zeit über saß er aber da, kaute an seinen Fingern herum und nörgelte über das, was vorne gesagt wurde. Am liebsten hätte ich ihn rausgeschmissen, weil es nun langsam störend wurde.

Die ganzen Tage wurde an mir herumbehandelt und gemessen, wieder behandelt und gemessen. Zwischendurch wurde mein Blut mit der Dunkelfeldmikroskopie untersucht, weil man feststellen wollte, wie mein Blut sich verändert, wenn ich Singulettsauerstoff einatme und mit Sauerstoff angereichertes Wasser trinke. Die Ergebnisse wurden auf Video festgehalten. Mit der Dunkelfeldmikroskopie sieht man die einzelnen roten und weißen Blutkörperchen. Bei mir war es vor den Behandlungen so, dass meine roten Blutkörperchen alle aneinander geklebt waren. Das muss man sich vorstellen wie eine Geldrolle. Normalerweise schwimmen diese Blutbestandteile locker im Serum, doch bei chronischen Erkrankungen kommt es oft zu diesem Geldrollenphänomen. So auch bei mir. Nach dem Einatmen des Sauerstoffs lösten sich die Blutkörperchen voneinander, ebenso wie bei der Magnetfeldtherapie. Bei dieser Therapieform erreichten wir denselben Zustand. Nach diesen Anwendungen wurde wieder eine PROGNOS-Messung durchgeführt. Man konnte auf einen Blick sehen, dass mein allgemeiner Energiezustand durch diese Maßnahmen verbessert wurde, obwohl ich mich ziemlich schlapp und müde fühlte. Das war wahrscheinlich darauf zurückzuführen, dass in meinem Körper jetzt etwas zum Fließen gebracht wurde. Also wieder positiv zu bewerten.

Zum Abschluss des Seminars bekam ich noch einige Instruktionen von Dr. D., wie ich denn demnächst zu Hause weiterverfahren sollte und welche Mittel für mich gerade angezeigt waren. Damit wurde die Tagung dann abgeschlossen. Die Tage dort hatten mir sehr viel gebracht, muss ich sagen. Es hat mir so viel gebracht, dass ich in der nun folgenden Zeit wesentlich skeptischer war, was meine Behandlungen anbetraf. Mein Hausarzt führte in seiner Praxis später erneute Messungen bei mir durch, deren Ergebnis ich ihm noch erläutern musste, weil er keinen blassen Schimmer hatte. Wenn er auf dem Seminar richtig zugehört hätte, dann wären diese Probleme gar nicht aufgetaucht. Die durchgeführten Messungen waren so stümperhaft und so wenig aussagekräftig, dass ich sogar die Bezahlung der Rechnung ablehnte. Ich bezahle doch nicht für nichts so viel Geld. Mein Arzt hatte nichts geleistet und verlangte dafür Geld. So weit kommt es noch. Die Rechnung wurde von mir nicht überwiesen und ich sagte ihm auch, was ich von seinen Messmethoden halte. Sie glauben es nicht, aber ich bekam keine Mahnung. Bis heute habe ich nichts dafür bezahlt.

Jetzt hatte ich schon eine ganz schön große Klappe bekommen. Mit meinem Wissen über die Möglichkeiten dieses PROGNOS-Gerätes und meinem schulmedizinischen Grundwissen würde ich den Ärzten ab jetzt schon Paroli bieten. Jedes Gerät ist nur so gut wie der Therapeut, der es bedient. PROGNOS hat unendliche Möglichkeiten, doch fehlt es einigen Therapeuten an Wissen, um diese Möglichkeiten ausschöpfen zu können. Das ist nicht nur bei diesem Gerät so, sondern das gilt allgemein. In dieser Richtung hatte ich jetzt schon einige Erfahrungen gemacht. Diesen Hausarzt hatte ich dann nicht mehr lange und ging reumütig zu meinem alten Hausarzt zurück, der mir von seinem Wissensstand her wesentlich geeigneter erschien meine Erkrankung zu behandeln. Jetzt hatte ich wieder den Hausarzt, den ich nach Dr. K. hatte. Den kennen Sie noch nicht, denn ich hatte ihn in diesem Buch noch nicht erwähnt. Ist auch eigentlich nicht notwendig, denn viel geholfen hatte er mir auch nicht, wenn es mir mal wieder schlecht ging. Ohne ihn schlecht machen zu wollen, muss ich doch sagen, er hatte zwar mehr Ahnung als der andere, aber dennoch reichte es für mich nicht aus. Mittlerweile hatte ich sehr hohe Ansprüche, was meine Behandlungen betraf. War ich die meiste Zeit doch bei den besten Ärzten gewesen, da ist es dann nicht so einfach zu einem normalen Landarzt zu wechseln.

Über alle meine Aktivitäten in den ganzen Monaten berichtete ich ständig Dr. Braun. Er sollte wissen, dass es mir gut geht und er sollte sich keine Sorgen machen. So schrieb ich ihm alle paar Wochen ein neues Update, damit er wusste, was ich so mache. Bevor er wegging, sagte er mal zu mir, er würde gerne meine Geschichte weiterverfolgen, auch wenn er nicht mehr da ist. Für mich war es ein Versuch der Kontaktaufnahme und ein Einlösen des Versprechens von damals, ihn auf dem Laufenden zu halten. Ich war gar nicht mehr so böse auf Braun und versuchte, mit ihm wieder ins Gespräch zu kommen. Eigentlich hätte ich gerne eine vernünftige Aussprache gehabt, damit wir uns wieder vertragen. Irgendwie kam ich an ihn aber immer noch nicht so recht ran. Er war immer so zugeknöpft. Zu viel war zwischen uns passiert, als dass er sich einfach wieder so mir zuwenden konnte. Trotzdem gab ich nicht auf, ihm zu schreiben. Seitenweise Briefe habe ich ihm geschickt. Später bekam ich einen Internetzugang und schickte mehrere Mails an ihn ab. Er antwortete zwar immer, doch so richtig warm wurde er mit mir nicht. So zogen die Wochen ins Land. Die *„unendliche Geschichte Braun“* lief neben meiner Schule her.

Es war Mai 1999 und mein Kurs in Schaffhausen begann bald. So fuhr ich alleine mit dem eigenen Wagen in die Schweiz. Schon vor dieser Reise ging einfach alles schief. Erst dieser Streit in der Firma wegen des Urlaubs. Dann überwarf ich mich mit meinem Kumpel aus der Schweiz, bei dem ich bis dato immer gewohnt hatte. Dieser Streit hatte eigentlich nichts mit uns beiden direkt zu tun. Dabei ging es um einen Freund, der in der Nähe von Bern wohnte und mit dem ich damals im Sommer 1998 mein erstes Seminar machte. Mein Kumpel und dieser besagte Freund bekamen sich wegen einer sehr delikaten Angelegenheit – es ging um Geld – in die Haare. Damals machte ich den Fehler, zwischen diesen beiden Menschen, die mir sehr wichtig waren, vermitteln zu wollen. Es kam am Ende so, dass ich beide Freunde verlor. Den einen für immer, den anderen habe ich mittlerweile wieder. Es war ein irrsinniges Hin und Her mit dieser Geschichte.

Jedenfalls wollte und konnte ich jetzt nicht mehr bei meinem *„Ex“*-Kumpel wohnen, wie ich es erst vorhatte. Wo sollte ich jetzt hin? Das Seminar wollte ich auf gar keinen Fall absagen. Nun gut, ich telefonierte mit einer Freundin, die damals in dem Hotel arbeitete, in dem ich zum ersten Mal gewohnt hatte. Sie wissen schon, dieses blöde Ding, wo ich eine Woche ohne richtiges Essen 20 Stunden schuften musste. Meine Freundin arbeitete dort mittlerweile auch nicht mehr. Warum wohl? Ihre Eltern besaßen seit kurzem ein eigenes Restaurant (so nennt man in der Schweiz eine Kneipe) und mir wurde angeboten doch dort zu wohnen. Wäre zwar nicht so komfortabel, aber wenn es mir nichts ausmacht... Nein, mir macht es nichts aus. Übermäßiger Luxus ist nicht mein Ding. Also ich halte es auch in Wohnungen aus mit fließend Wasser von den Wänden. Wenn es nicht für immer ist. Psychisch war ich sehr stabil geworden. So leicht konnte mich nichts mehr umhauen. Bis auf die Geschichte mit Dr. Braun. Noch immer konnte ich das Geschehene nicht vergessen. Ständig kreisten meine Gedanken um ihn. Und nicht nur meine Gedanken. Wenigstens einmal in der Woche träumte ich ganz intensiv von ihm. Also, nicht von ihm direkt. Die Träume waren immer so gestaltet, dass ich zwar wusste, ich träume von meinem Doc, aber er war fast nie zu sehen. Immer war ich auf der Suche nach ihm. Jeden, den ich traf, befragte ich nach Dr. Braun. Ich erklomm Berge, durchforstete Häuser und irrte durch Wälder, nur um ihn zu finden. Wenn ich ihn dann einmal sah, war er weit weg von mir und ignorierte mich. Er tat immer so, als wäre ich Luft für ihn. Diese Träume waren dann immer so eindrücklich, dass ich sie niemals wieder vergaß. So wie den einen, den ich hier mal erzählen möchte:

Ich befand mich im Gebirge, irgendwo in der Schweiz. Die Landschaft war mir völlig unbekannt. In einem Tal stand ich und suchte mal wieder verzweifelt nach meinem Doc. Über mir sah ich eine Straße, die an einem Hang verlief. Ich beschloss dort hinaufzufahren, weil ich gehört hatte, dass Dr. Braun sich in einem dieser Häuser aufhalten sollte. So fuhr ich mit dem Wagen eine sehr steile Straße hinauf. Während ich fuhr, wurde diese Straße immer steiler. Das Auto löste sich schon von der Straße, weil ich jetzt mittlerweile so steil stand, dass ich kurz vor dem Kippen war. Fast senkrecht stand mein Wagen kurz vor dem Ziel. Ich sah schon das Ende dieser Auffahrt. Ab dort würde die Straße wieder normal verlaufen. Doch kurz bevor ich die Vorderreifen auf dieses sichere Stück bekam, kippte ich mit dem Wagen um.

Dies war ein Traum von vielen, die mich in dieser Zeit verfolgten. So auch wieder verstärkt in der Zeit, als ich mich wieder in der Schweiz befand.

Jetzt musste ich wohl oder übel in dieser Kneipe wohnen. Auf dem Weg von meinem Wohnort nach Schaffhausen, meinem Seminarort, käme ich jedes Mal am Haus von Dr. Braun vorbei. Das wäre nicht so gewesen, wenn ich bei meinem Kumpel hätte wohnen können. Sollte vielleicht so sein, doch darauf kam ich später erst.

Vor dem Seminar hatte ich noch drei Tage Zeit Freunde zu besuchen oder zu meiner Kartenlegerin zu fahren, die sich direkt in St. Gallen befindet. Eigentlich fahre ich jedes Mal zu ihr, wenn ich Zeit habe. Donnerstag sollte das Seminar beginnen. Am Montag fing ich an zu telefonieren. Ich rief meine Freunde an, weil ich sie besuchen wollte. Auch mit den Friedrichshafenern wollte ich mich treffen. Keine Zeit, egal wo ich anrief, niemand hatte Zeit für mich in diesen drei Tagen. Es war wie verhext. So etwas war zuvor noch nie vorgekommen. Irgendjemand war immer da, meistens sogar alle. Nicht so diesmal. Auch Termine, die ich schon vor Wochen mit jemandem machte, fielen plötzlich ins Wasser oder wurden auf andere Tage verschoben. Die ganze Zeit über hatte ich schon das Gefühl, jemand über mir würde die Fäden ziehen und ich bin nur eine Marionette in diesem Spiel. Erst der Streit, dann der Wohnortswechsel, jetzt die ganzen geplatzten und verschobenen Termine. Es war zum Verrücktwerden.

So rief ich dann bei meiner Kartenlegerin am Montag an und bat sie um einen Termin. Am Mittwoch um 14.00 Uhr sollte ich kommen, vorher ginge es nicht, meinte sie. Nun gut, ich fuhr gegen Mittag nach St. Gallen rein, um vorher noch ein wenig in der Stadt zu stöbern. Wenn ich schon mal dort war, würde ich wieder meine Lieblingsgeschäfte abklappern. Hauptsächlich ging es dabei um ein riesiges, mehrstöckiges Büchergeschäft und um einen Esoterikladen. Ich lese für mein Leben gern esoterische Bücher. Bei der Auswahl der Bücher verlasse ich mich immer auf mein inneres Gefühl. Es kommt darauf an, in welchem Thema ich mich gerade befinde. So verlasse ich mich immer darauf, dass ich das Buch finde, was im Moment für mich gerade wichtig ist. Ich kaufe nicht irgendwas, sondern das, was mich gerade besonders anspricht.

An diesem Montag fand ich nicht viel, nur ein Buch über Zufälle. Es hieß *„Das kann doch kein Zufall sein"*. Dieses Buch sprach mich deshalb so sehr an, weil ich zur Zeit gerade das Gefühl hatte, das, was hier momentan mit mir abläuft, kann mit Zufall nichts mehr zu tun haben. Ich ließ mich noch eine ganze Weile von dem schönen Duft und der beruhigenden Entspannungsmusik im Esoterikladen betören, als plötzlich mein Handy klingelte. Oder vielmehr das Handy meines Vaters, welches ich mitnehmen sollte, weil meine Eltern und mein Mann Angst hatten, wenn ich ganz allein in der Schweiz bin. Als ich abnahm, hörte ich meine Kartenlegerin am anderen Ende der Leitung. Sie teilte mir mit, dass sie nun um 14.00 Uhr doch keine Zeit für mich hätte. Ihr wäre etwas dazwischen gekommen und ob ich denn dafür um 17.00 Uhr kommen könnte. Jetzt reichte es langsam. Was war hier nur los? Warum klappte diesmal eigentlich nichts? Es war zum Mäusemelken. Ich bestätigte den von ihr vorgeschlagenen Termin um 17.00 Uhr, obwohl ich nun langsam keine Lust mehr hatte überhaupt noch etwas zu unternehmen. Als ich auflegte, dachte ich darüber nach, was ich denn bis 17.00 Uhr noch machen sollte. Die ganze Stadt hatte ich schon durch und stundenlang irgendwelche Klamotten begucken war nichts für mich. Nicht einmal meine Bekannte aus dem Bettengeschäft war heute in ihrem Laden, sonst wäre ich dorthin gegangen, um ein wenig zu plaudern, wie ich es sonst immer tue, wenn ich da bin. Also blieb mir nichts anderes übrig als wieder in meinen Wohnort zurückzufahren und auf den Fünfuhrtermin zu warten. Was soll's, jetzt ist sowieso alles egal.

Wieder *„zu Hause"* angekommen, setzte ich mich in die Kneipe, packte mein Buch aus und fing an zu lesen. Dort las ich dann über die Zufälle, dass es eigentlich keine gibt. Ich las auch über dieses merkwürdige Phänomen, das ich zur Zeit hier erlebte. Dieses Gefühl, als würde jemand anderes die Fäden für mich ziehen. Dort stand auch, dass das Schicksal einen in die Richtung drängt, wo es einen hinhaben will, um eine ganz bestimmte Erfahrung zu machen. Es könnte auch passieren, dass vielleicht ein Dritter mit ins Spiel kommt, damit es zu einem ganz bestimmten Ereignis kommt. Und, dass diese merkwürdigen Ereignisse aufhören, sobald man das erlebt hat, was man erleben sollte. Außerdem erkenne man einen solchen aussagekräftigen *„Zufall"* daran, dass hinterher ein sehr eindrückliches Gefühl zurückbleibt. Hörte sich bis jetzt alles sehr gut an, dachte ich, als ich das Buch las.

Ich schaute auf die Uhr und stellte fest, dass es jetzt schon ziemlich spät geworden war. Wenn ich um fünf in der Stadt sein wollte, musste ich mich beeilen. Zuvor wollte ich noch schnell an den Geldautomaten fahren, weil ich in der Klinik noch ein Buch von Dr. Braun kaufen wollte. Irgendjemand bat mich zu Hause darum, ihm doch eines zu besorgen, wenn ich in die Schweiz fahre. An den Geldautomaten fuhr ich noch, aber für die Klinik war es jetzt schon zu spät. Also fuhr ich an der Abfahrt der Klinik vorbei. Aus dieser Abfahrt schoss plötzlich ein Auto genau vor mir auf die Straße. Im ersten Moment ärgerte ich mich noch, wie denn jemand einfach so dort hinausfahren könnte ohne anzuhalten, um zu schauen. Als der Wagen dann vor mir fuhr, erkannte ich Dr. Braun als den Fahrer des Fahrzeugs. Noch völlig überrascht fuhr ich hinter ihm her, weil ich in dieselbe Richtung musste. Ich hätte ihn gerne gegrüßt, doch er sah mich nicht im Rückspiegel. Er konnte auch nicht damit rechnen, dass ich überhaupt in der Nähe bin. Nach ein paar Kilometern kamen wir an eine Ampel, dort musste ich links abbiegen, um zu meiner Kartenlegerin zu kommen. Der Doc fuhr auf die rechte Spur. Geradeaus ging es auf dieser Strecke nicht mehr weiter. Vor uns fuhren einige Autos an die rotwerdende Ampel heran. Schade, dass ich den Doc jetzt nicht begrüßen kann, dachte ich noch so. Wir würden sicher nicht nebeneinander zum Stehen kommen. Das Auto vor mir fuhr noch ein Stück weiter und weiter. Plötzlich stand ich doch direkt neben Dr. Braun. Haargenau, Polo neben Polo, seiner blau, meiner grün. Mit einem Mal war ich total aufgeregt, weil das alles jetzt so passte. Ich drückte zweimal auf die Hupe, um auf mich aufmerksam zu machen. Der Doc drehte sich zu mir, schaute einen Augenblick ganz nachdenklich drein, dann erkannte er mich und winkte ganz kurz. Sein Lachen wirkte nicht besonders echt, meine ich. Die Ampel wurde grün und teilte damit unseren gemeinsamen Weg. Sie werden es nicht glauben, aber ab dem Zeitpunkt an klappte alles, was ich mir für die Zeit in der Schweiz vorgenommen hatte. Keine Schwierigkeiten mehr, keine verschobenen Termine, keine Streitigkeiten, nichts. Alles sprach dafür, dass es sich bei dieser Geschichte um keinen Zufall handelte. Dieses Erlebnis war für mich so eindrücklich, deshalb wollte ich es hier niederschreiben. Für mich war das kein Zufall. Außerdem hatte dieser erste gemeinsame Weg und dann diese Kreuzung, an der wir getrennt wurden, eine ganz tiefe Bedeutung für mich. Jeder kann sich jetzt dazu seine eigenen Gedanken machen.

Der Termin bei der Kartenlegerin war mal wieder total super, wie immer. Alles, was sie erzählte, stimmte bis auf's Haar, das kannte ich von ihr schon.

Als ich wieder in meiner Kneipe ankam, dachte ich nur noch über den Vorfall des Tages nach. Auch die Nacht muss wohl sehr traumreich gewesen sein. Als ich am Morgen aufwachte, war mir, als hätte sich plötzlich alles verändert. Meine Einstellung zu Dr. Braun war plötzlich eine ganz andere geworden. Ich wusste, was ich die ganze Zeit falsch gemacht hatte. Es war, als wäre mir etwas auf den Kopf gefallen und hätte mir den Kopf gerade gerückt. Ich kann es eigentlich gar nicht beschreiben, man muss so etwas selbst erlebt haben. Alles sah ich viel klarer als vorher, meine Gedanken schienen geordneter. Jetzt wusste ich, ich bin auf dem richtigen Weg und werde mich wieder mit meinem Doc vertragen, egal, wie lange es dauert. Ich werde warten.

Jeder muss seinen eigenen Weg gehen, das war mir jetzt so klar wie nie zuvor. Wir sind zwar eine Weile einen gemeinsamen Weg gegangen, doch irgendwann muss man sich trennen und jeder muss seinen eigenen Weg gehen. Klar, sagen Sie jetzt, dafür brauchen Sie ein solches Erlebnis nicht. Dazu muss ich aber sagen, dass man manchmal völlig blind ist, wenn es um die eigene Person geht. Ich kann bei anderen Leuten auch immer alles sofort wahrnehmen, nur bei mir selbst nicht. Und das ist bei Ihnen auch nicht anders, glauben Sie mir.

Das Seminar in Schaffhausen begann am Donnerstag und lief dann noch bis zum Samstag. Ich fuhr jeden Tag mit dem Auto von St. Gallen nach Schaffhausen. Für einen Schweizer eine fast unüberwindliche Hürde. Jeden Tag 50 Minuten mit dem Auto. Mein Gott, die würden zusammenbrechen. Die meisten Schweizer wechseln schon den Wohnort, wenn sie täglich 15 Minuten zur Arbeit fahren müssten. So jedenfalls war meine Erfahrung.

Das Seminar war toll und ich lernte wieder viele nette Leute kennen. Unser Dozent sprach auch diesmal wieder im Dialekt, weil er wusste, wie gut ich ihn verstehe. Ich liebe diese Sprache und habe mit dem Verständnis absolut keine Probleme. Beim Sprechen hapert es noch etwas, aber das lerne ich auch noch. Nach zwei, drei Tagen Schweiz fange ich sofort wieder an im Dialekt zu denken. Die Worte kenne ich alle, doch Sprechen ist noch etwas peinlich mitunter. Aber ich versuche es wenigstens.
Nach dem Seminar fuhr ich wieder nach Deutschland zurück. Natürlich nicht, ohne mich vorher von allen zu verabschieden. Und so machte ich meine *„Abreise-Verabschiede-Tour"*, wie immer.

Endlich selbstständig

Jetzt hatten wir schon Herbst 1999 und ich war noch immer arbeitslos. Das Arbeitsamt versuchte mich einige Male zu vermitteln, doch die Jobs, die ich geboten bekam, hätte ich gesundheitlich nicht schaffen können. Irgendwie schaffte ich es immer wieder, mich vor solchen Angeboten, wie Kistenschleppen und Regale aufzufüllen, zu drücken. Was heißt drücken, die Arbeit wäre viel zu schwer für mich gewesen und ich hatte keine Lust dazu, gesundheitlich wieder einen Rückschlag zu erleiden, deren Behandlung mich wieder unheimlich viel Geld gekostet hätte. Und da die Krankenkasse diese Kosten nicht trägt, bleibe ich halt arbeitslos, wenn ich nichts Geeignetes für mich finde.

1996 hatte ich versucht, über das Arbeitsamt eine Umschulung zum

Fotografen zu bekommen. Ich fotografiere für mein Leben gern. Die Stelle hatte ich auch schon, doch leider konnte mir das Amt damals nicht zusichern, überhaupt eine finanzielle Unterstützung vonseiten des Arbeitsamtes zu bekommen, weil man zu dem Zeitpunkt noch nicht wusste, ob genügend Geld im Topf ist für Umschulungen über Reha. Und da ich ein Haus zu bezahlen hatte, konnte ich mich auf dieses Glücksspiel nicht einlassen. Ich sagte die Lehrstelle beim Fotografen ab und blieb arbeitslos. Von wegen Arbeitsamt, ein „Arbeitsblockierungsamt" war das für mich.

Im November bekam ich eine Einladung zu einem angeblichen EDV-Kurs bei einem Verein, der mit dem Arbeitsamt zusammenarbeitet. Dieser Kurs sollte 6 Wochen dauern und die Kenntnisse der richtigen Bewerbung vermitteln. Für mein Empfinden alles rausgeschmissenes Geld. Wenn das Arbeitsamt mich unterstützt hätte, eine vernünftige Umschulung zu machen oder wenn sie meine Heilpraktikerausbildung finanziert hätten, wäre mir mehr geholfen gewesen. Aber nein, ein Kurs, in dem man den ganzen Tag von morgens bis abends Bewerbungen schreibt. Nun gut, ich machte mit. Sonst hatte ich ja auch nicht viel zu tun den lieben langen Tag. Das war jetzt ironisch gemeint. Natürlich hatte ich meine Schule, die ich schaffen wollte, und dafür musste ich viel lernen und hart arbeiten. Es hatte schon viel Kraft gekostet, der Krankenkasse und dem Arbeitsamt zu erklären, dass mir diese Schule wichtig ist. Jetzt stellen Sie sich das mal vor, das Arbeitsamt bestimmt einfach, dass man in der Woche nur eine begrenzte Zeit einer Tätigkeit nachgehen darf, auch wenn sie nicht bezahlt wird. Auch die Krankenkasse ist so eingestellt. Deshalb musste ich in der Heilpraktiker-Schule auch zum Abendkurs gehen, denn ich hatte mich dem Arbeitsmarkt zur Verfügung zu stellen. Die Schule hätte ich ohnehin nicht aufgegeben, auch wenn ich einen Job bekommen hätte, der meinem Gesundheitszustand gerecht wird. Langsam ging mir diese Bürokratie wirklich auf den Sender. Natürlich wollte ich arbeiten, doch leider hatte ich nichts gelernt, bis auf meine abgebrochene Kfz-Mechanikerlehre, und in einer Fabrik zu arbeiten, das hätte ich einfach nicht geschafft. Wo sollte ich also hin, wenn ich keine Umschulung bekomme? Es war alles so verfahren.

So machte ich dann also diesen komischen Kurs mit und hielt auch diese 6 Wochen gut durch. Nach kurzer Zeit stellte sich raus, dass wir alle dort eine dufte Truppe waren. Wir verstanden uns alle sehr gut und verbrachten viel Zeit miteinander. Jeden Morgen gingen wir zusammen zum Kaffeetrinken in ein Brötchengeschäft gegenüber unseres Ausbildungszentrums und blödelten dort herum. In diesen ganzen 6 Wochen schrieb ich an die 80 Bewerbungen. War ja alles kostenlos, weil das Arbeitsamt zahlte. Nach den 6 Wochen Bewerbungstraining sollte sich ein sechswöchiges Betriebspraktikum anschließen, doch leider fand ich mit meinen Bewerbungen nichts, außer einer Stelle bei einem Institut für Jugendarbeit. Immerhin etwas.

In der letzten Zeit hatte ich wieder vermehrt Kontakt mit diesem Mann aus Österreich, der diese medizinischen Geräte vertreibt. Er schien mich wohl zu mögen, denn er rief ständig an. Mitunter ging er mir sogar schon etwas auf die Nerven, muss ich sagen. Nun ja, ich war im Moment ein wenig gereizt, weil ich noch immer keine Arbeit gefunden hatte. So langsam ging mir jetzt wirklich das Geld aus. Wenn man es ganz genau nahm, hatte ich eigentlich schon lange nichts mehr. Unsere gesamten Reserven waren aufgebraucht und mussten dringend aufgefüllt werden. Den ersten Teil meiner Heilpraktikerausbildung hatte ich jetzt hinter mir und fühlte mich schon ein wenig qualifiziert, auch medizinische Geräte verkaufen zu können. Die meisten Außendienstmitarbeiter, so erfuhr ich von dem Österreicher, hatten gar keine medizinische Vorbildung.

Irgendwie kam es jedenfalls mal in einem unserer Gespräche dazu, dass wir uns über meinen beruflichen Werdegang unterhielten. So klagte ich ihm dann mein Leid, was meine Arbeitssuche betraf. *„Mensch“*, sagte er, *„fang doch für meine Firma an zu arbeiten. Und dann für den Norddeutschen Raum. Ich wollte sowieso in Deutschland etwas aufziehen und im Januar stelle ich gerade 20 Leute ein“*. Das hörte sich wirklich gut an. Ich als Außendienstmitarbeiterin in einer Linzer Vertriebsfirma. Der Gedanke gefiel mir sofort und ich fragte nach dem Haken. Es gäbe keinen, wurde mir erzählt. Ich würde jeden Monat ein Fixum von 13.000 öS bekommen – das sind nicht ganz

2.000,– DM – und wenn ich gut bin, auch einen Firmenwagen dazu. Es würde aber schon die erste Vertriebsschulung im Januar 2000 beginnen. Dazu müsste ich für eine Woche nach Österreich kommen. Super, dachte ich, jetzt geht es mit mir steil bergauf.

Im Januar 2000 machte ich mich dann also nach Österreich auf, weil dieses Praktikum bei diesem *„Verein"* für Jugendarbeit ein großer Reinfall war. Beim Arbeitsamt hatte ich dringenden Urlaub eingereicht und auch bekommen, weil ich auf dem Amt erzählte, dass ich mit einem Arbeitsvertrag wiederkommen würde. Hätte nicht gedacht, dass das so reibungslos vonstatten gehen würde. Sonst wurden mir immer Schwierigkeiten gemacht oder ich bekam dumme Bemerkungen zu hören. Mein Zubrot des Arbeitsamtes belief sich zu der Zeit auf nur noch ca. 200,– DM. Dafür musste ich mich jetzt da zum Narren machen und mich für jeden Tag abmelden, den ich nicht zu Hause verbrachte. Gepasst hat es mir nicht. Die paar Mark hätten sie auch behalten können, denn wer kann schon von 200,– DM leben?

In Linz angekommen, wurde ich von meinem zukünftigen Chef vom Bahnhof abgeholt. Er führte mich noch schnell zum Essen aus, um mit mir die nächsten Tage zu besprechen, und dann brachte er mich in eine Pension außerhalb der Stadt. Am nächsten Tag, es war ein Sonntag, fuhr er mit mir noch durch Linz, um mir die Sehenswürdigkeiten zu zeigen. Danach war ich in meiner Pension wieder ganz allein. Mir ging es nicht so gut, so ganz allein und dann auch noch in einem fremden Land. Und ganz nebenbei gesagt – die Österreicher unter Ihnen mögen mir verzeihen – mag ich Österreich nicht besonders.

Als dann der Montagmorgen kam, war ich sehr erleichtert. Endlich würde ich wieder auf Menschen stoßen, mit denen ich mich unterhalten kann. Zwar bin ich sonst gerne allein, doch wenn ich mich nicht wohl fühle, habe ich lieber Gesellschaft. Ich wurde von einem zukünftigen Kollegen mit dem Auto abgeholt und wir fuhren Richtung Attersee.

Das Seminarhotel war sehr schön. Zwar sah ich von der Landschaft nicht viel während meines Aufenthaltes und doch gefiel mir das bisschen was ich sah. Es lag hoch Schnee zu dieser Zeit und der Himmel war klar und blau. Wenn bei uns in Norddeutschland Schnee liegt, dann ist es meistens feucht-kalt und unangenehm. So genoss ich in Österreich diese herrliche Luft, die mir wesentlich erträglicher schien als die unsere.

Die anderen Seminarteilnehmer – es müssen so um die 15 gewesen sein – kamen alle aus Österreich und sollten auch alle demnächst für diese Vertriebsfirma arbeiten. Für so einen kleinen Betrieb waren das eine Menge Leute und ich wunderte mich, wie eine Firma diese Ausgaben verkraften könnte. Wenn jeder ein Fixum von 13.000 Schilling bekommt und dann auch noch einen Firmenwagen... Junge, Junge, da kommt ganz schön was zusammen jeden Monat. Das muss erst mal wieder reinkommen. Aber das sollte nicht mein Problem sein. Die Geschäftsleitung würde schon wissen was sie tut.

Am ersten Seminartag ging es nur um optimale Zeiteinteilung. Wir bekamen von einer Firma einen superteuren Kalender, mit dem wir lernen sollten umzugehen. Darauf will ich gar nicht näher eingehen, denn dieses Seminar hielt ich für absolut nicht notwendig. Wie man seine Zeit am besten einteilt, sollte jeder selbst entscheiden. Die richtig interessanten Tage kamen erst noch. Es ging von Dienstag bis Freitag nur noch um Softlaser. Was ist ein Laser? Wie setzt man ihn ein? Welche Sicherheitsvorkehrungen müssen getroffen werden? Das waren alles Inhalte dieses Seminars. Dieses endete dann am Freitag mit einem Test, bei dem man dann einen Laser-Sicherheitsbeauftragtenschein erlangen konnte. Natürlich schaffte ich diesen Test und war nun stolzer Besitzer dieses Scheins.

Der Samstag war nur noch für die Ausbildung auf Magnetfeldgeräte und dauerte nicht so lange. Dabei fand ich dieses Thema wesentlich schwerer zu verstehen als das mit den Lasern. Nun denn, viel hatte ich nicht verstanden und soweit ich weiß bin ich durch diesen Test diesmal durchgefallen. Magnetfeld war wirklich nicht mein Ding.

Die Zeit in Österreich war so schnell vorbei, und ehe ich mich versah war ich schon wieder auf dem Rückweg. Mit meinem neuen Arbeitsvertrag und völlig zufrieden mit mir und der Welt kam ich wieder zu Hause an. Mit dem Vertrieb der Geräte legte ich sofort los, doch leider längere Zeit ohne Erfolg. Das war aber nicht meine Schuld, denn die Zusammenarbeit mit meiner Firma und mir klappte nicht besonders gut. Fast ohne vernünftiges Arbeitsmaterial und keinem einzigen Flyer schickte man mich auf Tour. Das konnte gar nicht gut gehen. Wie sollte ich denn meinen Kunden ein Gerät vorstellen, von dem ich nicht einmal einen Prospekt besaß? Es kristallisierte sich mit der Zeit heraus, dass es der Firma wohl geldmäßig ziemlich schlecht gehen musste und daher kein Infomaterial herüber kam. Der erste Monat verging und die ersten Mitarbeiter aus Österreich riefen mich an, weil sie kein Geld bekommen hatten. Das Fixum war also schon im ersten Monat nicht gekommen. Wie sollte das weitergehen? Weil ich wusste, dass ich sowieso keinen Schilling zu sehen bekomme, fuhr ich mit meiner Arbeit nur noch auf halbe Kraft. So gegen Februar 2000 arbeitete ich dann gar nicht mehr für diese Firma und schied dort aus. Mit unseren Lieferanten machte ich jetzt meine eigenen Geschäfte und meldete mein eigenes Gewerbe an. Falls es Sie interessiert, mein ausständiges Geld, samt Fahrtkosten, habe ich dann später noch bekommen. Aber nur mit Hilfe eines Rechtsanwaltes. Tja, so bin ich dazu gekommen mich selbstständig zu machen. Eigentlich bin ich da einfach nur so reingerutscht, wenn man es genau nimmt. Aber es machte mir Spaß und ich blieb dabei.

Der Rückfall

Im März 2000 kam ich in der Heilpraktiker-Schule in den Aufbaukurs und hatte von da an immer mittwochs und freitags Schule. Ab jetzt wurde es richtig ernst. Ich muss sagen, die ersten Wochen im Aufbaukurs kamen mir vor, als wäre ich auf einem fremden Planeten gelandet. Irgendwie hatte ich das Gefühl, ich verstehe gar nichts mehr von dem, was besprochen wird. Ich saß in den Vorlesungen und verstand wirklich nur Bahnhof. Manchmal war es ganz schön entmutigend, doch ich hielt durch und erinnerte mich an die Worte unseres Schulleiters, der am ersten Tag zu uns meinte: *„Wenn ihr denkt, dass ihr nichts verstanden habt, dann ist immer noch genügend hängen geblieben“*. So war es dann auch. Mit der Zeit lernte ich viel besser und verstand auch mehr von der Materie. Ich konnte schon richtig gut mitreden, wenn unsere Cracks sich in der Pause unterhielten. Der Zusammenhalt untereinander war wirklich sehr gut. Viele kamen aus medizinischen Berufen oder hatten andere therapeutische Vorkenntnisse, von denen jeder profitieren konnte.

Bei uns in der Schule gab es die Möglichkeit einen Vortrag über eine bestimmte Therapieform zu halten, wenn man diese Kenntnisse außerhalb der Schule erlangt hatte. So sollte dann auch das freie Sprechen für die mündliche Überprüfung geübt werden. Obwohl ich noch ziemlich unsicher in der Medizin war, hatte ich aber dennoch schon eine Ausbildung in der Schweiz gemacht, die hier niemand kannte. So hielt ich an einem Freitag mal einen Vortrag über den *„Wirbelsäulen-Basis-Ausgleich“*. Ich war erstaunt wie gut ich das hinbekam. Meine Mitschüler waren ganz angetan von meinen Darstellungen. Als ich das bemerkte, fiel es mir noch leichter zu sprechen. Über eine Stunde hatte dieser Vortrag gedauert. Als sich dann am Ende alle dafür bei mir bedankten, war ich mächtig stolz auf meine Leistung. Das wollte ich noch einmal wieder tun, dachte ich so bei mir. Viel Gelegenheit bekam ich dazu nicht mehr. Leider ging mir dann auch der Stoff aus, weil ich so viel ja noch nicht gelernt hatte. An einem Tag, weiß ich noch, wir hatten das Thema Nervensystem, hielt ich einen Kurzvortrag über die toxische Polyneuropathie. Also, wenn man es genau nimmt, habe ich über meine Erkrankung geredet. Wie es dazu kommt, wie Gifte im Körper wirken usw. Mir passte es einfach nicht, dass im Unterricht immer nur die diabetische Polyneuropathie angesprochen wurde, denn es gab auch noch andere Formen. Noch Monate später wurde ich auf diese Gifte angesprochen, die so schwere Symptome hervorrufen können. Meine Ausführungen hatten weite Kreise gezogen, bemerkte ich. Ich schien also auf starkes Interesse gestoßen zu sein. Genau das hatte ich mit dieser Aktion bezweckt. Das Wachrütteln ist mir wichtig. Darum schrieb ich auch dieses Buch. Ich möchte so viele Leute wie möglich auf die Umweltproblematik aufmerksam machen. Vor allem Ärzte und Heilpraktiker möchte ich auf diesem Wege erreichen. Aus eigener Erfahrung weiß ich nämlich, wie es ist, wenn man von einem Therapeuten zum nächsten jagt und auf Hilfe hofft, sich jedoch niemand mit der Materie auskennt. So wollte ich meine Mitschüler auf alle diese Eventualitäten vorbereiten. Auf jeden Fall hatten sie jetzt schon einmal davon gehört und würden an mich denken, wenn ihnen mal ein ähnlicher Fall in der Praxis begegnet.

In der Zeit des Aufbaukurses wurde ich wieder vermehrt krank. Erst nur Kleinigkeiten, wie starke Erkältungen, die einfach nicht in den Griff zu bekommen waren, später dann wieder Probleme mit meinen Beinen, die mich sehr belasteten. Jedes Mal, wenn es mich wieder erwischt, habe ich eine unendliche Angst. Dann achte ich auf jede Missempfindung, jeden Schmerz und habe den Kopf nicht mehr frei für andere Dinge, so wie die Schule. Ich merkte, wie es langsam mit mir bergab ging. Diesmal wusste ich aber, woher mein erneuter Rückfall kam und auch die anderen zuvor. Es kristallisierte sich heraus, dass ich nach jeder Antibiotika-Therapie in ein tiefes Loch fiel, aus dem ich dann selbst nicht wieder herauskam. Mein Immunsystem schien dadurch so schwach zu werden, dass dann meine gesamte Immunabwehr zum Erliegen kam. Vielleicht fehlte mir dadurch dann auch die Fähigkeit zu entgiften. Genau weiß ich es nicht. Es soll auch etwas mit einem Weisheitszahn zu tun haben, der ganz schief in meinem Kiefer sitzt und eigentlich herausoperiert werden sollte. Vielleicht begünstigte auch das diese ständigen Rückfälle. Dr. D. wies mich mehrfach darauf hin, dass dieser Zahn entfernt werden müsste. Leider habe ich so große Angst davor, dass ich diesen Eingriff schon seit Jahren vor mir herschiebe.

Das ganze Frühjahr über kämpfte ich jetzt schon mit ständigen Erkältungen. Mein Hausarzt bekam diese Infekte ebenso wenig in den Griff wie ich. In der Schule hatte ich schon einiges über die Behandlung bei Erkältungen mitbekommen und versuchte alles erdenkliche, um wieder auf die Beine zu kommen. Doch meine Erkältungen hielten sich hartnäckig über mehrere Wochen. Langsam war ich schon so müde und schlapp vom Husten, dass ich einfach nur die Krankheit loswerden wollte. So kam es dann, dass ich wieder Antibiotika bekam. Der Husten und Schnupfen ging weg, doch es blieb diese unendliche Müdigkeit und dieses zittrige Gefühl, wenn ich auf den Beinen war. So als wäre die Erkältung nur oberflächlich weg. Einigermaßen ließ sich aber damit leben. Meine Beine machten mir jetzt hin und wieder mehr Beschwerden als sonst und auch meine Durchfälle kehrten zurück. Ich schien Pilze im Darm zu haben, wohl durch die Antibiotika-Therapie. Meine Zunge war dick weiß belegt. Aber so im Großen und Ganzen muss ich sagen, ging es mir schon mal schlechter. Man lernt irgendwann, sich mit den meisten Beschwerden zu arrangieren. So schlimm wie damals, als ich im Rollstuhl saß, ging es mir eigentlich nie wieder. Oder sagen wir so, die Beschwerden waren anders. Ist wirklich schlecht zu beschreiben. Die körperliche Symptomatik wird in solchen Schüben auch noch immer dadurch verstärkt, dass man eine schreckliche Angst bekommt, die immer so anfallweise von unten hoch kriecht und dann wieder verschwindet. Jemand, der eine Vergiftung hat – egal ob durch Amalgam oder andere Substanzen –, der kennt diese Symptome nur zu gut. Die Angst ist ebenso typisch für diese Erkrankungen wie auch diese Herzrhythmusstörungen, die dann vermehrt auftreten. Der gesamte Körper scheint nicht mehr reguliert werden zu können. Es tritt Bluthochdruck und Blutniederdruck im Wechsel auf, weil die Nerven Gefäße weit oder eng stellen, ganz unabhängig von Situation und Bedarf des Körpers. Mein Ruhepuls von mitunter bis 120 Schläge die Minute gehörte bei mir schon zum Standart. Und wenn Sie mal überlegen, was durch die Nerven alles gesteuert wird – nämlich alles –, dann können Sie sich ungefähr vorstellen, was bei mir alles aus dem Lot war.

Trotzdem schleppte ich mich weiter durch die Schulzeit, denn das war mein einziger Grund nicht aufzugeben. Ich wollte Heilpraktikerin werden und dann anderen Menschen helfen können, denen es ebenso schlecht geht wie mir und die keinen geeigneten Therapeuten finden, der ihnen wenigstens mal zuhört. Leider werden „Umweltkranke“ oft in die Psychoschublade gesteckt und siechen dann ganz qualvoll vor sich hin. Viele Menschen wissen noch nicht einmal, dass sie auch zu uns *„Vergifteten"* gehören, weil sie einfach keine Ahnung haben und die Schulmedizin ihnen weismachen will, dass es sich bei ihren Beschwerden nur um *psychosomatische Überlagerungen* handelt, wie die Ärzte es immer so schön ausdrücken.

Es wurde Sommer 2000. Die schädliche Antibiotika-Therapie war schon lange Zeit vergessen, da begannen die ersten bedrohlichen Anzeichen für einen extremen Rückfall. Bisher hatte ich mich noch mit einigen homöopathischen Mittelchen über Wasser halten können, doch eines schönen Tages im Sommer sollte meine erneute Odyssee beginnen. Ich war gerade mit dem Auto unterwegs und wollte noch kurz in die Bank, um etwas zu erledigen. Schon als ich aus dem Auto ausstieg, bemerkte ich einen reißenden Schmerz im linken zweiten Zeh. Dabei dachte ich mir noch gar nichts, denn etwas Nervenschmerzen hatte ich ja öfters. Vor allem, wenn das Wetter wechselte. Auf den ersten Stufen zum Eingang der Bank passierte es dann. Ein irrsinniger Schmerz durchfuhr mein linkes Bein und brachte mich zum Zusammensacken. Mir wurde richtig übel vor Schmerzen, und mein Blutdruck schien merklich in den Keller zu rasen. So schleppte ich mich dann noch bis in den Kassenraum der Bank, wo sofort der Leiter herbeieilte und mich stützend in sein Büro führte. Dort angekommen zog ich mir erst einmal den Schuh und den Socken aus, weil sich der Fuß ganz merkwürdig anfühlte. Als ich ihn betrachtete, stellte ich fest, dass die Zehen ganz weit auseinander standen. Obendrein hatte ich absolut kein Gefühl mehr in den Zehen. Es überkam mich eine wahnsinnige Angst, ich könnte wieder in den Rollstuhl kommen. Es war mir irgendwie klar, dass sich mein gesundheitlicher Zustand in den letzten Monaten ständig verschlechtert hatte, aber so starke Schmerzen hatte ich schon lange nicht mehr. Jetzt schien die ganze Sache zu eskalieren. Schon vor Monaten begann eigentlich alles mit meiner Infektanfälligkeit und meinen Herzrhythmusstörungen, die ich aber damals noch nicht so ernst nahm. Ich hatte ständig irgendwas und damit konnte ich so ganz gut leben. Und nun das.

Der Leiter der Bank schickte einen Lehrling los, um mich zum Arzt zu bringen. Ich wusste, ein normaler Arzt würde mir sicherlich nicht helfen können, nahm den Vorschlag aber dennoch an. Der Lehrling fuhr mich dann zu einem Durchgangsarzt für Unfälle. Dort wurde sofort mein Fuß geröntgt. Auf dem Bild war natürlich nichts zu sehen, wie ich mir gedacht hatte. Aber was soll's, ich konnte von diesem Arzt nicht verlangen, dass er meine Geschichte kennt. Einen kleinen Teil erzählte ich ihm, und zu meinem Erstaunen meinte er zu mir, dass es sehr gut möglich wäre, dass es sich wieder um Symptome meiner Vergiftung handelt. Gebrochen sei jedenfalls nichts. Wie sollte es auch? Der Lehrling brachte mich wieder nach Hause, und nach ein paar Tagen waren diese Beschwerden wieder vergessen. Damals ahnte ich noch nicht, was in der nächsten Zeit für ein Horrorszenario auf mich zukommen würde.

Es war wieder ein sehr schöner Tag im August 2000. Strahlend blauer Himmel und richtig schön zum Draußensitzen. Meine Nachbarin hatte mich zum Kaffee eingeladen. Mir ging es richtig gut, und meine Laune hatte sich in der letzten Zeit sehr verbessert. Ich trank zwei Tassen Kaffee und danach noch zwei große Gläser Wein. Also ich muss sagen, nach dem ersten Glas war ich schon ziemlich stark angetrunken. Eigentlich hätte ich diese Vorboten erkennen müssen. Diese Alkoholunverträglichkeit zog sich durch meine gesamte Krankengeschichte. Na jedenfalls hatte ich eine super Stimmung. Als das Kaffeekränzchen beendet war, hatte ich noch so eine große Lust irgendwo hinzugehen, dass ich beschloss, mit meinem Mann noch zu einem Flohmarkt ins Nachbardorf zu gehen. Dort trank ich noch ein Glas Wein, und plötzlich bemerkte ich, wie ich ganz unruhig wurde. Plötzlich konnte ich mich nicht mehr recht auf den Beinen halten, und mein Kreislauf schien bedrohlich in den Keller zu fallen. Und dann war mein gesamter Körper nervös und kribbelig. Mir ging es einfach nur noch schlecht und ich wollte heim. Diese Angst kroch schon wieder an mir hoch und runter. Mein Gott, dachte ich, was ist das nur wieder?

Zu Hause angekommen, ging es dann richtig los. Mein ganzer Körper war steif und kribbelig. Meine Beine wurden schwer wie Blei und gehorchten meinen Befehlen nicht mehr. Es fühlte sich an, als würde ich von Kopf bis Fuß gelähmt werden. Missempfindungen am ganzen

Körper. Ich wurde schier wahnsinnig. So lief ich dann durch die Wohnung immer hin und her, weil ich es im Sitzen gar nicht aushielt. Das Laufen fiel mir aber ebenso schwer. Meine Gedanken überschlugen sich. Wen soll ich nur anrufen? Ein normaler Arzt wird mir nicht helfen können. So rief ich bei meinem österreichischen Arzt an, der zwar weit weg ist, aber mir vielleicht einen Tipp geben kann. Es war Sonntag und ich rechnete eigentlich nicht damit, dass jemand abnehmen würde, außer ein Anrufbeantworter vielleicht. Doch plötzlich hörte ich eine weibliche Stimme am anderen Ende der Leitung. Ich schien eine private Leitung zu haben. Die Lebensgefährtin meines Arztes. Sie schrie mich an, was mir einfallen würde, an einem Sonntag bei ihnen anzurufen. Der Doktor würde mich sowieso nicht mehr kennen, weil ich zuletzt 1999 bei ihm gewesen wäre... Ich stand am Telefon und hörte mir diese gemeinen Beschimpfungen an. Dann fing ich an zu weinen und legte auf. Was sollte ich jetzt tun? Niemand konnte mir helfen. Dieses Wissen, niemanden zu haben, der einem im Notfall helfen kann, ist unerträglich und macht die ganze Krankheit noch problematischer. Aus lauter Verzweiflung rief mein Mann bei Dr. Braun an, obwohl ich nicht mehr seine Patientin bin. Da war nur der Anrufbeantworter dran. Tja, da rannte ich nun in der Wohnung herum und versuchte meine Nerven zu beruhigen. Es bringt nämlich nichts, wenn man sich zusätzlich, zur ohnehin schon vorhandenen Nervenreizung, noch aufregt. Dadurch verschlimmern sich die Symptome nochmals um ein Vielfaches. Ständig sagte ich mir, es wird nicht wieder so schlimm wie damals. Das war jetzt nur der Alkohol und der Kaffee, die mich in diesen extrem starken Rückfall führten. Mein *„Fass war mal wieder übergelaufen"*, das wusste ich. Im Laufe der Zeit sammeln sich bei mir immer die Schadstoffe an und werden nicht ausgeschieden, wenn ich keine Mittel nehme, die meine Ausscheidungsfunktion unterstützen. Wenn man erst einmal so angeschlagen ist wie ich, dann verliert man die natürliche Entgiftungsfunktion und reagiert dann auf kleinste Mengen eines Schadstoffes. In den letzten Monaten hatte ich meine Entgiftungstherapien wirklich etwas vernachlässigt und fühlte mich jetzt natürlich auch schuldig, meine derzeitige Situation selbst verschuldet zu haben. Da ist mit Sicherheit was dran.

Mein Mann versuchte noch an dem Abend einen *„normalen"* Arzt aus der Stadt anzurufen, der Notdienst hatte. Dieser verschrieb mir dann Beruhigungsmittel, das muss man sich mal vorstellen. Auf meine ganzen Beschwerden auch noch Chemie draufzugeben. Na ja, der arme Mann wusste es halt nicht besser. So kann ich es ihm nicht mal übel nehmen. Die Beruhigungsmittel habe ich natürlich nicht genommen, sondern mutig meine Beschwerden ausgehalten, in der Hoffnung, mir würde es bald wieder besser gehen.
So trank ich nun den ganzen Abend über eine große Menge levitiertes Wasser, um die Ausscheidung voranzutreiben. Zwischendurch legte ich mich auf ein Magnetfeldgerät von mir, um meine Nerven zu beruhigen. Das Magnetfeld und Bachblüten-Notfalltropfen hatten mir so weit helfen können, dass ich dann endlich schlafen konnte. Mein Mann musste noch so lange bei mir am Bett sitzen bleiben, bis ich eingeschlafen war. Dieser Rückfall hatte diesmal ganz besondere Erscheinungen, die ich von früheren Rückfällen her nicht kannte. Es entwickelte sich vom ersten Tage an eine Art Weinerlichkeit und das Bedürfnis, ständig jemanden um sich haben zu müssen, der mit mir spricht. Ich brauchte Ablenkung und viel Zuspruch in den nächsten Wochen.
Jeden Tag lag ich ab jetzt nur noch im Bett. Es schien mir unmöglich auf den Beinen zu sein, und ganz nebenbei hatte ich wieder diese diffuse Angst, die mich beherrschte. Ich durchwühlte meine Pillenschublade, die mit den Jahren schon beträchtliche Ausmaße angenommen hatte, und suchte mir die Mittel heraus, die mir zur Behandlung meiner jetzigen Beschwerden am geeignetsten erschienen. Alles ganz natürliche Mittel, homöopathische Zubereitungen, Algen, Bärlauch, Koriander und eine Menge Vitamine. Jeden Tag schmiss ich mir einen ganzen Haufen davon ein und wartete auf Linderung. Was sollte ich auch anderes tun. Mittlerweile hatte ich nun gar keinen Arzt mehr. Weder in Österreich noch in der Schweiz, geschweige denn in Deutschland. Da gab es nur meinen Hausarzt, der mit meinen Beschwerden aber auch noch niemals richtig umgehen konnte. In den nächsten Wochen besuchte ich noch einige Heilpraktiker, die aber auch nicht erfolgreich waren. Mitunter waren es auch die stümperhaften, unbeholfenen Therapieansätze, die mich wieder weglaufen ließen.

Nach den langen Jahren meiner Erkrankung wusste ich am besten, was für mich gut ist und ob eine Therapie greifen wird oder nicht. Die meisten Ärzte und Heilpraktiker sind mit einem solchen Beschwerdebild, wie ich es hatte, total überfordert. Es sind einfach so viele gesundheitliche Probleme da, dass man gar nicht weiß, wo man anfangen muss. Ich verstehe das schon. Und genau aus diesem Grunde wollte ich unbedingt Heilpraktikerin werden. Es muss doch wenigstens ein paar Therapeuten geben, die diesen Erkrankungen gewachsen sind. Es gibt auch welche, man muss sie nur finden und auch bezahlen können. Einige gute Ärzte wohnen so weit weg, dass man den weiten Weg als kranker Mensch gar nicht auf sich nehmen kann. Ich habe wirklich jede Strapaze auf mich genommen, um wieder gesund zu werden. Kein Weg war mir zu weit und kein Medikament zu teuer. Obwohl ich es nicht besonders dicke habe, war mir meine Gesundheit aber so wichtig, dass alle anderen Bedürfnisse zurückstehen mussten, sprich Kleidung oder Musik-CDs.

Bei meinem jetzigen Rückfall spielten Bücher eine sehr große Rolle. Sie halfen mir über die schwierige Zeit hinweg. Natürlich handelte es sich bei der Literatur um esoterische Bücher oder Literatur zur Selbsthilfe. Im Internet bestellte ich mir Raider-Tarot-Karten, um einen kleinen Einblick in meine innere Welt zu wagen. Ich wusste, irgendetwas zwingt mich zur Zeit inne zu halten und in mich zu gehen, damit ich mein Leben neu ordne. Einige Dinge in meinem Leben störten mich gewaltig, aber ich hatte nicht recht Ahnung, worum es sich genau handelt. Aus diesem Grund legte ich mir fast jeden Tag die Karten und stellte Fragen zu meiner Situation. Es ging mir bei der Legung gar nicht um die Vorhersage meiner Zukunft, sondern einzig allein um ein paar kleine Wegweiser. Ein kleiner Wink, der mich auf den richtigen Weg zurück bringen sollte. So lag ich nun viel im Bett und dachte nach. Über mein Leben, meine Arbeit, meinen Sinn in diesem Leben, einfach alles. Sie werden es nicht glauben, aber mithilfe meiner naturheilkundlichen Ausleitung und dem In-sich-gehen hatte ich das Gröbste in ein paar Wochen geschafft. Mir wurde irgendwann klar, woher ich komme und wo ich hin will. Als dieser Knoten geplatzt war, krabbelte ich aus dem Bett und hatte wieder neuen Mut geschöpft. Mittlerweile brauchte ich auch keinen Zuspruch mehr und niemanden, der an meinem Bett sitzt. Ich wollte mein Leben wieder selbst in die Hand nehmen. Die Schule hatte ich in den letzten Wochen wegen meiner Krankheit völlig vernachlässigt und das durfte nicht sein. Ich zwang mich zum Lernen und ging auch wieder nach Bremen in die Schule. Die 80 Minuten Autofahrt waren manchmal die Hölle und auch das Sitzen auf den harten Stühlen im Klassenzimmer verbesserten meine Beschwerden nicht gerade, aber dennoch hielt ich durch, weil ich ein Ziel vor Augen hatte.

Auch wenn ich wieder unter Leuten war und es mir etwas besser ging, hatte ich trotzdem sehr starke gesundheitliche Einschränkungen. Dieses zittrige Gefühl in den Beinen ließ einfach nicht nach, und meine Erschöpfung machte mir das Lernen fast unmöglich. Auch die Missempfindungen in den unteren Extremitäten und die Nervenschmerzen waren noch da. Ich kann es wirklich kaum erklären, wie man sich fühlt. Alles macht keinen Spaß mehr, und die kleinste Anstrengung wird zur Qual. Und dann immer dieses Wissen, keinen Therapeuten zu haben, der mich unterstützt. Dieses Auf-sich-allein-gestellt-sein ist das, was mich richtig krank machte. Nun hatte ich in der Schule schon so viel gelernt und hatte doch keine Möglichkeit mir selbst zu helfen. Es braucht immer einen Fremden, der die Situation beurteilt, denn Selbsteinschätzung hilft da wenig. Man macht sich da schnell etwas vor, weil man bestimmte Eigenarten und Veränderungen an sich gar nicht bemerkt. Ein Außenstehender kann alles viel besser beurteilen und dann die richtigen Maßnahmen ergreifen.

Dr. Tischhauser

Irgendwas musste jetzt bald mal geschehen. Es sind schon Monate vergangen seit meinem letzten Rückfall. Wir haben jetzt schon April 2001 und es hat sich an meinem Gesundheitszustand noch nicht viel verändert. Es geht zwar voran, aber nur schleppend. Natürlich ging ich noch immer meiner Arbeit als Selbstständige im Medizingerätevertrieb nach und besuchte auch weiterhin die Schule, außerdem arbeitete ich seit einigen Monaten auch noch stundenweise bei McDonald's, um mir ein wenig was dazu zu verdienen, bis mein eigenes Geschäft richtig läuft, doch so richtig glücklich war ich mit meiner Gesundheit noch nicht. Mir fehlte noch der letzte Schliff, wie ich immer so sage. Manchmal war die Arbeit eine unendliche Quälerei. Es musste etwas geschehen, aber was?

Seit Anfang 2001 verstand ich mich mit Dr. Braun, meinem ehemaligen Arzt, wieder sehr gut und wir hatten auch wieder regen, diesmal geschäftlichen Kontakt. Zwar wird er nie wieder mein Arzt sein können, aber dennoch genoss ich es, jetzt mit ihm zusammenzuarbeiten. Das war mal etwas ganz anderes. Dr. Braun hat einiges an Literatur veröffentlicht, und weil ich im Vertrieb tätig bin, biete ich seine Schriften mit an bei meiner Kundschaft, die zur Hauptsache aus Therapeuten und Patienten besteht. Wenn ich mal Fragen habe, die beruflicher Natur sind, kann ich mich wieder an meinen *„alten"* Doc wenden. Es ist schön, jemanden wie ihn als Berater an meiner Seite zu wissen. So kam es dann, dass ich Herrn Braun kurz und knapp schilderte, wie es um meine Gesundheit bestellt war und ich jetzt einen fähigen Arzt suchte. Er verwies mich an einen Kollegen aus seiner Klinik, der sich auf Schwermetallvergiftungen spezialisiert hatte.

Jetzt stutzen Sie sicher. *„Wieso Schwermetallvergiftung? Ich dachte, es geht um Pestizide?"* Da liegen Sie auch völlig richtig, denn so fing meine Geschichte auch an. Sie erinnern sich noch an die DMPS-Spritze, die ich bei meinem ersten Klinikaufenthalt in der Schweiz bekam? Dabei wurde so viel Schwermetall gelöst und von mir hinterher wohl nicht genügend ausgeleitet, dass es zu Verschiebungen ins Gehirn kam. Dadurch bekam ich damals dann diese schwere psychische Symptomatik, die mich in die Psychotherapie trieb und beinahe auch in den Selbstmord. Nach einer gezielten Schwermetallausleitung bei Dr. D. in Österreich – Sie erinnern sich – verschwanden diese Symptome dann ja nach 6 Wochen auf Nimmerwiedersehen.

Jeder Mensch hat heute Unmengen an giftigen Schwermetallen in seinem Körper. Der eine mehr und der andere weniger, je nach Beruf,

Hobbys, Lebensstil und anderen Faktoren. Der damalige Einsatz von Pestiziden hatte meinen Körper in seiner Entgiftungsfunktion arg eingeschränkt und so brauche ich jetzt viel länger, um *„ganz normale"* Gifte auszuscheiden. Daher kommt z. B. auch meine Alkoholunverträglichkeit. Oder wenn ich mal zum Augenarzt muss und ich dort Augentropfen zur Erweiterung der Pupillen bekomme – jeder hat das sicherlich schon einmal erlebt – muss ich hinterher drei Tage mit einer Sonnenbrille herumlaufen, weil dieses Mittel bei mir einfach länger braucht, um abgebaut zu werden. Jetzt können Sie sich sicher vorstellen, was diese Tatsache für mein Leben bedeutet. Ich muss meinem Körper ständig helfen, seine Schlacken und Gifte loszuwerden, damit das Fass nicht wieder überläuft und ich einen Rückfall bekomme. Wenn ich manchmal diese Maßnahmen etwas schleifen lasse und mal eine Zeit lang keine Lust auf Entgiftung habe, oder ich mich einfach mal gehen ließ, weil ich auch mal wieder Kaffee und Alkohol trinken wollte, so wie andere normale Menschen dies auch tun, dann bekam ich nach einigen Monaten die Quittung dafür. Wenn man schon so lange krank ist, hat man auch mal das Bedürfnis nach Normalität. Man will nicht immer anders sein als andere. Vielleicht will man auch mal wieder eine rauchen, wenn man in geselliger Runde sitzt. Das habe ich auch mal gemacht, wenn mir danach war und zu meinen besten Zeiten überraschend gut vertragen. Natürlich muss man vorsichtig sein und das Drumherum muss stimmen, sprich gute Ernährung, viel Vitamine, Mineralstoffe, Bewegung usw. Ich wollte mir auch nicht jeglichen Spaß und Genuss am Leben nehmen. Wobei ich aber sagen muss, dass ich seit meinem letzten Rückfall konsequent auf Alkohol in jeglicher Form verzichte. Es sei denn, es handelt sich um homöopathische Aufbereitungen, die in Tropfenform immer Alkohol enthalten. Diese Mengen machen mir nicht so viel aus. Aber wenn ich z. B. nur einen kleinen Schluck Sekt trinke, bekomme ich Schweißausbrüche, Flecken im Gesicht, die ganz fürchterlich brennen, und mein Blutdruck rast in den Keller. Also mit dem Thema Alkohol bin ich für immer durch. Und wenn Sie sich noch an einige Zeilen am Anfang dieses Buches erinnern, hatte ich in jüngeren Jahren so viel Alkohol zu mir genommen, dass es sowieso bis ans Ende meines Lebens reichen sollte.

Jetzt hatte ich nun von Dr. Braun den Tipp bekommen zu einem anderen Arzt in seiner Klinik zu gehen. Nachdem ich mein Guthaben auf der Bank überprüft hatte, meldete ich mich für einen Klinikaufenthalt in der Schweiz an. Dort, wusste ich, würde man mir helfen können. Es war jetzt mein einziger Lichtblick, denn sogar das Autofahren machte mir noch Beschwerden. In meinem linken Bein verspürte ich noch immer starke Missempfindungen und hatte auch oft Nervenschmerzen. Die Schmerzen sind aber nicht das Schlimmste, sondern dieses komische Gefühl in den Beinen. Sie fühlten sich so kraftlos an. Trotz dieser Missempfindungen entschloss ich mich, mit dem eigenen Wagen in die Schweiz zu fahren. Irgendwie würde ich es schon durchhalten. Außerdem sind es von uns aus nur ca. 850 Kilometer bis zur Klinik. Lange Fahrten stören mich nicht so sehr, denn ich fahre gern Auto, wie Sie ja wissen.

Mein erster Termin in der Klinik sollte Anfang Juli 2001 sein. Es musste jetzt alles ganz schnell gehen, denn am 20. August sollte ich zur schriftlichen Heilpraktikerprüfung nach Husum. Und vor Juli konnte ich nicht, weil mein Intensivkurs in der Schule noch lief, indem wir auf die Prüfung vorbereitet wurden. Bis es soweit ist, wollte ich wieder fit sein, weil ich Angst hatte, dass mich meine gesundheitlichen Probleme von der Prüfung ablenken würden. Daran merken Sie schon, dass ich in der Schweiz eine Gewaltkur vor mir hatte. So schnell und günstig wie möglich auf die Beine kommen, lautete meine Devise.

Mein neuer Doktor hatte schon einen Therapieplan entworfen, sodass es sofort losgehen konnte, wenn ich da bin. Meine Unterkunft war auch schon gesichert. Ich konnte diese 14 Tage bei guten Freunden unterkommen, die zwar etwas weiter entfernt von der Klinik wohnten, aber für mich mit dem Auto immer noch schnell erreichbar war. Deshalb fuhr ich auch mit dem eigenen Wagen. Zunächst mal ist die Zugfahrt von Hamburg nach Zürich rasend teuer, im Gegensatz zum eigenen Auto, und dann muss man noch die Fahrten innerhalb der Schweiz dazurechnen. Mit dem Postauto – so nennen die Schweizer ihre Busse – hätte ich jeden Tag zur Klinik fahren müssen und wäre immer von den Abfahrtszeiten abhängig gewesen. Von den Kosten will ich gar nicht reden. Sie können sich denken, dass die Schweiz nicht besonders günstig ist. Dafür war das Benzin dort immer günstiger als in Deutschland.

Als ich in meiner zweiten Heimat – der Schweiz – ankam, wurde ich herzlich von meinen Freunden begrüßt. Mein Zimmer war schön eingerichtet. Sogar ein ganz neues Bett hatten meine Freunde mir gekauft. Schon am ersten Tag klapperte ich einige andere Freunde ab, um mich anzumelden. Überall war große Freude, denn wir sahen uns sehr wenig. Als erstes besuchte ich natürlich meine Lebensretter, die Höheners. Dort werde ich immer so lieb aufgenommen. Es ist eine außergewöhnliche Familie. Mit allen kann man super reden, und sie sind sehr verständnisvoll.

Montag war mein erster Behandlungstag in der Klinik. Auf meinem Therapieplan stand ein Besuch bei meinem neuen Arzt, dann eine Schröpfmassage und im Anschluss eine Infusion. So setzte ich mich in die Warteecke, nahm ein Buch heraus und fing an zu lesen. Plötzlich hörte ich jemanden die Treppe herunterkommen. Ich wusste, dort oben ist die Praxis von Dr. Braun. Und richtig, der Doktor kam die Treppe herunter und lachte mich gleich an. Es war schön ihn wiederzusehen. Braun gab mir die Hand und wünschte mir viel Erfolg für meine Behandlungen. Ich sagte ihm noch, ich würde nachher zu einer Infusion in den 3. Stock zu ihm kommen. Eine Antwort bekam ich nicht. Wie gut trotzdem das Wissen tat, ihn hier im Hause zu wissen, obwohl ich nichts mit ihm zu tun hatte.

Lange brauchte ich nicht mehr zu warten, bis ich aufgerufen wurde. Ich betrat das Sprechzimmer meines neuen Arztes, der mir sehr gut gefiel. Das Erstgespräch verlief sehr locker und doch ernsthaft. Seine Art die Dinge zu sehen gefiel mir. Er erklärte mir die weitere Vorgehensweise im Laufe der 14 Tage und dann ging ich, um meinen Termin beim Schröpfen nicht zu verpassen. Wenn Sie sich mit diesen Therapien nicht auskennen, sollten Sie sich entsprechende Literatur besorgen. Am Anfang dieses Buches werden Sie meine Adresse finden, unter der Sie mich kontaktieren können. Ich werde Ihnen dann auf Anfrage entsprechende Literaturhinweise geben. Es wäre zu viel des Guten, in diesem Buch alle bei mir angewandten Therapien vollständig erklären zu wollen.

Nach dem Schröpfen ging es dann zu meiner ersten Infusion in den besagten 3. Stock zu Dr. Braun. In dieser basischen Infusion waren u. a. hoch dosiertes Vitamin C, Vitamine des B-Komplexes, etwas für meine Schilddrüse, DMPS (schwermetallbindendes Mittel) und noch einige andere Mittel. Während ich da so auf der Liege lag, hörte ich meinen Ex-Doc Braun immer reden und hin und her laufen. Für eine ganz kurze Zeit hatte ich plötzlich wieder dieses wohlige Gefühl von damals, als Dr. Braun mir in Amelinghausen noch persönlich die Infusionen anschloss. Dieses Gefühl von Sicherheit und Geborgenheit. Ich genoss diesen Augenblick in vollen Zügen, denn es hatte etwas Vertrautes.

Diese Infusionstherapie bekam ich von nun an fast jeden Tag, die ganzen 14 Tage lang. Die ersten beiden Abende waren schrecklich für mich. Meine Beine schienen sehr stark auf die Therapie anzusprechen. Ich lag schon am späten Nachmittag bei meinen Gastfreunden auf dem Sofa, legte meine Beine hoch und hielt sie ganz still, damit ich diese Missempfindungen nicht so arg spürte, die sich jetzt stark verschlimmert hatten. Ich konnte diese Verschlechterung eindeutig mit den Infusionen in Zusammenhang bringen. Für mich war es eine gute Reaktion, denn ich wusste, es tat sich was. Das wollte ich ja so. Diese Beschwerden hielten aber wirklich nur 2 Tage an. Es handelte sich offensichtlich um Vergiftungserscheinungen, die auftreten, sobald eine Ausleitung beginnt. Das hat damit zu tun, dass die Gifte im Körper mobilisiert werden und erneut Beschwerden machen, so als ob man sich erneut vergiftet hätte. Sobald sie ausgeleitet sind – oder im schlechteren Fall, sich wieder absetzen – sind die Symptome wieder weg.

Zwei sehr schlechte Abende mit Missempfindungen und Angstzuständen und danach war alles wie weggeblasen. Meine Gesichtsfarbe hatte sich innerhalb kürzester Zeit auch verbessert. War ich vor der Therapie noch totenblass mit schwarzen Ringen unter den Augen, sah ich jetzt aus wie das blühende Leben. Meine Stimmung stieg und ich bekam Lust auf's Wandern. Mit meinen Freunden, den Höheners, machte ich einen langen Marsch durch die Berge. Immer rauf und runter, ohne Probleme. Natürlich bin ich nicht so durchtrainiert wie meine Schweizer Freunde und pustete schon etwas beim Laufen. Dennoch war ich begeistert von diesem schnellen Erfolg. Ich fühlte mich so fit wie schon lange nicht mehr, und dies war eindeutig auf die Therapie in der Klinik zurückzuführen. Je länger ich in den Bergen unterwegs war, desto besser ging es mir. Meine Müdigkeit, die ich über Monate hatte, war wie weggeblasen.

Jeder Schritt, den ich ohne Beschwerden machen konnte, war mit einem riesigen Glücksgefühl verbunden. Jeden Morgen nach dem Aufwachen fühlte ich meine Beine, bewegte die Zehen und freute mich, dass ich alles bewegen konnte. Jemand, der noch niemals solche Beschwerden hatte, kann es einfach gar nicht nachvollziehen, was es bedeutet funktionstüchtige Beine zu haben. Manche Menschen wachen morgens auf und denken: *„Oh Mann, jetzt muss ich aufstehen und schon wieder zur Arbeit“*. Ich wache morgens auf und denke: *„Wie schön es doch ist, wenn man aufstehen kann und die Beine in Ordnung sind“*. Wenn man gesund ist, macht man sich keine Gedanken darüber, wie schön es ist die Beine zu fühlen, die Sonne sehen zu können, den Regen zu spüren, arbeiten zu können und zu dürfen. Das Bewusstsein kommt leider erst mit einer schweren Krankheit. Nicht bei allen, aber bei den meisten. Wenn Sie demnächst morgens aufstehen müssen, um zur Arbeit zu gehen, und Sie haben so gar keine Lust dazu, dann bleiben Sie noch einen Augenblick liegen und freuen Sie sich, dass Sie in der glücklichen Lage sind arbeiten zu dürfen. Oder freuen Sie sich darüber, dass es Ihnen vergönnt ist die Sonne zu sehen. Es gibt Menschen, die müssen ihr ganzes Leben im Dunkeln verbringen, weil ihnen vielleicht ein Unfall das Augenlicht nahm. Sie können lernen, sich auch über die kleinen Dinge des Lebens zu freuen.

Am ersten Tag in der Klinik wurde mir Blut abgenommen, um herauszufinden, ob ich mal eine Infektion mit dem Epstein-Barr-Virus (Herpes-Gruppe, Mononukleose) hatte. Es dauerte ein paar Tage, bis das Ergebnis da war. Dann die Überraschung. Ich hatte mal eine Mononukleose (Pfeiffer'sches Drüsenfieber). Daran konnte ich mich beim besten Willen nicht mehr erinnern, wusste aber durch meine Ausbildung, dass sich diese Erkrankung auch ganz harmlos zeigen konnte. Wahrscheinlich hatte ich mal eine banale Erkältung, die eigentlich gar keine war. Dieses Virus sollte nun mein Immunsystem so weit geschwächt haben, dass es bei mir eben zu dieser vermehrten Infektanfälligkeit kam. Zur Therapie bekam ich eine Epstein-Barr-Virus-Nosode*, die mein Immunsystem stärken sollte. Nachdem ich dieses Mittel einige Tage einnahm, bekam ich ganz dicke Lymphknoten am Hals und Halsschmerzen. Für mich war das ein Zeichen einer Erstverschlimmerung, die ich wieder als positiv bewertete. Diese Verschlimmerung hielt nur einen Tag, und ab dem Zeitpunkt hatte ich keine Erkältungen mehr. Früher hatte ich schon eine Erkältung bekommen, wenn ich nur jemanden sah, der sich die Nase putzte. Bis heute habe ich noch keine ernsthafte Erkältung wieder gehabt, und ich hoffe, dass es so bleibt.

Die Zeit zwischen meinen Besuchen in der Klinik nutzte ich zum Lernen für meine schriftliche Heilpraktikerprüfung in Husum beim Gesundheitsamt. Viel Lust hatte ich nun langsam nicht mehr. Erst die 2 Jahre Schule und dann noch der Intensivkurs in den letzten Monaten... Das hat mich schon alles sehr ausgelaugt. Viele Menschen spre-

**Mit dem Begriff „Nosoden" wird eine ganz bestimmte Form von homöopathischen Mitteln bezeichnet, die im Gegensatz zu den mineralischen, pflanzlichen und tierischen Grundelementen der üblichen Homöopathika nicht natürlich vorkommende Grundsubstanzen als Ausgangsstoff besitzen, sondern aus krankhaften Sekreten, Keimen, Giften, Organveränderungen und anderem hergestellt werden. Dabei werden die Ausgangsstoffe sterilisiert und abgetötet und danach in die homöopathische Verdünnungsreihe weiter verarbeitet.*
(Auszug aus „Ganzheitliche Medizin in der ärztlichen Praxis" von Dr. med. K.-H. Braun-von Gladiß)

chen mich an und fragen mich, was wir in der Schule denn alles lernen würden. Einige sagen auch: *„Das mit der Irisdiagnose stelle ich mir ja auch schwierig vor"* oder *„Die ganzen Kräuter zu kennen, ist bestimmt nicht einfach"*. Dann muss ich immer lachen, weil keiner, außer den Heilpraktikerschülern, zu wissen scheint, was ein Heilpraktiker lernen muss. Aus diesem Grunde möchte ich an dieser Stelle mal etwas dazu sagen. Die Ausbildung zum Heilpraktiker umfasst nur schulmedizinische Themen: Anatomie, Physiologie und Pathologie (Krankheitslehre). Unsere Ausbildung ist sehr umfangreich und schwierig. Da ich damals in der Schule kein Latein hatte, musste ich alles nachholen. Die gesamte medizinische Terminologie war mir völlig unbekannt. Das war schon mal die erste Hürde für mich. Ein Heilpraktiker muss Krankheiten diagnostizieren können, Spritzen geben können, Untersuchungen durchführen können usw. Das volle Programm. Die Ausbildungen für z. B. Irisdiagnose oder Neuraltherapie laufen nebenher und müssen auch zusätzlich bezahlt werden. Die schriftliche Prüfung ist ein Auszug aus den Examensprüfungen der Ärzte. Der Unterschied besteht darin, dass wir *„nur"* 60 Fragen beantworten müssen die aber alle prüfungsrelevanten Fächer umfassen können (Anatomie, Physiologie, Pathologie, Differentialdiagnose, Gesetzeskunde, Hygieneverordnungen, Untersuchungsmethoden, Laborwerte, Infektionskrankheiten usw.). Von diesen 60 Fragen müssen mindestens 75 % richtig beantwortet sein. Erst dann wird man zur mündlichen Prüfung zugelassen. Fällt man durch die Mündliche, muss nicht nur diese wiederholt werden, sondern auch die Schriftliche. Die Durchfallquoten liegen zwischen 70 - 90 %, je nach Prüfungsort. Vielleicht sehen Sie den Beruf des Heilpraktikers jetzt mit anderen Augen.

In diesem Beruf geht es nicht nur um „Handauflegen" oder Ähnliches, das ist richtig harte Arbeit. Seit Monaten lernte ich fast jeden Tag, wenn es mein Gesundheitszustand zuließ. Meistens ließ er es nicht zu, aber auch dann noch raffte ich mich auf, weil ich ein Ziel vor Augen hatte, was ich unbedingt erreichen wollte. Es ist sehr wichtig ein Ziel zu haben. Noch wichtiger ist der Weg dorthin, weil er mich am Leben hielt. Ich hatte etwas gefunden, für das es sich lohnt zu kämpfen.
So saß ich nun jeden Tag bei strahlendem Sonnenschein in der

Schweiz über meinen Büchern und lernte, bis der Kopf rauchte. Sogar in die Klinik nahm ich meine Bücher mit, um zu lesen, während ich an den Infusionsflaschen hing. Dort hatte ich genügend Zeit, denn so eine Flasche braucht ihre Zeit zur Entleerung. Vor allem, wenn man so schlechte Venen hat wie ich. Wenn ich mal einen Tag nicht gelernt hatte, bekam ich ein unendlich schlechtes Gewissen und nahm dann sofort wieder meine Bücher raus. Meistens saß ich mit meinen Lehrbüchern im Garten und schaute zwischendurch über das Appenzellerland auf den schneebedeckten Säntis (der höchste Berg dort in der Gegend), wenn mir vom Lesen die Buchstaben vor den Augen verschwammen. Ach, dieses Land ist so wunderschön und für mich ein Ort der Kraft. Wie ich diese Gegend liebe. Die Leute, die Berge, das Essen, die Musik, einfach alles.

Aber auch diese 14 Tage waren schnell wieder vorbei, und ich musste mich langsam verabschieden. Mein letzter Tag in der Klinik verlief sehr ruhig. Ich bekam noch eine Infusion, einmal Schröpfen und zum Schluss noch eine Konsultation bei meinem neuen Doc. Mein Arzt besprach mit mir das weitere Vorgehen zu Hause und dass ich noch einen DMPS-Test machen lassen sollte. Das ist ein Test, bei dem das Medikament in die Vene injiziert wird und eine halbe bis Dreiviertelstunde später der Urin abgenommen und in ein spezielles Labor geschickt wird. Bei dieser Untersuchung kann man feststellen, wie viel Schwermetalle sich im Körper befinden. DMPS *„krallt"* sich die Schwermetalle (Quecksilber, Zinn, Zink, Kupfer usw.) und scheidet sie dann über die Nieren und den Darm aus. Das Labor untersucht dann, wie hoch die Belastung des Körpers ist.

Ich verließ die Klinik total glücklich, denn mir ging es wirklich gut mittlerweile. Ein kleiner Schliff fehlte noch, aber im Großen und Ganzen war ich sehr zufrieden. Meine Medikamente für zu Hause hatte ich mir noch schnell in der Apotheke besorgt, denn man weiß ja nie, ob man diese ganzen Mittel auch in Deutschland bekommt.

Als krönenden Abschluss machte ich mal wieder meine Runde, um mich bei meinen Freunden zu verabschieden. Immer, wenn ich die

Schweiz wieder verlassen muss, bin ich schrecklich traurig. Das Appenzellerland ist schon zu meinem zweiten Zuhause geworden. Die Autofahrt nach Hause ist für mich immer sehr still und bedächtig. Alle Erlebnisse und Eindrücke lasse ich beim Autofahren nochmals Revue passieren. Die Grenze von der Schweiz nach Deutschland ist dann für mich nochmals eine große Hürde. Andächtig verabschiede ich mich für unbestimmte Zeit von meinem Lieblingsland. Auf Wiedersehen Schweiz. Ich komme bald wieder.

Die schriftliche Heilpraktikerprüfung

Wieder zu Hause angekommen, ging es mir von Tag zu Tag besser. Schon auf der Heimreise aus der Schweiz konnte ich meine Beine tadellos bewegen und die Missempfindungen waren so gut wie verschwunden. Mit einem gewissen Maß an Beschwerden werde ich wohl leben müssen, jedenfalls hatte ich mich darauf eingestellt. Aber immer, wenn ich noch eine klitzekleine Möglichkeit sah, noch etwas an meinem Gesundheitszustand zu verbessern, war ich dabei. In den ganzen Jahren hatte ich mich nie richtig unterkriegen lassen und das war mein Glück. Sonst wäre ich wahrscheinlich nie so weit gekommen, wie ich jetzt war. Natürlich gab es Zeiten, in denen ich am liebsten alles hingeschmissen hätte, doch ich packte mich immer wieder selbst am Kragen und riss mich wieder raus. Mein gesamtes Leben zu ändern hat nicht unwesentlich dazu beigetragen, dass es sich für mich auch gelohnt hat, diese ganzen Strapazen auf mich zu nehmen. Ich wollte einfach etwas schaffen, etwas bewirken, anderen Menschen helfen, denen es ebenso erging wie mir. Diese Menschen sollten einen Therapeuten in mir finden, der weiß, wovon er spricht. Jemanden, der sich in den Patienten hineindenken und die Beschwerden nachvollziehen kann. Jemanden, der die Patienten mit all ihren Problemen und Leiden ernst nimmt. Ja, so jemand wollte ich werden, und darum musste ich einfach wieder gesund werden.

Die Behandlungen in der Klinik hatten auch so ihre Spuren hinterlassen. Ich war in den nächsten Wochen ziemlich müde und abgeschlafft. Konnte mich kaum aufraffen, um zu lernen. Mein Körper hatte sich noch nicht ganz wieder eingependelt. Der Alltag war wieder eingekehrt, und diese Umstellung machte mir noch etwas zu schaffen. Aber sonst ging es mir fabelhaft. Den ganzen Tag konnte ich auf den Beinen sein, ohne dass es Missempfindungen gab. Nur das Lesen und Lernen fiel mir etwas schwer. Trotzdem riss ich mich zusammen und versuchte mindestens eine Stunde am Tag zu lernen. An meinen guten Tagen – und diese überwiegten jetzt langsam – schaffte ich es teilweise bis zu 7 Stunden am Tag in die Bücher zu sehen. Die Prüfung musste ich einfach bestehen. Am Montag, dem 20. August 2001, hatte ich meinen Termin zur schriftlichen Überprüfung bekommen. Die Zeit lief mir so weg, und ich hatte das Gefühl, ich müsste noch so viel büffeln. Mir fehlte noch so einiges, was ich noch nicht ganz verstand. Die Zeit, in der es mir so schlecht ging, hatte mir einiges an Zeit geraubt.

Obwohl ich mich nicht für besonders gut vorbereitet hielt, fuhr ich am 20. August zur Prüfung nach Husum. Eine Woche lang fanden dort alle Vierteljahr die Prüfungen statt. Jeden Tag gab es am Vormittag und am Nachmittag je eine schriftliche Überprüfung, an der jeweils ca. 20 Prüflinge teilnahmen. Ein paar hundert Meter neben dem Gesundheitsamt gibt es ein Hotel, wo fast alle Heilpraktikeranwärter unterkommen, wenn sie zur Prüfung gehen. Auch ich hatte mir dort ein Zimmer besorgt, denn bis nach Husum hatte ich 3 Stunden zu fahren, und ich wollte nicht übermüdet zum Termin im Gesundheitsamt erscheinen. Wo ich doch sowieso schon immer so müde war, auch ohne lange gefahren zu sein. Im Hotel traf ich auf viele Mitstreiter, mit denen ich mich sehr gut verstand. So verbrachten wir den ganzen Abend vor unserem großen Tag gemeinsam und zitterten zusammen.

Am Montagmorgen trafen wir uns alle zum gemeinsamen Frühstück im Restaurant des Hotels. Ich bekam fast keinen Bissen herunter, zwang mich aber dazu, denn ich wollte auf keinen Fall mit hungrigem Magen in die Prüfung. An einem Tisch neben mir saß eine ältere Dame, die auch zu uns zu gehören schien. Sie saß vor einem dicken

Ordner und schien zu lernen. Nachdem ich sie angesprochen hatte und fragte, ob sie auch zur Prüfung gehen würde, bejahte sie dies, und wir nahmen sie mit an unseren Tisch. Dort erfuhren wir von dieser Frau, dass sie aus Süddeutschland kommt und schon zum dritten Mal hier in Husum ist, um ihre Schriftliche abzulegen. Das machte uns dann so gar keinen Mut mehr. Die Angst zu versagen machte sich in mir breit. Und nicht nur bei mir, wie ich später von anderen erfuhr. Bevor es soweit war, machte ich mit einer Bekannten noch einen Spaziergang im Park, um etwas abzuschalten.

Um spätestens 13.30 Uhr sollten wir im Gesundheitsamt eintreffen. Zum Mittag aß ich nur einen Apfel. Mehr bekam ich beim besten Willen nicht herunter. Als ich im Amt eintraf, war ich fast eine der Ersten. Bevor man in den Raum geführt wurde, in dem die Prüfung stattfand, musste man zum Bezahlen in ein Büro gehen, welches sich im Erdgeschoss befand. 680,– DM kostete es damals noch. Aber nur die Schriftliche wohlgemerkt. Die Mündliche wird später bezahlt, wenn man denn zugelassen wird.

Nachdem ich bezahlt hatte, ging ich die Treppe hinauf, wie mir im Sekretariat gesagt wurde. Es gab zwei Eingänge für den Prüfungsraum. Als ich eintrat, sah ich einen größeren Raum, der durch zwei Teile geteilt war. Höchstwahrscheinlich handelte es sich um normalerweise zwei Räume, die durch eine Falttür voneinander getrennt werden konnten. Die Tische waren so angeordnet, dass in einem Raum alle Leute sich mehr oder weniger gegenübersaßen und im anderen Raum waren die Tische in die Runde gestellt. Auf den Tischen lag jeweils ein Zettel, auf dem die Ergebnisse eingetragen werden sollten. Jeder Prüfling hatte seinen eigenen Zettel mit seinem Namen versehen. So wurde die Sitzordnung vom Gesundheitsamt vorher festgelegt, damit man nicht abschreiben konnte. Als alle an ihren Plätzen saßen, kam jemand vom Gesundheitsamt, um die Vorgehensweise bei dieser Überprüfung zu erklären. Er sprach davon, wann die mündlichen Überprüfungen demnächst abgehalten wurden und dass wir auf dem Antwortblatt immer nur jeweils eine richtige Antwort anzukreuzen hatten. Wer mehr als eine richtige Lösung ankreuzt, hat somit die gesamte Frage falsch beantwortet. Die Mappen mit den Fragen wurden ausgeteilt. Es stand je eine Frage auf einem DIN-A-4-Blatt. Dabei handelte es sich um Multiple-Choice-Fragen. Ein Beispiel dafür ist:

Welche der folgenden Symptome gehören typischerweise zu einer Meningitis?

(1) Photophobie
(2) Nackensteifigkeit
(3) Kopfschmerzen
(4) Eigenreflexe abgeschwächt
(5) Lasègue'sches Zeichen positiv (ausgesprochen: Lasek'sches Zeichen)

(A) nur 1, 2 und 3 sind richtig
(B) nur 2, 3 und 5 sind richtig
(C) nur 1, 2, 3 und 5 sind richtig
(D) nur 2, 3, 4 und 5 sind richtig
(E) alle sind richtig

(In diesem Fall wäre C richtig)

So sah die gesamte Prüfung aus. Aus jedem Bereich kam etwas dran. Wir hatten zur Beantwortung der 60 Fragen 2 Stunden Zeit. Das bedeutete also, für jede Frage hatte ich nur 2 Minuten Zeit. Das ist nicht lange, wenn man die Schwierigkeit dieser Fragen berücksichtigt. Nach zwei Stunden war der ganze Spuk vorbei und ich wollte einfach nur noch weg aus Husum. Irgendwie hatte ich zwar ein ganz gutes Gefühl, weil ich meinte, die Fragen wären nicht so schwierig gewesen, aber das würde sich in ein bis zwei Wochen herausstellen, wenn das Ergebnis per Post eintrudeln würde. So sprang ich dann in mein Auto und verließ die graue Stadt am Meer so schnell ich konnte. Ich wollte einfach nichts mehr hören und sehen.

Zu Hause wieder angekommen ging der Stress erst richtig los. Diese Ungewissheit über die ganzen Tage war schier nicht auszuhalten. Wie würde das Ergebnis ausfallen? Was hatte ich falsch gemacht? Bei jeder Frage, die mir wieder einfiel, schaute ich in meinen Büchern nach und stellte immer öfter fest, dass mein gutes Gefühl mich doch getrogen hatte. Viele Fragen hatte ich falsch beantwortet. Nur 15 Fehler durfte ich machen, und ich meinte schon fast dort angekommen zu sein. Vielleicht hatte ich dennoch Glück, wer weiß.

Nach anderthalb Wochen kam das Ergebnis ins Haus geflattert. Meine Hände zitterten, als ich den Umschlag öffnete. Leider verloren. Wir müssen Ihnen leider mitteilen, bla, bla, bla... Sie können sich den Rest denken. Tief traurig, aber trotzdem nicht vom Mut verlassen, ging ich ans Telefon und rief sofort in Husum an, um mir den nächsten Termin zur Prüfung geben zu lassen. Ich solle nochmals ein Anschreiben anfertigen und mich auf die Bewerbung vom letzten Mal berufen, wurde mir vom Sekretariat mitgeteilt. Außerdem würde ich ein neues Gesundheits- und polizeiliches Führungszeugnis benötigen. Das Abschlusszeugnis der Schule, Geburtsurkunde und der Lebenslauf sind ja noch vorhanden und bräuchten nicht neu eingereicht zu werden. Der neue Termin würde mir dann schriftlich zugesandt werden, wenn alle Unterlagen vorliegen. Also ging der ganze Kram von vorne los. Wieder ein Führungszeugnis in Bonn anfordern. Wieder zum Arzt und bescheinigen lassen, dass bei mir keine Behinderungen, Gebrechen, Geistesgestörtheit oder eine Sucht vorliegen. Aber was tut man nicht alles für seine Karriere.

Als ich alle Unterlagen eingereicht hatte, bekam ich den nächsten Termin. Am Donnerstagnachmittag, dem 6. Dezember 2001, sollte die nächste schriftliche Prüfung sein. Jetzt hatten wir schon September. Viel Zeit blieb mir also nicht, um den fehlenden Stoff nachzuholen. So setzte ich mich jeden Tag an die Bücher und lernte was das Zeug hielt. Ich gönnte mir kaum noch Freizeit. Sogar die Nachbarn fragten meinen Mann schon, ob ich denn auch noch leben würde. In der Zeit bis zum Nikolaustag sah ich kaum die Sonne, aber das störte mich nicht so sehr, denn ich hatte eine wichtige Aufgabe. Lange Rede, kurzer Sinn. Als ich am 6. Dezember zur Prüfung ging, hatte ich ein unendlich schlechtes Gefühl, denn die Fragen waren sehr, sehr schwer. Nach ein paar Tagen trudelte schon die Nachricht ein, ob ich bestanden hatte. Jaaaaaaaaaaaaaa, diesmal hatte ich es geschafft. Ich konnte es kaum glauben. Ich war mit 56 von 60 möglichen Punkten zur mündlichen Prüfung zugelassen worden. Die Freude war so riesig groß. Andererseits aber hatte ich auch Angst vor der Mündlichen.

Jetzt hieß es umlernen. Für diese bevorstehende Überprüfung benötigte ich noch ein etwas anderes Wissen als für die Schriftliche. Jetzt waren Untersuchungsmethoden, Laborwerte, Anamnese, Differentialdiagnose usw. gefragt. Das sind Dinge, die ich für die erste Prüfung noch beiseite gelegt hatte. Die Zeit war knapp, denn am 31. Januar 2002 sollte ich um 15.30 Uhr zur mündlichen Prüfung erscheinen. Dazwischen war noch Weihnachten und Silvester... Oh Gott, wie schaffe ich das nur alles in so kurzer Zeit. Ich entwickelte mir einen Plan, wie ich vorgehen wollte. Es existierten Listen mit den häufigsten Krankheiten, die in einer Prüfung vorkommen können. Diese arbeitete ich von oben bis unten durch. Danach nahm ich mir die Differentialdiagnose und die Laborbefunde vor. Als ich damit durch war, schaute ich mir nochmals das Infektionsschutzgesetz und deren meldepflichtigen Erkrankungen an. Das Heilpraktikergesetz stand auch noch auf meinem Plan, ebenso wie Hygienevorschriften. So langsam lichtete sich der Wald, und nach ein paar Wochen wusste ich schon gar nicht mehr, was ich noch lernen sollte. Mein Kopf war einfach voll und ich hatte das Gefühl, nichts geht mehr rein. So fing ich dann an nach einiger Zeit etwas schluderig zu werden. Irgendwie meinte ich, etwas Ruhe und Abstand würden mir jetzt ganz gut tun. Wenn ich mit anderen Prüflingen sprach, merkte ich, wie fit ich schon war. Es brauchte mir nur jemand ein Stichwort zu geben, dann ratterte ich los. Ich wusste Dinge, von denen wusste ich gar nicht, dass ich sie wusste. Man denkt es ist nichts hängen geblieben, doch es ist alles da, wenn man es abruft. Diese Tatsache machte mich sicherer und ruhiger.

Am Mittwoch, dem 16. Januar 2002, fand ein Vortragsnachmittag in Hamburg statt. Dozent war mein ehemaliger Arzt, Dr. Braun-von Gladiß. Für diesen Vortrag meldete ich mich an, denn ich wollte mich mal ein wenig von meinem Prüfungsstress ablenken. Außerdem wollte ich mal wieder etwas hören, was nichts mit reiner Schulmedizin zu tun hat, damit ich wieder weiß, warum ich eigentlich Heilpraktikerin werden will. Es ist einfach schrecklich, sich als angehende Heilpraktikerin nicht um die wirklich interessanten Themen kümmern zu können, weil man nur noch mit der Schulmedizin beschäftigt ist. So war dieser Vortrag eine willkommene Abwechslung für mich. Und natürlich freute ich mich riesig, meinen alten Doc mal wiederzusehen. Das letzte Treffen war nun auch schon wieder ein halbes Jahr her. Schon Wochen vorher freute ich mich auf diesen Tag. Wie er jetzt wohl aussah? Hatte er sich wieder verändert? Wie wird er mir begegnen? All diese Fragen beschäftigten mich etwas. Schriftlich verstanden wir uns wieder ganz gut, aber es ist doch ein großer Unterschied, ob man jemandem schreibt oder ihm gegenübersteht.

Der Vortrag war wie immer sehr gut. Die beiden Themen an diesem Tag waren „Krebspatienten – Wie begegne ich ihnen therapeutisch" und „Elektromagnetische Felder und ihre Auswirkungen auf den Menschen". Die drei Bücher von Dr. Braun hatte ich alle schon gelesen und war deshalb ganz gut im Bilde über das, was er sprach. Wer sich für diese Literatur interessiert, findet im Anhang die Internetadresse.

Dr. Braun begegnete mir sehr, sehr freundlich. Vielleicht waren wir beide etwas zurückhaltend und vorsichtig miteinander, aber ansonsten war das Zusammentreffen sehr angenehm. Im Vortragssaal war ein Büchertisch aufgestellt, auf dem die Bücher vom Doktor zum Verkauf auslagen. Neben dem Tisch stand eine ältere Dame, die ich gar nicht sofort erkannte. Erst als sie mich begrüßte, fiel mir auf, um wen es sich handelte. Es war eine der ehemaligen Sprechstundenhilfen aus Amelinghausen. Sie hatte jahrelang für Dr. Braun gearbeitet und kannte mich noch aus meinen ganz schlechten Zeiten. Als ich diese Dame 1995 zum ersten Mal in der Arztpraxis von Doc Braun sah, zog ich mein linkes Bein noch ganz stark nach und konnte gar nicht richtig auftreten. Ich sah damals schrecklich aus. Sie war angenehm überrascht, mich dort in Hamburg zu sehen. Jetzt arbeitete sie also noch immer für Herrn Braun, genauso wie ich es jetzt tue. Tja, wer ihn einmal richtig kennengelernt hat, kommt von ihm so schnell nicht wieder los. Er ist wirklich ein ganz besonderer und außergewöhnlicher Mann, mit dem man gerne etwas zu tun hat.

Mitten im Vortrag ging es mir plötzlich nicht mehr so gut. Erstmal hatte ich wohl Schwierigkeiten mit der Klimaanlage. Meine Nase ging zu, und ich wurde ganz unruhig. Dann bekam ich wieder mal mein Herzklabaster. Das bekomme ich immer, wenn ich etwas Falsches gegessen habe und es in meinem Darm anfängt zu gären. Der Darm breitet sich dann so weit aus, dass das Zwerchfell nach oben gedrückt und damit das Herz eingeengt wird. Das ist ein ganz ekliges Gefühl. Man meint, man bekommt keine Luft mehr und das Herz würde aussetzen. Über eine halbe Stunde spürte ich diese Beschwerden, danach ließen sie Gott sei Dank nach.

Der Vortrag war viel zu schnell vorbei, und ich musste wieder nach Hause fahren. An dem Tag hatte ich mein Auto in die Tiefgarage des Hotels gestellt, wo der Vortrag stattfand. Leider fand ich den Wagen nicht wieder. Jedenfalls nicht sofort. Es war alles so riesig dort und es gab zwei Tiefgaragen. Nebenbei erwähnt waren abends plötzlich alle Türen verschlossen, durch die ich am Tage noch ging. Da soll sich einer zurechtfinden. Aber ich hatte den Wagen dann doch noch finden können und bin gen Heimat gefahren. Auf der Fahrt ließ ich wie immer den gesamten Nachmittag Revue passieren, wie ich es immer beim Autofahren mache. Ich liebe es alleine zu fahren und meinen Gedanken nachzuhängen. Nirgends bin ich so ruhig und ausgeglichen wie allein im Auto. Wenn ich über etwas nachdenken muss, fahre ich einfach los, irgendwohin. Manchmal stelle ich den CD-Player im Wagen einfach auf Wiederholung und höre dann über Stunden ein und dasselbe Lied. Wenn man allein im Wagen ist, kann man das machen.

Zu Hause ging es beim Lernen langsam in den Endspurt. Nur noch 14 Tage bis zur mündlichen Überprüfung. Die Tage wurden immer kürzer. Wenn ich morgens aufstand und die Rollos hochzog, dachte ich schon immer, ob es sich überhaupt lohnt, denn es ist ja sowieso bald wieder Abend. Und das hatte nichts mit zu spätem Aufstehen zu tun, sondern einfach nur damit, dass die Tage durch das viele Lernen einfach so kurz wurden. Ich hatte mir einen Rhythmus angewöhnt, den ich auch fast immer so einhielt. Eine Stunde lernte ich, dann machte ich ein wenig Hausarbeit. Dann wieder eine Stunde lernen und Essenkochen. Danach wieder eine Stunde lernen usw. So hatte ich zwischendurch immer etwas Bewegung und Entspannung für die Augen. So hielt ich es am besten aus.

Lernen heißt für mich einfach lesen, immer wieder lesen. Lernkarten zu schreiben hatte ich schon vor langer Zeit aufgegeben, weil es für mich nichts bringt. Ich muss alles in Büchern anschauen können und dann „fotografiere“ ich es mir samt Bildern einfach ab, um es so im Gehirn zu speichern. So weiß ich hinterher sogar, ob etwas in einem Buch rechts oben oder links unten gestanden hat. Ich schreibe auch in Vorträgen grundsätzlich nichts mehr mit, weil es mich davon abhält die Inhalte zu verstehen. Die vorgetragenen Texte merke ich mir mitsamt der Mimik des Dozenten. So kann ich später sofort wieder alles abrufen, weil ich zu jeder Bewegung des Dozenten eine bestimmte Textstelle zuordnen kann. Hört sich vielleicht etwas merkwürdig an, aber ich habe da meine eigene Art zu lernen. Das Lernen kann man auch lernen. Für mich ist es zum Beispiel auch wichtig, zu allem, was ich mir schlecht merken kann, eine Geschichte zu entwickeln oder für andere Menschen völlig unlogische Zusammenhänge herzustellen, die mir später helfen, die gelernten Dinge anhand der Geschichte wieder hochzuholen.

So zogen dann auch die letzten 14 Tage ins Land. Sie können sich vorstellen, wie aufgeregt ich vor dieser Überprüfung war. Und das, was ich jetzt an Ängsten durchlebte, war noch nichts gegen das, was mich noch erwartete. Die innere Anspannung steigerte sich ins Unermessliche. Mein Nacken war schon so hart und verspannt, dass ich die letzten Tage noch zur Massage ging. Durch diese Muskelverspannungen hatte ich mittlerweile jeden Tag unerträgliche Kopfschmerzen, die mir das Lernen auch noch erschwerten. Zur Sicherheit, was meine Stimmung während der Prüfung betrifft, suchte ich noch einen Mann auf, der mich besprechen sollte. Dieser Mann gab mir Kraft und Energie für meinen großen Tag mit auf den Weg. Zur ersten Schriftlichen hatte ich ihn schon in Anspruch genommen, damit ich ruhig bleibe. Ich war ungewöhnlich ruhig. Beim zweiten Anlauf ging ich nicht zum Besprechen und war völlig neben der Spur. Das war für mich das Zeichen, dass der Mann mir doch hatte helfen können. Also ging ich kurz vor der Mündlichen nochmals zu ihm, um ihn um Hilfe zu bitten. Er „trichterte“ mir ein, dass ich keinen Hänger haben werde und alles an Wissen abrufen kann. Gleich werden Sie lesen, ob es geklappt hat.

Die mündliche Heilpraktikerprüfung

Mein großer Tag war nun fast gekommen. Um nicht übermüdet in Husum zu erscheinen, hatte ich meinen Anreisetermin um einen Tag vorverlegt und kam wieder in dem Hotel unter, indem ich auch schon bei den letzten beiden Prüfungen übernachtete. Viele alte Bekannte vom letzten Mal traf ich dort wieder. Und wieder machten wir gemeinsam alles durch, was ein Prüfling so durchmacht, wenn man kurz vor der Überprüfung steht. Jetzt hatten wir alle die Zulassung zur Mündlichen. Der Heilpraktikerschein war schon so nah und doch noch so weit weg. Am Abend vorher ging ich noch mit zwei Bekannten zum Essen, um noch ein wenig über Pathologie zu fachsimpeln. Gegen 20.30 Uhr trafen wir wieder im Hotel ein und jeder ging auf sein Zimmer, weil er noch etwas lernen wollte. Eigentlich völlig sinnlos, am Tag davor. Aber auch ich machte mich jetzt noch einmal intensiv daran die komplette Anamnese zu lernen. Ich muss ganz ehrlich zugeben, so viel hatte ich mich damit noch nicht beschäftigt. Dr. Braun hatte mir vor ein paar Wochen ein Buch geschickt *„Anamnese und Befund“*, in dem ich noch eine Menge nachlas. Dazu hatte ich mir ein eigenes Anamneseschema entwickelt und schriftlich festgehalten. Das versuchte ich mir jetzt noch am Abend vorher einzuprägen. Eigentlich viel zu spät, aber was soll's. Ich dachte, was ich so spät lerne, bleibt dann wenigstens im Kurzzeitgedächtnis. Nach der Prüfung kann ich es ja erst mal wieder vergessen. Die Nacht verbrachte ich auffallend ruhig. Zum besseren Einschlafen schluckte ich noch eine Melatonintablette (ein Hormon, das in der Zirbeldrüse des Gehirns gebildet wird und schön müde macht) und schlief dann auch bald ein.

Es wurde Donnerstag, dem 31. Januar 2002. In Husum schien die Sonne, welch seltener Anblick. Sonst war immer alles grau in grau. Nicht umsonst nennt man Husum auch die graue Stadt am Meer. Mit meinen beiden Bekannten traf ich mich zum Frühstück unten im Hotel. Ein Bekannter aus meiner Gegend wollte erst so gegen Mittag eintreffen. Mein Appetit hielt sich in Grenzen. Irgendwie hatte ich vor dieser Prüfung eine unendliche Angst. So schlimm hatte ich die Anspannung in den letzten Wochen nicht gefühlt wie heute. Heute würde sich entscheiden, ob ich Heilpraktikerin werde oder die ganze Prozedur mit schriftlicher und mündlicher Prüfung noch einmal machen muss. Da hängt der Heilpraktikerschein schon so dicht vor der Nase, es ist nur noch ein kleiner Schritt, der alles entscheidet. Dieses Wissen allein machte mich richtig krank. Nach dem Frühstück verzog ich mich für eine Weile auf mein Zimmer, konnte aber keine Ruhe finden.

Draußen schien zwar die Sonne, aber es war unglaublich windig geworden. Trotzdem zog es mich nach draußen. Oder gerade deswegen. Ich musste mir einmal kräftig den Wind um die Ohren pusten lassen. Das brauchte ich jetzt. So zog ich meine Jacke an und lief nach draußen auf die Straße. Schnellen Schrittes rannte ich durch die Stadt bis zum Hafen. Dort schaute ich mir eine Zeit lang die kleinen Wellen an, die an die Schiffsrümpfe prallten. Das Wasser hatte eine sehr beruhigende Wirkung auf mich. Noch einen Augenblick lang blieb ich dort stehen, bis ich richtig durchgefroren war. Als ich wieder auf meinem Zimmer war, warf ich mich auf das Bett und kramte nochmals meinen Anamnesebogen hervor. Ich weiß nicht, wie oft ich ihn las, doch ich stellte vor Entsetzen fest, dass ich plötzlich gar nichts mehr wusste. *„Mein Gott“*, dachte ich, *„wo ist das ganze Wissen hin?“*. Mich überfiel Panik. Plötzlich wurde ich ganz müde, und meine Konzentration war auf dem Nullpunkt angekommen.

Jetzt war es erst 12.00 Uhr, und ich war müde wie nie zuvor. Da dachte ich an meinen Traubenzucker in der Jackentasche, den ich mir extra zuvor gekauft hatte, um meine Gehirnzellen leistungsfähig zu halten. Davon nahm ich ein ganzes Paket, denn viel hilft viel, dachte ich.

Denke ich immer, ist aber meistens falsch.

Das Telefon klingelte in meinem Hotelzimmer. Mein Bekannter aus meiner Gegend war dran und kündigte an, dass er bald in Husum eintreffen würde. Eine halbe Stunde später traf er im Hotel ein und kam auf mein Zimmer. Wir entschlossen uns, vor der Prüfung noch eine Kleinigkeit essen zu gehen und danach noch etwas auszuruhen. Gesagt, getan. Zu meiner Überraschung konnte ich essen wie verrückt. Nach dem Essen verdrückte ich mich wieder auf mein Zimmer und sprang zum zweiten Mal an diesem Tage unter die Dusche. Warmes Duschen gibt Energie und die Müdigkeit verfliegt. Bei mir ist diese Wirkung des warmen Wassers ganz besonders heftig. Wenn ich richtig krank aussehe im Gesicht und mich richtig matt fühle, gehe ich unter die Dusche (ohne Duschgel). Danach bin ich sofort wieder fit wie ein Turnschuh. Diese Wirkung hält aber nicht so lange an, doch bis zur Prüfung sollte es reichen. Um 14.30 Uhr duschte ich und um 15.30 Uhr hatte ich meinen Termin im Gesundheitsamt.

Eine Bekannte von mir klopfte an meine Zimmertüre und verabschiedete sich, denn sie war vor mir dran. Sie versprach mir noch auf uns andere zu warten, um unsere Ergebnisse abzuwarten. Danach verschwand sie. Meine Nervosität war jetzt gegen 14.45 Uhr auf dem Höhepunkt angekommen, dachte ich. Mir ging es hundeelend. Meine Beine zitterten und der Mund war staubtrocken. Ein Traubenzuckerstückchen nach dem anderen verschwand in meinem Mund. Die ganzen letzten Monate hatte ich so viel Süßes in mich hineingestopft, und das sah man meiner Figur auch an. Ich hatte bestimmt 10 kg zugelegt in den letzten Monaten.

In meinem Hotelzimmer hielt ich es jetzt langsam nicht mehr aus. Mein Bekannter lag irgendwo in Husum in seinem Auto und wollte mich erst so gegen 15.00 Uhr abholen. So lange hielt ich es nicht mehr aus. Ich rannte draußen vor dem Hoteleingang hin und her und her und hin. Die Versuche, ruhig zu atmen, schlugen fehl. Jetzt war ich kurz davor langsam wahnsinnig zu werden. Kurz vor 15.00 Uhr kam mein Bekannter endlich und wir fuhren in seinem Auto zum Gesundheitsamt, obwohl der Weg nur kurz war. Doch er hatte sonst keinen Parkplatz, wenn er den Wagen nicht mit zum Amt genommen hätte. Mein Wagen durfte ja noch auf dem Hotelparkplatz stehen.

Gerade waren wir erst eingestiegen, da konnten wir schon wieder aussteigen. Das Gesundheitsamt von Husum fand ich noch nie besonders schön, doch heute schien es mir außerdem noch bedrohlich auszusehen. Als wir ins Amt hineingingen, kamen mir schon zwei Mädels entgegen, die ich noch von der Schriftlichen her kannte. Die beiden fielen mir um den Hals und riefen: *„Wir haben es geschafft!“*. Da hielt ich die Anspannung einfach nicht mehr aus und ich fing an zu weinen. Ich konnte einfach nicht mehr. Meine Leute trösteten mich ganz lieb und sprachen mir Mut zu. Die Prüfer sind alle total nett und haben kein Interesse daran uns absichtlich durchfallen zu lassen, meinten die Frauen. Außerdem wäre diese Prüfung gar nicht so schwer wie die Schriftliche. Ja, das hatte ich auch schon alles von vielen anderen ehemaligen Prüflingen gehört. Trotzdem hatte ich Angst. Als ich meine Tränen getrocknet hatte und wieder einigermaßen auf dem Damm war, betrat ich das Sekretariat, um meine Gebühren für den beisitzenden Heilpraktiker zu bezahlen. Diesmal 60,– Euro. So langsam wusste ich auch nicht mehr, wo ich das Geld noch herbekommen sollte. In der Hoffnung, diesmal zum letzten Mal bezahlt zu haben, legte ich das Geld auf den Tresen und bekam dafür eine Quittung. Jetzt gab es kein Zurück mehr für mich.

In der Wartehalle des Gesundheitsamtes sah ich meine Bekannten aus dem Hotel wieder. Die Anne, so hieß die eine von denen, hatte ihre Prüfung schon hinter sich. Sie hatte bestanden. Die andere Bekannte, Renate, war genau vor mir dran, so gegen 15.00 Uhr sollte sie eigentlich schon drin sein. Jetzt war es aber schon fast halb vier, und sie stand immer noch draußen mit uns vor der Tür. Tja, dann würde sich mein Termin wohl auch verschieben. Dabei wäre ich am liebsten sofort reingegangen, um es endlich hinter mir zu haben. Endlich wurde Renate aufgerufen. Jetzt war es genau 15.30 Uhr. Die Minuten kamen mir wie Stunden vor. Bis 16.00 Uhr war Renate im Prüfungsraum. Als sie herauskam, sah ich ihr schon an, dass ihr die Tränen in den Augen standen. *„Durchgefallen"*, sagte sie nur und setzte sich sofort zu uns. Viel erzählen konnte sie nicht mehr, denn ihr war der Schock noch ins Gesicht geschrieben. Jetzt war es mit meiner Ruhe komplett vorbei. Das hätte ich jetzt nicht noch vorher sehen müssen. Doch bevor ich noch weiter darüber nachdenken konnte, kam die Sekretärin aus dem Zimmer und rief: *„Frau Nietfeld bitte!"*. Oh Gott', jetzt bin ich fällig. Hoffentlich geht alles gut.

Als ich das Zimmer betrat, zitterten meine Beine so sehr, dass ich kaum noch geradeaus laufen konnte. Mein Puls raste, und die Hände waren klitschnass vor Schweiß. Dafür war mein Mund aber total trocken. Die Prüfer stellten sich vor, und ich gab jedem die Hand. Der Amtsarzt erklärte mir kurz worum es geht und wer mit mir die Prüfung durchführen wird. Mein Gesprächspartner war ein Internist. Er würde mir einige Dinge vorgeben, und ich sollte dann herausfinden, um welche Art der Erkrankung es sich handelt. *„Gott sei Dank"*, dachte ich, *„wenigstens keine Anamneseerhebung"*. Schon nach den ersten Worten des Prüfers wusste ich, es handelt sich um eine Herzinsuffizienz. Mein Herz fing wie wild an zu schlagen, denn das Thema Herz hatte ich gebüffelt ohne Ende, so als hätte ich geahnt, dass es drankommen würde. Ich schickte noch schnell einen Dank zum Himmel und begann dann mit meinen Ausführungen über diese Erkrankung. Das, was ich alles noch erzählen wollte, wollte der Prüfer gar nicht mehr hören. Mit allem, was ich sagte, schien ich den Nagel auf den Kopf getroffen zu haben. Es kamen keine Einwände, weder vom Internisten noch vom beisitzenden Heilpraktiker. Alles lief wie am Schnürchen. Als wir das Thema Herz abgeschlossen hatten, sollte ich noch kurz demonstrieren, wie ich die Lunge untersuchen würde, und das war's. Die Sekretärin schob mir ganz langsam einen Umschlag herüber. Von meinen Bekannten kannte ich diesen Umschlag. Ich hatte bestanden, war mir aber noch nicht ganz sicher, denn ich konnte es kaum glauben. Deshalb fragte ich die Sekretärin: *„Hab' ich?"*. *„Ja"*, meinte sie nur. Mein Herz machte einen riesigen Sprung. Ja, ich hatte es endlich geschafft. Ich bin jetzt Heilpraktikerin. Da war die ganze Mühe doch nicht umsonst gewesen. Die Prüfer gratulierten mir ganz herzlich, und dann ging ich sofort raus zu den anderen.

Alle standen da und starrten mich gebannt an, als ich um die Ecke kam. Ich riss die Arme hoch und rief nur: *„Ja, ich hab's geschafft"*. Einer nach dem anderen fiel mir um den Hals. Bis auf Renate, die noch immer in einem schockähnlichen Zustand auf der Bank harrte. So richtige Freude kam bei mir durch diese Tatsache auch nicht auf. Es ist schwer, sich unbeschwert zu freuen, wenn jemand dabei ist, der es nicht geschafft hat. Mir tat es unendlich Leid für sie. Ich hatte es Renate so gegönnt. Leider hatte sie aber einen Notfall übersehen, wie sich später herausstellte. Nun wird sie alles noch einmal machen müssen. Bernd, der Bekannte aus meiner Gegend, kam jetzt dran. Natürlich wartete ich auf ihn, bis er fertig war. Nach einer halben Stunde kam auch er raus und hatte bestanden. An diesem Tag war also nur einer durchgefallen. Das war schon ein guter Schnitt. Man darf nur nicht daran denken, dass ca. 160 Leute an der schriftlichen Prüfung teilgenommen haben. Von diesen 160 können allerhöchstens 30-40 Prüflinge durchgekommen sein. Also, die Durchfallquote ist doch schon ziemlich hoch bei diesen Heilpraktikerprüfungen. Sie muss auch schwer sein, denn sonst könnte ja jeder Heilpraktiker werden. In diesem Beruf geht es um Menschen, und man hat eine riesige Verantwortung. Da finde ich es schon ganz richtig, dass eingehend geprüft wird. Schließlich soll der Heilpraktiker mal Diagnosen stellen können und Menschen behandeln.

Nachdem auch der letzte Prüfling fertig war, sind wir noch zusammen etwas essen gegangen. Wir hatten uns schon im Gesundheitsamt so verquatscht, dass es 17.00 Uhr war, bevor wir es verließen. Als ich durch die Tür ging, rief ich noch: *„Tschüss Husum, ihr seht mich nie wieder hier!"*.

Auf der Fahrt nach Hause hatte ich es ehrlich gesagt noch nicht ganz begriffen, dass ich jetzt Heilpraktikerin bin. Ich war einfach nur noch müde und wollte nach Hause. Die Fahrt kam mir unendlich vor. Als ich auf der Fähre Glückstadt-Wischhafen war, schaute ich auf das Wasser und dachte über die vergangenen Stunden nach. Ich hatte einiges zu sortieren. Die ganzen Eindrücke des Tages mussten von mir erst einmal verarbeitet werden.

Als ich daheim war, drückte mein Mann mich ganz fest und gratulierte mir. Danach setzte ich mich sofort an meinen PC und schrieb Dr. Braun eine Mail, dass ich bestanden habe und jetzt Heilpraktikerin bin. Er antwortete sofort und freute sich riesig mit mir. Die ganze Zeit über war er mehr oder weniger wie ein Schatten an meiner Seite, den ich nicht missen möchte. Natürlich gab es auch Unterbrechungen in unserer *„Beziehung"*, aber im Großen und Ganzen war er immer irgendwie bei mir. Er war und ist mein großes Vorbild. Diese Tatsache gab mir in den schwierigsten Zeiten immer wieder die Kraft zum Weitermachen.

Gedanken zum Abschluss

Jetzt habe ich es geschafft, mich von ganz unten nach ganz oben hochzuarbeiten. 1994 noch im Rollstuhl und 2002 Heilpraktikerin. Der Weg war lang und sehr steinig, doch trotzdem muss ich im Nachhinein sagen, dass es mir viel Freude gemacht hat.

Ich bin nicht böse, dass ich krank geworden bin. Meine Krankheit hat mir ganz neue Möglichkeiten aufgezeigt und mich auf einen ganz anderen Weg gebracht. Ohne die Krankheit wäre ich heute sicher nicht da, wo ich jetzt bin. Es hilft nichts, wenn man sich nur fragt: „Warum ich? Warum nicht ein anderer?". Diese Frage habe ich mir eigentlich nur einmal ganz zu Anfang gestellt und schnell bemerkt, dass sie mich nicht weiterbringt.

Ich bin auch nicht böse auf den Tierarzt, der mir das Spray gegen Katzenflöhe verkauft hat. Der arme Mann wusste doch auch nicht was das für ein Teufelszeug ist. Nein, ich bin auf niemanden böse. Alles ist so gelaufen, wie es laufen musste. Ich bin auch nicht böse auf Dr. Braun, dass er mich nicht mehr behandeln wollte, wegen unserer Meinungsverschiedenheiten. Es war damals genau der richtige Moment, um mich von ihm zu trennen. Sonst wäre ich niemals nach Österreich und damit auch niemals in Verbindung mit der Magnetfeldtherapie gekommen. Und das wiederum hätte dazu geführt, dass ich heute dann wohl keine Magnetfeldgeräte verkauft hätte... Es sollte schon alles so sein, davon bin ich überzeugt.

Die ganzen Erlebnisse der letzten Jahre haben mir gezeigt, wo meine wahren Freunde sind. Jetzt habe ich Freunde, auf die ich mich verlassen kann und die mir beistehen. Ich habe gelernt, was die Worte „Liebe und Leben“ wirklich bedeuten. Und was das Wichtigste ist, ich habe gelernt mir meine eigene Meinung zu bilden und nicht der Masse hinterherzulaufen. Kritisches Denken habe ich mir angewöhnt und Dinge zu hinterfragen, statt sie einfach so anzunehmen, nur weil irgendjemand behauptet, er wisse wovon er spricht.

Wenn es mir mitunter mal nicht gut geht, weil in meinem Leben etwas schief läuft, ziehe ich mich heutzutage für ein paar Stunden zurück und lausche in mich hinein, was ich ändern muss, um wieder glücklich zu sein. Leben ist Veränderung. Bei meinen Veränderungen frage ich heute nicht mehr nach Sicherheit wie Geld. Geld allein macht nicht glücklich. Für mich ist es wichtig geworden, dass ich mich wohlfühle, die anderen Leute sind mir dabei ziemlich egal, auch wenn es hart klingt. Es ist mein Leben und ich habe nur eines, also mache ich es mir so schön wie es nur geht.

Veränderungen sind gar nicht so schwer, man muss nur mal den Mut aufbringen etwas zu verändern, ohne darüber nachzudenken was X oder Y darüber denkt. Verwirklichen Sie Ihre Träume, denn es gibt immer einen Weg. Wenn Sie eine Entscheidung getroffen haben, wird jeder in Ihrem Umfeld es irgendwann Wohl oder Übel akzeptieren, Sie werden sehen. Alles wird gut!

Auch in meinem Leben läuft nicht alles perfekt. Es ist ein stetiges Arbeiten an mir selbst. Ob ich meine Gesundheit mal irgendwann wieder völlig zurück erlange, weiß ich nicht. Wahrscheinlich werde ich mein ganzes Leben lang „am Ball bleiben müssen“, um keine Rückschläge mehr zu erleiden. Leider Gottes ist durch meine Vergiftung von damals einiges zerstört worden und ich muss meinem Körper immer wieder helfen sich zu entgiften, aber damit kann man gut leben. Einmal im Jahr mache ich einen großen Check bei einem naturheilkundlich arbeitenden Arzt, der mir meine Schwachpunkte aufzeigt, damit ich sie behandeln kann. So kommt es dann erst gar nicht zu großen Rückfällen. Dieses Arbeiten an mir selbst macht mir aber sehr viel Freude, weil ich daraus lernen kann. Nicht nur für mich, sondern auch für meine späteren Patienten, die ich doch hoffentlich bald haben werde, wenn meine Praxis fertig ist.

Um noch mal auf Dr. Braun zurückzukommen. Seit 2001 arbeiten wir zusammen und haben regen Briefkontakt. Er hilft mir wo er nur kann und dafür bin ich ihm sehr, sehr dankbar. Ich kann mir keinen besseren Berater vorstellen als ihn. Mittlerweile verstehen wir uns wieder sehr gut und die Arbeit mit ihm wird von Woche zu Woche angenehmer. Ich bin froh, dass ich mich mit ihm wieder vertragen habe. Damals litt ich sehr unter unserem Streit.

Falls Sie sich jetzt noch Gedanken über unsere damalige Wohnung machen, die ich 1992 und 1994 mit Pyrethroiden kontaminiert hatte, kann ich Ihnen folgendes mitteilen:
Im April 1996 hatte ich in unserer ehemaligen Mietwohnung in Bremervörde eine Hausstaubanalyse machen lassen. Dafür musste man den Staub in der Wohnung für ein paar Tage völlig unberührt lassen, um ihn dann mit einem Staubsauger, der einen neuen Beutel enthält, einzusaugen. Das tat ich dann auch und schickte diesen Beutel in ein bekanntes Labor nach Bremen. Am 22. April 1996 bekam ich die Bestätigung, dass sich in unserem ehemaligen Wohnraum noch nach zwei Jahren 9,8 mg / kg Permethrin im Staub befanden. Also eine deutliche Belastung. Dazu eine Tabelle zur Orientierung:

Pyrethroid-Konzentration	Bewertung
Bis 3 mg / kg	geringe Belastung
3-30 mg / kg	deutliche Belastung
30-100 mg /kg	hohe Belastung
über 100 mg / kg	hohe Belastung

Dazu muss man aber sagen, dass es sich bei unserem geprüften Teppich um einen Wollteppich handelte, der schon ab Werk mit Pestiziden dieser Art belastet ist. Teppiche mit Wollsiegel betrifft dies umso mehr, denn sie bekommen erst dieses Siegel, wenn sie einen ganz besonderen Mottenschutz aufweisen. Es gibt Teppiche, die weisen schon ab Werk Konzentrationen von 800 mg / kg Staub oder mehr auf. Traurig aber wahr. So vergiftet man sich chronisch über mehrere Jahre, ohne einen rechten Zusammenhang mit seinen Beschwerden zu finden. Vielleicht benutzt man dann noch zusätzlich einen Elektroverdampfer für die Steckdose, weil man abends keine Mücken im Schlafzimmer möchte und/oder man sprüht in der Küche etwas gegen die Fliegen. Ach, und die Pflanzen nicht zu vergessen. Es gibt ja auch noch „schöne“ Gifte für die Pflanzen. Es geht mir jetzt nicht darum eine ganz bestimmte Marke schlecht darzustellen, sondern vielmehr darum, vor den Gefahren zu warnen, die hinter solchen „harmlosen“ Sprühereien stecken. Nicht überall wo natürlich draufsteht ist auch natürlich drin.

Daran können Sie sehen, dass ich also kein Einzelfall bin, was die Giftkonzentrationen in unserer Wohnung betrifft. Auch wenn unsere Werte noch nicht so hoch waren, haben wir dennoch den alten Teppich aus dieser Wohnung entfernt, um ein gesundheitliches Risiko für die Nachmieter auszuschließen. Für meinen Mann und mich kommen Gifte jeglicher Art nicht mehr in Haus und Garten.

Es geht hier aber nicht nur um die Pestizide allein, sondern um ein Zusammenwirken mit allen Faktoren, die uns die Umweltverschmutzung beschert hat. Dazu kommt bei dem einen oder anderen Menschen noch eine zusätzliche Belastung durch Amalgam, Gifte am Arbeitsplatz, Elektrosmog, Geschmacksverstärker in der Nahrung usw. Am Ende macht es die Summe der verschiedensten Belastungen, die sich im Körper des Menschen gegenseitig noch verstärken, bzw. potenzieren können. Das Fass läuft über und der Mensch wird krank. Wenn es jemanden ganz arg erwischt hat, bekommt er eine Überempfindlichkeit gegen kleinste Mengen eines oder mehrerer bestimmter Stoffe oder Gifte. Dann reicht der Hauch einer Belastung aus, um ihn umzuhauen, wo ein gesunder Mensch noch lange nichts verspürt.

Dieses Buch schrieb ich, um die Menschen vor möglichem Schaden zu bewahren. Auch ich habe mir früher über solche Themen keine Gedanken gemacht. Jetzt ist es für mich zu spät, aber ich kann mein Wissen an andere Menschen weitergeben und sie warnen, denselben Fehler zu machen wie ich es tat.

Tja, was soll ich zum Schluss sagen? Zur Drucklegung dieses Buches ist meine eigene Heilpraxis in Planung. Ich würde mir gerne eine kleine schnuckelige Praxis einrichten. Aber das muss alles sorgfältig durchdacht werden und deshalb lasse ich mir Zeit. Wenn ich meine eigene Praxis habe, ist vorerst alles geschafft, was ich mir vorgenommen hatte. Doch auch damit ist mein Wandlungsprozess noch nicht abgeschlossen. Es wird weitergehen, ich weiß nur noch nicht wie. Aber darüber mache ich mir auch noch keine Sorgen. Ich werde sehen, wo das Schicksal mich hinführt. Auf jeden Fall weiß ich schon, dass es für mich keinen Stillstand geben wird. Mit der eigenen Praxis sind vorerst alle Träume verwirklicht, doch es wird nicht das Ende meiner Träume und Wünsche sein. Ein neues Ziel wird sich finden. Der Weg ist das Ziel, die ständige Bewegung.

Ich wünsche Ihnen eine gute Zeit

Alexa Nietfeld

Literaturnachweis

„Vergiftet und alleingelassen – Die Opfer von Giftstoffen in den Mühlen von Wissenschaft und Justiz“
Hrsg. Antje Bultmann, ISBN 3-426-77214-0, Taschenbuchausgabe

„Von Menschen und Ratten – Über das Scheitern der Justiz im Holzschutzmittelskandal“
von Erich Schöndorf, Verlag: Die Werkstatt, ISBN 3-89533-251-8, Taschenbuchausgabe

„Gifte im Alltag“
von Max Daunderer, C H Beck Verlag, ISBN 3-406-39186-9

„Amalgam – Risiko für die Menschheit“
Quecksilbervergiftungen richtig ausleiten,
von Dr. med. Joachim Mutter, Fit fürs Leben Verlag,
ISBN 3-89526-030-4

„Merkblattmappe“
Kurzbeschreibungen naturheilkundlicher Therapien,
von Dr. Braun-von Gladiß, Eigenverlag, zu bestellen bei Dr. Braun, Stofelweid 16, CH-9053 Teufen

Internetseiten

Meine Homepage: .... **www.alexanietfeld.de**

Dr. med. Braun-von Gladiß: .... **www.notiz.ch/braunvongladiss**

Die Klinik, in der Dr. Braun arbeitet: .... **www.paracelsus-klinik.ch**

Meine Firma: .... **www.magnetfeld.at**

Eine Bekannte mit MCS, die auch ein Buch
über ihre Erkrankung veröffentlichte: ... **www.chemiekrank-mcs.de**

Dr. Klinghardt (Fachmann für
Schwermetallvergiftungen): .... **www.ink-neuro-biologie.de**

Selbsthilfegruppe
(meine Krankheit betreffend) für CFS: .... **www.fatigatio.de**

Amalgam-Forum: . **http://f11.parsimony.net/forum16512/index.htm**

Wissenschaft: .... **www.notiz.ch/wissenschaft-unzensiert**

Ganzheitsmedizin: .... **www.ganzheitsmedizin.de**

Ich hoffe, diese kleine Auswahl an Literatur und Internetseiten ermöglicht es Ihnen, sich mit dem Thema *„Umweltmedizin"* vertraut zu machen.